KB270437

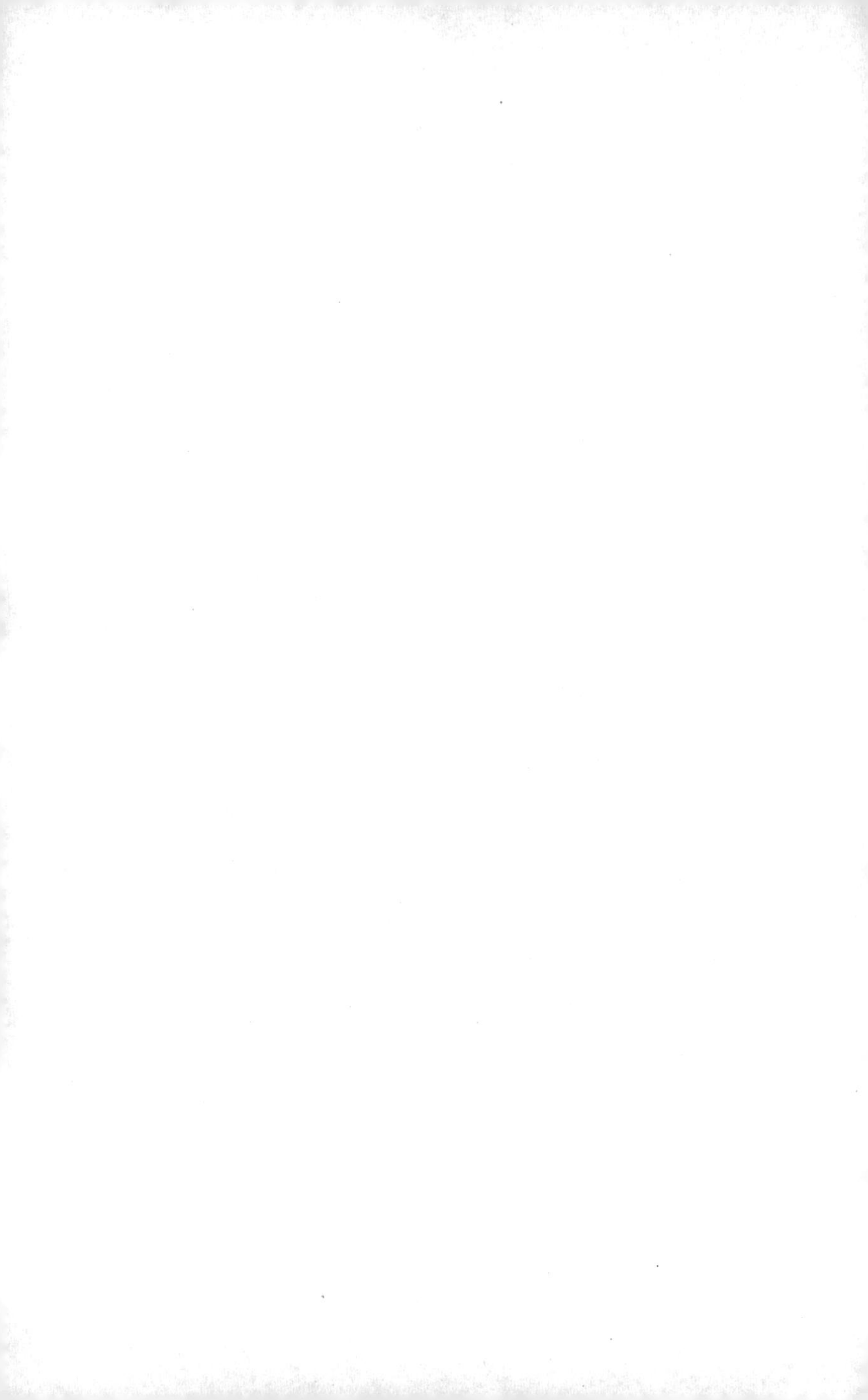

Die Weber
von
Gerhart Hauptmann

서문문고
314

직 조 공

게르하르트 하우프트만 지음
손 은 주 옮김

**나의 아버지 로베르트 하우프트만에게
이 희곡을 바칩니다.**

　　사랑하는 아버지, 당신께 이 작품을 바치는 저의 마음을 이미 아실 겁니다. 새삼 이 자리에서 상술할 필요는 없겠지요.

　　당신께서 들려주신 이야기 - 젊었을 때 가난한 직조공이셨던 할아버지와 베틀 뒤의 풍경들이 이 작품을 낳게 하였답니다. 내적으로 살아있건 죽었건 이것은 햄릿처럼 가련한 인간이 드릴 수 있는 최선의 것입니다.

당신의 게르하르트

차 례

등장인물

드라이시거 섬유공장 주인
드라이시거 부인

드라이시거의 종업원들
　　파이퍼 공장 감독
　　노이만 경리
　　조수
　　마부 요한
　　하녀

바인홀트 드라이시거 아들들의 가정교사
키텔하우스 목사
키텔하우스 부인
하이데 경찰서장
쿠체 경찰관
벨첼 주막 주인
벨첼 부인
안나 벨첼
비간트 목수
여행자
농부
산림원
슈미트 외과의사
호르니히 넝마수집인
비티히 노인 대장쟁이

직조공들
　　배커
　　모리츠 예거
　　바우메르트 노인
　　바우메르트 부인
　　베르타 바우메르트
　　엠마 바우메르트
　　프리츠 엠마의 아들, 네 살.
　　아우구스트 바우메르트
　　안소르게 노인
　　하인리히 부인
　　힐제 노인
　　힐제 부인
　　고틀리프 힐제
　　루이제 고틀리프의 아내
　　밀헨 고틀리프의 딸. 여섯 살
　　라이만
　　하이버
　　수년 여섯 살
　　염색공들
　　남녀노소 직조공들

이 작품은 1840년대 오일렌게비르게에 연해 있는 카슈바하, 페트스발다우, 랑엔비일라우에서 일어난 사건을 다룬 이야기이다.

제 1 막

제 1 막

페터스발다우에 있는 드라이시거 집, 일층 회색 빛 큰 방. 직조공들이 완성된 직물을 납품하는 곳이다. 왼쪽으로는 커튼 없는 유리창이, 뒷벽엔 유리문, 오른쪽에도 유리문이 있다. 그 문으로 직조공들과 아낙들, 어린애들이 지나다닌다. 오른쪽 벽은 다른 벽처럼 능직포를 쌓아두기 위해 대부분 나무 선반질이 되어있다. 그 벽을 따라 긴 의자가 있고, 여기에 막 도착한 직조공들이 가져온 직물을 펼쳐놓고 있다. 이들은 도착 순서대로 나와서 물건을 검사 받는다. 공장감독 파이퍼가 직물검사용의 큰 탁자 뒤에 서 있고, 그 위에 직공들이 검사 받을 물건을 올려놓는다. 파이퍼는 자와 돋보기를 사용하고 있다. 그가 검사를 마치면 직공은 능직포를 저울에 올려놓는다. 그러면 조수가 이 직물의 무게를 달고, 접수된 물건을 보관함에 밀어넣는다. 지불할 노임을 공장감독 파이퍼가 작은 탁자 앞의 경리 노이만에게 매번 큰 소리로 불러준다.

때는 오월 말의 무더운 날. 시계가 열두 시를 알리고 있다. 기다리는 직조공들 대부분이 흡사 법정에서 긴장의 고통 속에 생사여부의 결정을 기다리는 사람들 같다. 모두가 찌들고, 영락없는 동냥아치 모습이다. 연신 굽실거리는 것이, 굴종이 아예 몸에 벤 모습이다. 잔뜩 쫄은 데다, 소용없는 고민으로 표정이 잔뜩 굳어있다. 이들은 모두 고만고만하게 비슷한 모습들인데, 절반은 난쟁이 같고 절반은 근엄한 교장선생님 같다. 대부분 가슴들이 납작하고 기침을 해댄다. 얼굴이 꾀재재하고 창백하여 가엾은 몰골이다. 베틀에서의 장시간 노동으로 무릎들이 휘어있다. 여자들은 처음 볼 땐 좀 달라 보인다. 지칠대로 지치고 축 쳐진 모습인데, 남자들이 그래도 체면을 차리고 있는 것과는 달리, 여인들은 누덕누덕 기운 남자 옷을 걸치고 있다.
간혹 눈길을 끄는 젊은 처녀들도 있지만, 하나같이 밀납처럼 창백한
얼굴과 가냘픈 체구다. 모두가 뎅그렇게 튀어나온 우울한 눈을 하고
있다.

경리 노이만 (돈을 세며) 열여섯 냥 이 전 되겠어.

직공 여인 (삼십 세의 마른 여인. 떨리는 손으로 돈을
　　　　　받으며) 고맙습니다.

노이만 뭐 또 잘못된 것이라도 있나?

직공 여인 (불안해하며 애걸한다) 몇 전만 선불해 주
　　　　　시면 좋겠는데요, 꼭 좀 필요해서요.

노이만 난 몇천 냥이 필요해! 필요하기로 말하자면.
　　　　(이미 다음 직공의 돈을 세면서) 선불은 드라이
　　　　시거씨가 직접 결정해.

직공 여인 혹시 드라이시거씨께 말씀드려 봐도 될까
　　　　　요?

공장감독 파이퍼 (전에는 그 역시 직공이었다. 잘 먹
　　　　고 잘 입고 말끔히 면도하고 몸단속을 잘 했지
　　　　만, 영락없는 직공의 모습 그대로이다. 게다가
　　　　코를 몹시 훌쩍거린다. 호통을 치며)
　　　　　드라이시거씨는 그런 자질구레한 일 말고도

　　　　무척 바쁘신 분이야. 그래서 우리를 고용한 거
　　　　야. (천을 재보고 돋보기로 검사한다) 제기랄!
　　　　웬 바람이야. (두터운 머플러로 목을 감으며) 문
　　　　좀 닫고 들어오시오!

조　수　(큰 소리로 파이퍼에게) 쇠귀에 경 읽기죠, 뭐.

파이퍼　됐어! 무게를 달아! (직공이 가져온 천을 저울
　　　　에 올려놓는다) 좀더 잘 짜올 수 없나? 또 매듭
　　　　투성이잖아... 자세히 들여다 볼 필요도 없어.
　　　　제대로 된 직조공이라면 보푸라기 매듭 따윈 착
　　　　착 알아서 할 줄 알아야지.

배　커　(들어온다. 젊고 드물게 건장한 직공으로, 체격
　　　　이 무척 당당해 보인다. 그가 들어서자 파이퍼,
　　　　노이만, 조수 셋이 눈짓을 주고받는다) 이거 정
　　　　말 못해먹겠네, 또 잿물보자기처럼 진땀을 짜야
　　　　하니!

직공 I　(낮은 소리로) 날이 푹푹 찌는 걸 보니 곧 비
　　　　가 올 것 같군요.

바우메르트 노인　(오른쪽 유리문을 비집고 들어온다.
　　　　문 뒤에는 직공들이 어깨를 맞대고 차례를 기다
　　　　리며 줄을 서있다. 노인은 몸을 앞으로 굽히고
　　　　자신의 보따리를 배커 옆의 긴 의자에 놓는다.
　　　　그리고 옆에 앉아 얼굴의 땀을 닦는다) 여기서

좀 쉬어도 되겠지.

배 커 일만 금을 준다 해도 쉬는 게 최고죠.

바우메르트 노인 하지만 일만 금이라면 괜찮지. 잘 있
    었나, 배커!

배 커 안녕하셨어요, 바우메르트 아저씨! 도대체 얼
    마나 기다려야 할 지 모르겠군요.

직공 I 그게 뭐 대수겠소? 직공들이 한 시간, 아니
    하루를 기다린다고 한들 말이오. 그것도 직공의
    일이지.

파이퍼 거기 조용히 해! 이거 내 목소리도 제대로 들
    리지 않잖아!

배 커 (나지막한 소리로) 또 지랄이 시작됐구만.

파이퍼 (앞에 서있는 직공들에게) 벌써 몇 번이나 말
    했나, 깨끗한 직물을 가져오라고! 대체 이 쓰레
    기들이 다 뭐야? 손가락 만한 매듭과 보푸라기,
    검불 투성이잖아!

직공 라이만 보푸라기 뜯는 기계가 새로 한 대 필요합
    니다.

조 수 (천을 저울에 달면서) 무게도 모자라요.

파이퍼 이런 직공들은 처음이야. 이자들에게는 실을
    주기도 아까워. 내가 직공시절에는 어땠는지 알
    아? 끝내주게 했다구. 그땐 완전히 딴판이었어.

천을 짠다는 것이 무엇인지 알고 있었지. 요즈음
엔 그런 게 다 소용없으니. 자, 당신에겐 열 냥
주겠어.

라이만   모자라는 무게는 일 파운드인데……

파이퍼   시간 없어! 다음! 물건을 내놔 봐!

직공 하이버   (직물을 탁자에 올려놓는다. 파이퍼가 검
사하는 동안 그에게 다가가 자그맣고 간절한 목
소리로) 미안합니다만 파이퍼씨, 살려주는 셈치
고, 마, 제발 사정 좀 봐 주십시오. 이번 천 값
에서 가불해 간 돈을 빼지 말아 주셨으면 감사하
겠습니다.

파이퍼   (천을 재보고 코방귀를 뀌며) 나 원 참! 또 일
터졌구만 그래. 또다시 실패에 실뭉치가 반쯤 엉
커 붙었나보군.

하이버   (계속해서) 다음 주에는 꼭 잘 만들어 오겠습
니다. 하지만 지난주에는 이틀간이나 손실보상을
하느라고 꼼짝 않고 일했어요. 게다가 마누라가
몸져 누어서……

파이퍼   (천을 저울에 올려놓으며) 여전히 날림으로 만
들어 왔군. (이미 새 천에 눈을 돌리며) 이 꼴
좀 봐! 이쪽 끝은 넓고 저쪽은 좁잖아! 이쪽 실
이 엄청 단단히 짜여있고, 저쪽 끝은 체발에 온

통 뜯겼잖아! 일 인치에 실 일흔 가닥이 채 들어가 있지 않다니, 나머지는 어디에 있는 거야? 이게 도대체 어떻게 된 거냐구! 정말 큰 일이야.

(하이버는 눈물을 참으며 마냥 모욕을 받고 서있다)

배 커 (나지막하게 바우메르트에게) 저 악당놈을 기쁘게 해주려면 주머니를 털어서라도 실타래를 사다 바쳐야 하죠.

직공 여인 (수납 탁자 곁에서 눈치만 보며 서성이고 있다가, 마침내 용기를 내어 조심스럽게 경리에게 다가간다) 정말이지 전... 지금 몇 푼이라도 가불해 주시지 않으면 전 어찌할 지를 모르겠어요... 오, 하나님, 하나님!

파이퍼 (큰 소리로) 하나님 좋아하시네. 하나님 좀 그만 불러! 언제부터 그렇게 애타게 하나님을 찾았나? 그러느니 당신 남편이나 잘 챙기라구, 하구한날 술집에 죽치고 앉아 있는 그 작자 말이야! 가불은 절대 안돼. 이 돈은 한 푼도 축낼 수 없어. 우리 돈도 아니야. 우리가 다 물어내야 한다구. 근면성실하고, 하나님을 두려워하면서 자기 일을 성실히 하는 사람들이라면 가불해 달라고 하진 않을 거야. 자, 이상 끝.

노이만 비일라우의 직공들은 임금을 네 배로 올려준다
    해도 그 돈을 몽땅 써버리고 빚더미에 올라앉을
    사람들이야.

직공 여인 (큰 소리로, 모든 사람들에게 알아달라는
    듯이) 난 결코 게으르지 않아요. 하지만 이 이상
    은 못하겠어요. 난 두 번이나 유산을 했어요. 내
    남편 요한도 한때는 제엘라우의 양치기였어요.
    그 양반도 이젠 도리가 없어요. 우리는 모두 살
    아보려고 안간힘을 써 왔지만… 이제는 더 이상
    버틸 힘이 없어요…… 벌써 몇 주 동안 밤새 눈
    한번 못 부치고 일했어요. 이러다간 뼈도 못 추
    릴 거예요. 파이퍼씨, 제발 사정 좀 봐주세요.
    (애걸복걸하며) 제발 부탁이에요, 단 몇 푼만이
    라도 좋으니까.

파이퍼 (아랑곳하지 않고) 피들러에게 열한 냥.

직공 여인 그저 빵 살 돈 몇 푼이면 됩니다. 이제는 농
    부들이 외상도 안 해줘요. 제겐 어린애도 많고
    요.

노이만 (조수에게 나지막하게, 희극조로, 엄숙하게)
    아마포 직공의 아내는 해마다 아기를 낳는다네,
    얼레 얼레 피퍼.

조 수 (노래를 받아 흥얼거린다) 번갯불에 콩 궈먹

듯이 세상에 나온 새끼들은 여섯 주 동안 장님이라네. 얼레 발레 얼렐레.

직공 라이만 (경리가 내 준 돈에는 손도 대지 않은 채) 우린 천 한 필 당 열셋반 냥을 받아 왔소.

파이퍼 (호통을 치며) 라이만, 맘에 안 들면 한 마디만 해! 직공은 많아. 당신 정도는 넘치지. 우리는 무게가 꼭 맞아야만 돈을 다 지불해.

라이만 내가 가져온 천의 무게가 모자랄 리는 절대로……

파이퍼 흠 없는 천을 짜 가지고 온다면 우리도 돈을 다 지불하겠어.

라이만 내 천에 매듭이 많다고는 결코 생각하지 않는데요.

파이퍼 (자세히 들여다보며) 천을 잘 짜야 돈도 잘 벌고 잘 살지.

하이버 (파이퍼 곁에 서성이며 기회를 엿보고 있다가, 파이퍼의 조롱에 찬 말투에 동조의 웃음을 띠며 다가간다) 다시 부탁드리겠는데요, 파이퍼씨. 절 불쌍히 여겨서 제발 이번 천 값에서 지난 번 가불했던 다섯 냥을 제하지는 말아 주십시오. 제 아내가 이월부터 계속 몸 져 누어 있어요. 그래서 조금도 절 도울 수 없는 형편인지라… 처녀

　　　아이를 하나 부렸죠, 그러다 보니....

파이퍼　(코를 훌쩍거리며) 하이버, 내가 상대할 사람
　　　이 당신뿐인 줄 아나? 다른 사람들이 기다리고
　　　있잖아!

라이만　나는 이곳에서 받은 실을 고스란히 집에 가져
　　　가 내 베틀에 끼웠다가 가져왔소. 이곳에서 준
　　　것보다 무거운 물건을 가져 올 수는 없지 않소?

파이퍼　까불면, 당신은 이곳에 실 받으러 올 필요도
　　　없게 될 줄 알아! 이곳엔 일자리를 얻지 못해 발
　　　바닥이 닳도록 여기저기를 기웃거리는 사람들이
　　　수두룩해.

노이만　(라이만에게) 돈을 안 가져 갈 건가?

라이만　이 정도로는 절대 안 되겠소.

노이만　(라이만에게 더 이상 상관치 않으며) 하이버에
　　　게 열 냥. 지난 번 가불해 간 다섯 냥 제하고 나
　　　머지 다섯 냥.

하이버　(다가와서 놓인 돈을 보더니, 거의 믿을 수 없
　　　다는 듯 머리를 젓고 서 있다가 이내 돈을 집어
　　　든다) 오, 하나님 (한숨지으며) 맙소사!

바우메르트 노인　(하이버의 얼굴을 보며) 다 그런 거
　　　야, 프란츠. 세상에는 한숨지을 일이 많다네.

하이버　(힘겹게 이야기한다) 딸아이가 병들어 누어 있

어요, 약 한 첩도 못 써보고.

바우메르트 노인 어디가 그렇게 아픈가?

하이버 어렸을 때부터 병골이었어요. 저도 모르겠어요... 병을 지니고 태어났죠. 여기저기 안 아픈 데가 없답니다.

바우메르트 노인 어디 가나 나쁜 일은 있는 법이라네. 가난에, 불상사에, 설상가상이라는 게지. 끝도 없고 가망도 없어.

하이버 노인께서는 그 포대에 무엇을 가지고 오셨어요?

바우메르트 노인 집에 먹을 것이 다 떨어져서 기르던 개를 잡았어. 이놈도 살이 별로 안 붙었더라고, 늘 굶고 살았으니 그럴 수밖에. 참 영리한 놈이었는데. 내 손으로 차마 죽일 수 없었어. 그럴 용기가 없었지.

파이퍼 (배커의 천을 검사한 후) 배커에게 열세 냥.

배 커 그런 돈은 거지에게 주는 동냥이지, 임금이 아니오.

파이퍼 일 끝났으면 가 봐. 우린 꼼짝도 안 할 거니까.

배 커 (목소리를 낮추지 않고, 주위 사람들에게) 이건 하찮은 껌 값이야, 아무것도 아니야. 새벽부터 밤중까지 일주일 내내 꼬박 베틀에 앉아 씨름

하고, 저녁이면 파죽음이 되고, 먼지와 더위 속
에 정신을 못 차리며 일해도, 그 대가가 고작 열
세 냥이라!

파이퍼 입 닥치지 못해?!

배 커 내가 그렇게 줄곧 입을 봉하고 있을 줄 알았
나?

파이퍼 (고함치며) 어디 두고보자! (유리문으로 가서
사무실을 향해) 드라이시거씨, 드라이시거씨, 잠
깐 이리로 와주시겠습니까?

드라이시거 (들어온다. 사십대의 뚱뚱한 체격에 천식
기가 있어 보인다. 엄숙한 표정을 지으며) 무슨
일인가, 파이퍼?

파이퍼 (앙심에 찬 목소리로) 배커가 입을 닥치지 않
습니다.

드라이시거 (몸을 꼿꼿이 세운 채 고개를 뒤로 제치며
배커를 노려본다. 콧잔등에 경련이 일어난다)
아, 그래 - 배커라고? 바로 그 사람인가?
    (파이퍼와 노이만이 고개를 끄덕인다)

배 커 (오만하게) 그렇소, 드라이시거씨! (자신을 가
리키며) 바로 그 사람이오. (드라이시거를 가르
키며) 당신도 그 사람이군.

드라이시거 (화를 내며) 이자가 어디서 감히!

파이퍼 배가 부른 모양입니다. 섣부르게 까불다가 한 번 맛을 보게 되겠죠.

배 커 (난폭하게) 이 돈에 환장한 놈 같으니, 아가리 닥치지 못해! 네놈 같은 악당을 아들로 둔 걸 보면, 네 어미가 달밤에 빗자루 타고 악마와 눈이 맞아 놀아났나 보구나.

드라이시거 (극도로 흥분해서 으르렁거린다) 입 닥쳐! 당장 닥쳐! 안 그러면....(몸을 떨며 앞으로 몇 걸음 나선다)

배 커 (단호한 자세로 마주 서며) 나는 귀머거리가 아냐. 귀는 아직 잘 들린단 말야.

드라이시거 (흥분을 가라앉히고, 애써 사무적인 말투로 묻는다) 이자도 바로 거기 있었던가?

파이퍼 이자는 비일라우 직공입니다. 이자들은 무슨 말썽이 생겼다 하면 영락없이 끼어 드는 놈들입니다.

드라이시거 (떨면서) 다시 한번 말하겠어. 지난밤처럼 술에 벌겋게 취해서 패거리로 내 집 창문을 지나면서 그 천박한 노래를 또 부른다면...

배 커 "피의 심판" 말씀이신가?

드라이시거 무슨 소린지 저자도 잘 알고 있겠지. 다시 말하지만 또 한번만 내 귀에 그 노래가 들리면

네놈들 중 한 놈을 잡아 족치겠다. 이건 농담이
아니야, 잘 들어! 검찰에 넘길 거다. 그러면 어
느 놈이 그 같잖은 노래를 지었는지 밝혀지겠
지....

배 커   그게 얼마나 아름다운 노래인데 그러시나!

드라이시거   앞으로 한 마디만 더 지껄이면 당장 경찰
을 부르겠어. 더 이상 네놈들과 말다툼하진 않겠
다. 네 따위 젊은 놈은 끝장이야. 난 더 나은 일
꾼들을 구해 놨다구.

배 커   암, 그러시겠지. 고상하신 공장주 나리께서 이
삼백 명 직공들을 쥐어짜고 나서는 나중엔 숫째
통째로 삼켜버리시겠지, 뼈도 안 남기고 말이야.
저자는 아마 암소처럼 밥통은 네 개이고, 이빨은
늑대이빨일 거야. 그래그래, 그 정도는 문제도
없으실 거야!

드라이시거   (자기 종업원들에게) 놈에겐 이제 일거리
를 주지 마!

배 커   베틀에 앉아 굶어 죽거나 길거리에서 굶어 죽
거나 매일반이야.

드라이시거   나가, 지금 당장 나가!

배 커   (단호하게) 임금을 주셔야지.

드라이시거   저자에게 줄 돈이 얼마인가, 노이만?

노이만 열두 냥 다섯 전입니다.

드라이시거 (경리의 손에서 급히 돈을 빼앗아 탁자 위
　　　에 던져 놓는다. 동전 몇 닢이 마루바닥에 굴러
　　　떨어진다) 자! 여기 있다! 자, 내 눈앞에서 썩
　　　꺼져!

배 커 임금을 주셔야지!

드라이시거 여기 이게 안 보여? 돈을 챙겨 가지 않으
　　　면… 마침 정각 열두 시군… 내 염색공들이 밥
　　　을 먹으러 나올 시간이야…!

배 커 돈을 바로 내 손 위에 제대로 올려놓으란 말씀
　　　이야. 똑바로 여기에! (오른쪽 손가락으로 왼쪽
　　　손바닥을 만진다)

드라이시거 (조수에게) 틸그너, 돈을 줍게.
　　　　(조수가 돈을 집어 배커의 손에 올려놓는다)

배 커 모든 건 제 길이 있는 법이지. (서두르지 않고
　　　주머니에서 낡은 지갑을 꺼내 돈을 집어넣는다)

드라이시거 뭐야, (배커가 여전히 그대로 있는 것을
　　　보고 참지 못하고) 아직도 더 볼일이 남아 있
　　　나?
　　　　(옹기종기 모여있는 직공들 사이에 동요가 인
　　　다. 누군가 깊은 한숨을 내쉰다. 곧이어 무엇인
　　　가 넘어진다. 모든 사람들의 관심이 소리 난 곳

으로 쏠린다)

드라이시거 거기 무슨 일이야?

여러 직공들과 여인들 누가 쓰러졌어. 쇠약한 꼬마아
이야. 병이 난 거야, 뭐야?

드라이시거 뭐라고? 까무러졌다고? (다가간다)

늙은 직공 저기 넘어져 있소. (비켜선다)

　　　(여덟 살 가량의 어린애가 죽은 듯이 바닥에
늘어져 있다)

드라이시거 애가 누군지 아는 사람 없나?

늙은 직공 우리 마을 소년은 아니오.

바우메르트 노인 직공 하인리히네 아이 같은데. (자세
히 들여다보며) 맞아, 맞아, 하인리히의 아들 구
스타프야.

드라이시거 어디 사는 사람들이지?

바우메르트 노인 카슈바하의 우리 집 근처요, 드라이
시거씨. 하인리히는 저녁엔 악기를 켜고 낮에는
베를 짜고 있습니다. 아이들이 아홉 명이나 되는
데 곧 열 번째가 태어날 것입니다.

여러 직공들과 여인들 아주 비참하게 살지요. 천장에
서는 빗물이 떨어져요. 얘들에게 입힐 옷도 없답
니다.

바우메르트 노인 (팔로 아이를 받쳐들며) 애야, 어찌

된 일이냐? 어서 정신 차리거라!

드라이시거   모두들 어서 아이를 일으키게 도와 줘! 이
       멀리까지 병든 아이를 보내다니, 지각들이 그렇
       게 없나? 파이퍼, 물을 가져 와!

직공 여인   (아이를 안아 올리며) 애야! 제발 죽지는
       말아라!

드라이시거   아냐, 파이퍼, 꼬냑을 가져 와! 꼬냑이 더
       낫겠다.

배 커   (이미 사람들의 관심 밖에 난 채 계속 서 있다.
       문고리에 손을 댄 채 코웃음치며, 큰 소리로) 멕
       이기나 하라지, 그러면 금방 나을 거니까. (나간
       다)

드라이시거   저놈은 끝장이 좋지 못할 것이다. 노이만.
       애를 팔에 안게. 자, 천천히 살살. 내 방으로 데
       려 가. 왜 그러지?

노이만   애가 뭐라고 말을 했습니다, 드라이시거씨! 입
       술을 움직이고 있어요.

드라이시거   뭐라고 했냐, 애야?

소 년   (속삭이는 소리로) 배가 고파요.

드라이시거   (창백해지며) 무슨 소린지 모르겠군.

직공 여인   그러니까, 이 아이 말은....

드라이시거   우리가 돌보겠어. 서있지 말고 어서들 가

봐! 내 방으로 데려가서 소파에 눕혀! 의사가 뭐
라는 지 들어 봐야겠어.

　(드라이시거, 노이만, 직공 여인 - 세 사람이
소년을 사무실로 옮긴다. 그러자 직공들은 선생
님이 교실을 떠난 학교 어린애들 같은 행동을 한
다. 움추렸던 몸을 펴고 속삭이며, 부산히 움직
이는가 하더니, 이내 커다란 목소리로 떠들기 시
작한다)

바우메르트 노인 배커의 말이 백 번 옳아.

여러 남녀 직공들 맞아, 그 사람 말이 맞아. 배고파 쓰
러지는 일은 허다하니까. 이대로 임금이 계속 낮
아지면, 겨울엔 어찌 지내야 할 지 막막하기만
해. 이번 겨울에는 감자도 흉작인데... 이대로
가다간 결국 모두 등 깔고 눕게 되겠어.

바우메르트 노인 가장 좋은 방법은, 직공 넨트비히처
럼 목에 밧줄을 걸고 베틀에 목을 메는 것이야.
(옆 사람에게) 자, 이것 조금만 가져가시게. 난
어제 노이로데에 갔었다네. 내 처남이 그곳 담배
공장에서 일하는데, 내게 몇 조각 주더라구. 당
신 꾸러미 속엔 뭐가 들었나?

늙은 직공 국에 넣을 보리가루일세. 울브리히 제분소
의 마차를 따라오고 있었는데 밀 포대가 째진 틈

으로 이게 흘러나오지 않겠나. 운이 기막히게 좋았던 셈이지.

바우메르트 노인   페터스발다우에는 제분소가 스믈두 개나 되지만 우리 앞엔 아무것도 안 떨어지던데.

늙은 직공   그렇게 실망 말게. 항상 예기치 않는 행운이 있기 마련이니까.

직공 하이버   배가 고파 죽겠으면 신에게 무릎 꿇고 기도하고, 그래도 또 배가 고프면 자갈을 입에 물고 빨아먹으면 된다는 소리겠지요. 내 말이 틀렸소, 영감님?

(드라이시거, 파이퍼, 노이만이 등장한다)

드라이시거   별 일은 아니었어. 아이는 괜찮아. (흥분하여 서성거린다) 양심도 없지, 그 아인 바람만 불어도 날아가게 말라 있어. 부모가 되어 가지고 어떻게 아이를 저 모양으로 만들었는지 도대체 알 수가 없군. 이이에게 무거운 옷감을 두 단씩이나 들려서, 일이 마일이 넘는 길을 걸어오게 하다니, 상상도 못할 일이야. 이제부터는 애들에게 들려 보낸 천은 받지 않는다는 규칙을 세워야겠어. (잠시 아무말 않고 서성거린다) 아무튼 이런 일은 다시는 없을 거야 - 사람들이 대체 누굴 원망하겠느냐 말이야, 바로 우리 공장주들이겠지. 전적으로 우리의 잘못이라고 할거야. 불쌍한 어린것이 눈 내리는 추운 겨울날 눈 속에서 잠들어버린다면, 즉각 기자 나부랭이들이 달려들 거고, 이튿날 신문엔 소름끼치는 기사가 대서특필 되겠지. 신문에서는 절대 아이를 보낸 부모를 탓하진 않아. 누구 탓이라 할 진 뻔해. 모든 게 공장주들의 잘못이라 할거야. 우리들이 속죄양이 되는 게지. 언론이 직공들에게 비위를 맞춰가며 공장주들을 두들겨 대겠지. 감정도 없는 돌 같은 냉혈한들이니, 위험분자들이니 하면서, 그 개 같은 기자놈들이 장딴지를 물어뜯으려 덤벼들겠지. 공장주들은 떵떵거리며 살고, 불쌍한 직공들을 굶겨 죽인다고 말이야. 우리 공장주들도 근심이 많아, 잠을 설치며 살고 있어. 노동자들은 감히 상상도 못할 온갖 위험을 무릅쓰고 있어. 때때로 나누기, 보태기, 곱하기, 계산을 하고 또 계산을 하노라면 머릿골이 다 나가버린다구. 몇 백 번이나 생각하고 재고, 늘 생사투쟁의 경쟁을 벌이며 살고 있어. 어느 한 날이고 말썽과 손재수 없이 지나가는 일이 없어. 왜 그 알량한 가수들은 그런 덴 입을 다물지? 모든 게 우리 공장주들에게 달려 있어! 어느 누구도 내 입장이 되 보면 내 어려움을 십분 이해할 거야. (잠시 생각에 잠기더니) 모두들 저 건달놈 배커가 한 짓을 보았겠지? 놈은 나를 냉혈한이라고, 나발불고 다닐 거야. 내가 조그만 일에 꼬투리를 잡아 직공을 내쫓았다고 말야. 놈의 말이 사실인가? 내가 그렇게 매정한 인간이냐구?!

여러 사람들 아닙니다, 드라이시거씨!

드라이시거 그래, 그래, 그럴 리가 없지. 하지만 건달놈들이 우리 공장주를 비방하는 야비한 노래를 부르고 다녀. 항상 배고프다고 외치지만 주머니엔 소주 마실 돈을 늘 가지고 다니는 자들이야. 눈 똑바로 뜨고 둘러보라지, 아마포 직공들이 어떻게 사는지. 그 사람들은 정말 어렵다 할만 해. 능직포 직공들은 여기서 일하는 것에 대해 항상 신께 감사해야 해. 여기, 열심히 일해 왔던 직공 중의 누구라도 말해 봐, 일을 제대로 한 직공은 내게서 받은 임금으로 충분히 살아 갈 수 있었어. 그렇지 못한가?

여러 사람들 그러고 말고요, 드라이시거씨!

드라이시거 그거 봐, 내 말이 맞지. 배커 같은 놈은 당연히 살아 갈 수 없어. 모두 그놈 입 단속을 잘

하도록 해. 참을 수 없을 정도가 되면, 난 다 집어 치워버리겠어. 공장 문을 닫아 버릴 거라구. 그러면 당신들이 어디 있게 될 지 알겠지? 어디로 가서 일자리를 구해야 될 지도 알겠지? 저 잘난 배커가 일자리를 구해 줄까? 어림도 없는 말씀이지.

직공 여인 I   (드라이시거에게 다가가 아첨하듯 그의 외투의 먼지를 턴다) 옷에 뭐가 묻었습니다, 나리.

드라이시거   당신들도 모두 알다시피 요즘은 우리 사업이 형편없어. 돈을 벌기는 커녕 손해만 보고 있단 말이야. 그런데도 나는 직공들에게 일자리를 마련해 주려고 고심하고 있어. 그걸 알기나 하느냐구! 창고에는 재고가 산더미처럼 쌓여 있어, 그걸 팔 수나 있을지 모르겠단 말이야. 지금 이곳에 많은 직공들이 일자리가 없다고 들었어. 그래서 말인데... 내가 그렇게 큰 부자는 아니야. 하지만 일자리를 못 구하고 빈들거리는 직공들에게 조금이나마 돈벌이를 할 기회를 주겠어. 나로선 엄청난 위험이지만... 아무튼 그건 내 문제이고 - 내 생각은 말이지, 하루에 치즈 한 조각이라도 벌 수 있다면, 그나마 아예 굶는 것보다는 낫지 않느냐 이거야. 내 말이 틀렸나?

여러 사람 아니오, 맞습니다, 드라이시거씨!

드라이시거 이제 이백 명의 직공을 추가로 고용할 용의가 있어. 고용조건은 파이퍼가 자세히 말해줄 거야. (떠나려고 돌아선다)

직공 여인 I (길을 가로막으며, 다급하게 애걸복걸한다) 존경하는 드라이시거 나리, 제발 제 청을 들어주십사... 저는 두 번이나 낙태를 해서.....

드라이시거 (급하게) 파이퍼에게 말하시오, 부인. 나는 지금 늦었소. (여자를 남겨두고 떠난다)

노이만 (마찬가지로 그를 막아서며 불평불만에 찬 말투로) 드라이시거씨, 한 가지 불만을 말씀드리겠습니다. 파이퍼씨께서는...저는 천 값으로 항상 열두 냥 씩 받아 왔는데....

드라이시거 (말을 가로막으며) 공장감독이 저기 있소. 저리로 가 보시오. 번지수가 틀렸소.

하이버 (드라이시거를 붙들며) 나리께서 혹시 제게... (더듬거리며 다급하게) 여러 차례 간청하려고 했습니다만... 제가 혹시... 파이퍼씨에게서 혹시... 저 양반이 만약....

드라이시거 대체 무슨 소리요?

하이버 지난번 제가 가불해 간 돈 말입니다. 그래서 제가....

드라이시거   파이퍼의 일이오, 파이퍼의 일! 나는 정말 모르겠.... 파이퍼와 의논하라구. (도망치듯 사무실로 빠져나간다. 그에게 애걸하던 사람들은 서로를 쳐다보며 깊은 한숨을 쉰다. 그리고는 다시 자기 자리로 돌아간다)

파이퍼   (다시 천 검사를 계속한다) 자, 안나, 가져 온 것을 내놔 봐.

바우메르트 노인   그러면 이제부턴 천 값을 얼마나 주겠소, 파이퍼씨?

하이버   한 감당 열 냥이오.

바우메르트 노인   그렇게 되고 마는군!

　　　(직공들이 동요하며 수군거린다)

제 2 막

제 2 막

　오일렌게비르게의 카슈바하 마을, 빌헬름 안소르게 집의 작은 방. 나무로 된 낡아빠진 마루바닥과 연기에 그을린 서까래 사이가 육 피트도 못되는 방에 네 사람이 앉아있다. 젊은 처녀 엠마 바우메르트와 베르타 바우메르트가 베틀 앞에, 쇠잔한 꼬부랑 노파 바우메르트 부인이 침대 옆 의자에 앉아 물레를 돌리고 있다. 스무 살의 백치 아들 아우구스트 역시 물레를 돌리며 의자에 앉아 있다. 그는 팔다리가 거미줄같이 길고, 머리통과 몸집이 왜소하다. 오른쪽 벽 양 창문을 통해서 연한 장미빛 저녁노을이 비친다. 창문의 갈라진 틈새는 종이가 붙혀져 있거나 짚뭉치로 막아져 있다. 햇살이 여인들의 흘러내린 은빛 머리 위, 들어 나 있는 가냘픈 어깨, 가늘고 파리한 목 위, 등뒤의 허름한 속옷 주름 위를 비춘다. 샤츠와 거친 아마포로 짠 속치마가 그녀들이 걸치고 있는 옷의 전부이다. 따스한 햇볕이 노부인의 얼굴과 목, 가슴을 비추고 있다. 부인은 피골이 상접한 얼굴에, 굵은 주름 잔주름이 가득한 핏기 없는 피부를 하고 있다. 움푹 패인 눈은 털 먼지와 연기, 그리고 불밑 작업으로 인해 붉게 충혈되고 눈물이 배어 있다. 갑상선으로 부은 긴 목에는 갈래갈래 힘줄과 주름살이 드리워져 있으며, 그 아래 푹 꺼진 가슴이 퇴색한 쇼올로 덮혀 있다.

　오른쪽 벽 한 쪽, 난로와 의자, 침대, 얼룩덜룩하고 조잡한 채색 성화에도 빛이 비치고 있다. 난로 연통엔 젖은 천이 걸려있고 뒤쪽에는 잡동사니들이 쌓여있다. 의자 위에는 낡은 솥과 취사도구가 놓여있고, 말리기 위한 감자껍질이 종이에 펼쳐져 있다. 발코니 아래로 실타래와 실패가 늘어져있다. 베틀 옆에도 실패 광주리가 있다.

뒤쪽 벽에는 이음새 없이 낮은 문짝이 세워져 있다. 그리고 그 곁에는 가느다란 버드나무 막대기 뭉치가 벽에 기대어져 있으며, 그 너머로 망가진 작은 양동이가 보인다. 베틀 바디의 규칙적인 진동 때문에 마루장과 벽이 흔들리고 있다. 연속적으로 앞뒤를 왕복하는 북의 덜컹거리는 소리와 소음이 방에 가득하다. 거기에 나지막하게 규칙적으로 지속되는 물레 돌아가는 소리가 흡사 커다란 벌이 웅웅거리는 것처럼 함께 뒤섞인다.

바우메르트 부인 (딸들이 베틀을 멈추고 몸을 숙이는 것을 보고, 짜증스럽고 지친 목소리로) 또 매듭이 생겼단 말이냐?

엠 마 (둘 중 손위인 스물 두 살의 처녀. 끊어진 실을 이으며) 정말 실타래 한번 형편없네!

베르타 (열다섯 살) 정말 나쁜 실타래를 받아 왔어.

엠 마 아버진 이렇게 늦도록 어디 가 계신 게지? 아홉 시 이후로는 보이시질 않으니.

바우메르트 부인 물어 보나마나지! 그 양반이 어디 계시겠냐, 애들아.

베르타 걱정 마세요, 어머니.

바우메르트 부인 그저 늘 걱정이다!

　　　(엠마가 다시 천을 짠다)

베르타 잠깐 멈춰, 언니!

엠 마 왜 그래?

베르타 누군가 오는 것 같아.

엠 마 안소르게일거야.

프리츠 (맨발에 누더기를 걸친 네 살 가량의 꼬마. 들
            어오며) 엄마, 배고파.

엠 마 애야, 조금만 기다려라. 할아버지가 곧 오실 거
            야. 빵과 식량을 구해 가지고 말야.

프리츠 배고파 죽겠어, 엄마!

엠 마 그래, 그래. 칭얼대지 말아라, 착하지! 할아버
            지가 곧 오실 거야. 맛있는 빵과 알커피를 잔뜩
            갖고 말이야. 일 끝나는대로 엄마가 감자껍질을
            가지고 가면 농부들이 한 냄비 가득 우유를 줄
            거야.

프리츠 할아버진 어딜 가셨는데?

엠 마 천을 갖다 드리려고 공장에 가셨단다, 프리츠.

프리츠 공장에?

엠 마 맞아, 저 아래 페터스발다우에 있는 드라이시
            거네 공장이야.

프리츠 그곳에선 빵을 주나요?

엠 마 그래, 드라이시거에게서 돈을 받으면 그 돈으
            로 빵을 살 수 있어.

프리츠 돈을 듬뿍 주나요?

엠 마 (성급하게) 그만 좀 이야기해라, 이 녀석아.
            (그녀는 다시 베르타와 함께 천을 짜기 시작

한다. 그러다가 곧 두 사람 다 멈춘다)

베르타 아우구스트 오빠, 안소르게에게 가서 대체 전
기불을 안 줄 거냐고 물어 봐!
(아우구스트가 프리츠와 함께 나간다)

바우메르트 부인 (어린아이같이 잔뜩 겁먹은 목소리로
울 듯이) 애들아, 애들아, 아버지가 어딜 가셨을
까?

베르타 하우펜에 가 계실 거예요.

바우메르트 부인 (울며) 술집에 가 계시지나 않는다면
좋겠다.

엠 마 안 그럴 거에요, 어머니. 아버진 그러실 분이
아니에요.

바우메르트 부인 (불길한 예감에 사로잡혀 어쩔 줄 모
르며) 그래, 그래... 그런데 말야, 만약 그렇다면
어떡하냐? 그 양반이 집에 올 때.... 온통 술로
다 들이마셔 버리고 빈손으로 집에 오시면... 집
에 소금 한 숨 안 남았는데, 빵 한 조각도 없고.
땔감도 필요하고 말이다.

베르타 걱정 마세요, 어머니. 달빛이 있으니까 숲에 가
서 마른나무를 해 오겠어요, 아우구스트 오빠랑
같이 가서.

바우메르트 부인 그러다가 산림원 예거에게 들키면 큰

일 날텐데.

안소르게 (기골이 장대한 늙은 직공. 방에 들어오려고
몸을 숙이나 윗몸이 문에 부딛친다. 머리와 수염
이 엉망으로 헝클어진 얼굴을 하고서) 대체 또
뭣 때문이오?

베르타 불 좀 주세요.

안소르게 (소리를 낮춰 환자 앞에서 이야기하듯) 아직
햇볕이 남아 있는데.

바우메르트 부인 우릴 암실에 앉혀 둘 작정이신가 보
구려.

안소르게 나도 아끼면서 살아가야 하니까. (나간다)

베르타 그것 봐, 저 사람은 인색해.

엠 마 가만히 앉아 있어라 이거지, 적응이 될 때까지.

하인리히 부인 (들어온다. 삼십 세의 임신부로 피곤에
지친 얼굴에 고통스런 근심과 초조가 서려 있다)
안녕들 하세요?

바우메르트 부인 하인리히 댁, 웬 일이시우?

하인리히 부인 (절뚝거리며) 발에 유리가 들어갔나 봐
요.

베르타 앉아 보세요, 어디 내가 뺄 수 있나 볼 게요.
       (하인리히 부인이 앉자 베르타가 그 앞에 꿇
어앉아 발바닥을 만진다)

바우메르트 부인 집안 모두 안녕하시지요?

하인리히 부인 (장 탄식을 토하며) 아주 죽을 지경이
    에요. (흐르는 눈물을 감추려고 하지만 소용없
    다. 조용히 흐느낀다)

바우메르트 부인 우리네 같은 사람들에게 가장 행복한
    일은 아마 하나님께서 보살펴주어 우릴 이 세상
    으로부터 데려가시는 일일 게요.

하인리히 부인 (더 이상 자제하지 못하고 통곡한다)
    불쌍한 내 새끼들이 굶고 있어요. (흑흑 운다)
    이제는 더 도리가 없어요. 시키는 대로 일하고
    이리저리 뛰어다녔어요, 뻗어 누울 때까지. 이건
    죽은 것이지, 살아있는 것이 아니에요. 그렇지만
    다른 수도 없어요. 집에 굶주린 아이들이 아홉이
    나 되요. 언제나 한번 배불리 먹이게 될까? 하지
    만 도대체 무엇으로요, 네? 그나마 저녁에 조금
    있던 빵으로는 제일 어린것들 둘도 먹일 수 없었
    어요. 대체 어느 놈을 주겠어요, 네? 모두 날 보
    고 아우성인데. "엄마 나 줘! 엄마 나 줘…" 그
    래도 아직은 내가 여기저기 뛰어다닐 수나 있지
    요. 감자 몇 개로 연명하고 있는데, 내가 몸져눕
    기라도 하면 어찌되겠어요? 지금 집에는 빵 한
    조각도 남아있지 않아요.

베르타 (유리조각을 꺼내고 상처를 닦아낸다) 천을 감
　　　아놔야 되겠어요. (엠마에게) 천 좀 찾아봐 줘!
바우메르트 부인 우리도 마찬가지라오, 하인리히 댁.
하인리히 부인 아주머니껜 딸들이 있잖아요. 바깥어른
　　　도 일을 할 수 있고요. 제 남편은 지난주에도 쓰
　　　러졌어요. 엎친 데 덮친 격이죠. 대체 이 날벼락
　　　을 어찌 감당해야 할 지 모르겠어요. 남편은 한
　　　번 발병하면 거의 일 주일동안 침대에서 꼼짝도
　　　못해요.
바우메르트 부인 내 남편도 더 나을 건 없어요. 또 사
　　　고를 내기 시작했어요. 고주망태가 되어 대자로
　　　누어있는 걸요. 게다가 우리 집 역시 한 푼도 남
　　　지 않고 바닥이 났어요. 남편이 오늘 단돈 몇 푼
　　　이라도 가져오지 못하면 당장 살 길이 막막해지
　　　게 되요.
엠 마 사실이에요. 하인리히 부인. 우린 어느 정도냐
　　　면요…. 아버지께서 개를 잡아 가지고 오시기로
　　　했어요, 그 고기로 또 한차례 배를 채우려고요.
하인리히 부인 밀가루라도 한 줌 남은 것 없나요?
바우메르트 부인 아이고, 별로 없어요, 하인리히 댁.
　　　우리 집에는 소금 한 줌도 없다오.
하인리히 부인 이일을 어째! (일어서서 잠시 곰곰이

생각한다) 대체 날더러 어쩌란 말이야! 더 이상 도리가 없어요. (분노와 슬픔에 잠겨 소리친다) 돼지먹이라도 감지덕지 받겠어요! 하지만 빈손으론 도저히 집에 갈 수 없어요. 절대 그럴 수는 없어요. 하나님! 제발 용서하세요! 이젠 더 방법이 없어요. (왼 발끝만 딛고 절뚝거리며 황급히 나간다)

바우메르트 부인 (그녀에게 경고하듯 외친다) 이봐요, 하인리히 댁! 바보짓은 절대 말아요!

베르타 별 일은 없을 거예요. 그런 생각일랑 마세요, 어머니.

엠 마 저 부인은 항상 저렇지 않았나요? (베틀에 앉아 잠시 천을 짠다)

　　(촛불을 든 아우구스트가 아버지 바우메르트 노인과 함께 들어온다. 노인은 무거운 실뭉치를 들고 몸을 질질 끈다)

바우메르트 부인 아이고, 하나님! 당신 종일 어디 가 계셨더랬소?

바우메르트 노인 오자마자 그러지 말라구! 숨돌릴 시간이나 줘야지. 누굴 데리고 왔는지나 좀 보구려!

모리츠 예거 (몸을 숙이고 들어온다. 중키의 옹골찬

체격에 뺨에 홍조를 띤 예비역 군인이다. 머리
한 쪽에는 기병대 모자를 비스듬히 쓰고, 정장에
깨끗한 셔츠를 입고 있다. 들어오며 꼿꼿이 서서
군대식으로 경례한다. 우렁찬 목소리로) 안녕하
셨어요, 바우메르트 아주머니!

바우메르트 부인　이게 누구냐? 드디어 네가 돌아 왔구
나! 우릴 잊지 않았구나! 어서 앉아라. 이리 온,
여기 앉아라.

엠　마　(나무의자를 앞치마로 닦아 모리츠 앞에 내밀
며) 어서 와, 모리츠! 이렇게 가난한 사람들 꼴
을 보려고 왔니?

예　거　이거 봐. 엠마, 그게 사실이야? 엠마에게 곧 군
에 입대할 커다란 아들이 있다는 게? 아인 어디
서 얻은 거야?

베르타　(노인이 가져 온 고기를 조금 잘라 냄비에 담
고, 그것을 오븐에 집어넣는다. 아우구스트가 불
을 지핀다) 핑어라는 직공을 알죠?

바우메르트 부인　그 사람이 우리와 함께 살았단다. 저
애를 데려가려고 했지만, 그 때 그 사람은 이미
폐를 몹시 앓아 폐인이 되어 있었지. 딸에게도
누차 타일렀지만, 어디 내 말을 들어야지. 그 사
람은 죽어 잊혀진지도 오래 됐어. 그래, 엠마에

게 아들 하나를 남겨 놓고. 그건 그렇고, 넌 어
찌 지냈느냐, 모리츠?

바우메르트 노인 말해서 뭘 해, 윤기가 자르르 흐르는
데. 저 앤 우릴 모두 비웃고 있어. 마치 왕자님
같은 옷을 입고 있잖아! 은시계를 차고, 어디 그
뿐인가, 주머니 속에 열 냥이나 갖고 있다는군.

예 거 (한껏 점잔을 빼며 득의양양한 미소를 짓는다)
맞아요, 괜찮았죠. 군대생활이 결코 나쁘진 않았
어요.

바우메르트 노인 기병대장을 모시고 있었대. 말하는
것 좀 보라구, 상류층 사람들 같잖아!

예 거 이젠 이런 고상한 말투가 몸에 배서 떨쳐버리
기가 어렵군요.

바우메르트 부인 그래, 그래, 그렇게 빈둥거리기만 하
던 네가 부자가 되어 돌아오다니, 뭐 하나 제대
로 하는 게 없었던 녀석이. 베틀에 앉아 실 한
타래 푸는 것조차 못 해냈는데 말야. 늘 싸돌아
다니고, 박새 집을 짓고, 방울새 잡을 덫을 치
고. 그게 네가 좋아하는 일이었지, 안 그러냐?

예 거 그래요, 아주머니. 방울새뿐만이 아니었죠. 제
비도 잡았죠.

엠 마 제비는 독이 있다고 그렇게 주의를 줬는데도.

예 거 아랑곳 안 했죠. 그보다, 그 동안 어떻게들 지
    내셨어요?

바우메르트 부인 말도 마라! 지난 사 년간은 지긋지긋
    했다. 봐라, 난 관절염을 얻었다. 이 손가락 좀
    보거라. 나도 모르겠다, 이게 관절염인지는. 아
    닌가? 이런 꼴이 되어버렸다! 손가락조차 꼼짝
    할 수 없어. 그게 얼마나 고통스러운 지는 아무
    도 상상할 수 없을 거야.

바우메르트 노인 저 사람은 지금 무척 안 좋은 상태란
    다. 오래 버티지도 못할 거야.

베르타 아침에는 우리가 옷을 입혀드리고 저녁엔 벗겨
    드려야 해요. 아기처럼 밥도 먹여드려야 하고요.

바우메르트 부인 (계속 탄식하며 울먹이는 목소리로)
    이젠 앞뒤에서 붙들어 줘야만 기동을 한단다. 앓
    느니 죽지, 성가신 짐만 되고 있으니... 이따금
    하나님께 어서 데려가 주시라고 기도한단다. 오,
    주여, 주여, 너무나 가혹합니다. 모르긴 해도...
    생각하면 알 일이지... 난 평생을 열심히 일하며
    살아 왔어.... 내 몫만은 꼭 해냈단 말야. 그런데
    이젠 (애써 일어나려고 하지만 안 된다) 아무것
    도 할 수 없으니... 사람 좋은 남편과 착한 아이
    들을 바라보고만 있어야 하다니.... 저 계집애들

얼굴 좀 봐라! 핏기 한 점 없이 창백한 종이쪽 같잖아. 먹고살기 위해 하루종일 그 지긋지긋한 베틀 앞에 앉아 있어야 하니, 이게 나이 어린 처녀애들이 할 짓이냐! 이게 대체 무슨 꼴이냐! 저 애들은 베틀 발판에서 평생 발 한번 떼지 못할 거야. 뼈빠지게 일하고도 변변한 옷 한 벌 사 입지 못할 것이 뻔하지. 사람들 앞에 나가는 것도, 교회에 나가 위안을 받는 것조차도 어림없는 일이야. 허수아비 같은 저 모습들을 누가 열 다섯, 스무 살의 젊은 아가씨들로 봐 주겠느냐!

베르타 (난로 옆에서) 또 연기가 나요.

바우메르트 노인 저 연기 좀 봐라! 그런데도 뭘 어떻게 해보지도 못한단다. 저걸 당장 부셔버릴까 보다. 저 난로를 부셔버리라고 해야겠다, 이 그을음을 온통 들여 마시느니 말이야. 지독한 냄새 때문에 너도나도 매일 기침을 해대지. 기침하고, 또 기침하고, 그래서 우리 가슴이 다 헤어져도 이유를 묻는 사람은 아무도 없을 거야.

예 거 그건 안소르게의 일일 텐데요, 그 사람이 난로를 고쳐주게 되어 있잖아요?

베르타 그랬다간 그 사람에게 찍혀요. 그렇지 않아도 우릴 잔뜩 삐딱하게 보고 있는 판국인 걸요.

바우메르트 부인 우린 벌써 오래 전부터 그 작자의 눈
  밖에 나 있어.

바우메르트 노인 불평이라도 한 마디 했다간, 그 즉시
  우릴 날려버릴 거야. 그자에게 우린 이미 반년
  동안 집세를 못 냈거든.

바우메르트 부인 하지만 살만큼 사는 사람이 그렇게
  딱딱하게 굴 것은 또 뭐랍니까!

바우메르트 노인 그 사람도 가진 것은 없어. 법석을
  안 떨어서 그렇지, 우리처럼 어렵다구.

바우메르트 부인 하지만 집도 있잖아요.

바우메르트 노인 무슨 소릴 하고 있는 게야, 당신. 그
  집의 벽돌 조각 하나도 자기 것이 아니야.

예 거 (외투 주머니에서 예쁜 장식이 달린 짧은 파이
  프를 꺼내더니, 곧 이어 다른 주머니에서 소주
  한 병을 꺼내 놓는다) 더 이상 이렇게 두고 볼
  수는 없어요. 이곳 사람들이 살고 있는 모습을
  보면 기가 막혀요. 도시의 개들도 이보다는 잘
  지내요.

바우메르트 노인 (열렬히) 그래, 바로 그거야. 너도 잘
  알고 있구나. 하지만 이곳에서 그런 소리를 하면
  뭐라는 지 아냐? 지금은 엄청난 불황기라는 거
  야.

안소르게 (들어온다. 한 손에는 스우프가 담긴 오지그
      릇을 들고 다른 손엔 반쯤 짠 사각 바구니를 들
      고있다) 다시 만나 기쁘네, 모리츠!

예 거 감사합니다, 안소르게 아저씨.

안소르게 (오븐 속에 사발을 밀어넣으며) 자네 마치
      백작님 같군!

바우메르트 노인 시계 좀 보여드려라, 모리츠! 얘에겐
      다른 옷도 한 벌 있고, 지갑 속엔 또 열 냥이 있
      다는군.

안소르게 (머리를 절레절레 흔들며) 뭐 그래, 정말인
      가?

엠 마 (주머니 속에 감자껍질을 담으며) 이걸 가지고
      가봐야겠어요. 탈지우유 한 냄비쯤은 얻어올 수
      있겠죠. (나간다)

예 거 (모두가 흥미진진해 하며 그의 말에 귀를 기울
      인다) 모두들 절 가만 놔두지 않았더랬죠. 그래,
      두고봐라, 군대 가서 보여주리라 했죠. 무엇보다
      전 운이 좋았어요. 입대하고 반 년이 되자 모범
      군인 훈장을 받았답니다. 무엇보다도 꼭 해낸다
      는 의지가 중요했어요. 상사의 구두를 닦고 말을
      손질해 주고 맥주를 날라다 주었죠. 초소에서 중
      무장을 하고, 무기를 반짝반짝하게 닦아놓고. 막

사에서건 점호 때이건, 말 위에서건, 언제나 선두에 섰죠. 진격 시에는 돌진, 돌진! 성스러운 십자포화를 뚫고 종횡무진! 사냥개처럼 민첩하게! 그러면서 스스로 다짐하곤 했어요 "여기에선 별 수가 없다. 면할 수 없는 운명이다." 그래서 마음을 단단히 먹었어요, 그렇게 된 거랍니다. 결국 전 연대 앞에서 기병대장의 칭찬을 들을 정도가 됐어요 "제군들, 진짜 경기병이 어떤 것인가를 알려면 여기 이 사람을 보라." (침묵. 파이프에 불을 붙인다)

안소르게 (머리를 저으며) 아주 운이 좋았군. 그래, 그래. 그렇구먼 그래! (마루에 앉아, 버드나무 가지를 곁에 놓고, 다리 사이에 바구니를 끼고 계속 짠다)

바우메르트 노인 그런 행운이 우리에게도 있었으면 좋겠군. 자, 우리 한잔할까?

예 거 물론이죠, 아저씨. 술이 떨어지면 더 사오면 되니까요. (탁자에 동전을 놓는다)

안소르게 (입이 딱 벌어지게 놀라며) 와, 와, 이거 정말 대단하구먼. 고기구이에, 소주에! (술병 채 들이마시며) 모리츠! 건승을 축하하네, 그래, 그래, 암, 암.

(소주병이 돌기 시작한다)

바우메르트 노인 해가 바뀌도록 고기 꼴 한번 구경할 수 없는 이 신세! 휴일마다 고기요리를 먹을 수 있다면 얼마나 좋을까! - 이렇게 앉아서 사주일 전처럼 우리 집에 찾아 든 개나 기다리고 있으랴! 그런 일은 평생 한번이나 있을까 말까 하는 일이야.

안소르게 그 개를 잡아 죽이셨소?

바우메르트 노인 굶어 죽을 판이니 어쩔 수 없었소.

안소르게 그럼, 그럼, 암, 암.

바우메르트 부인 아주 말쑥하고 실팍한 놈이었어요.

예 거 여기선 아직도 구운 개고기를 먹나요?

바우메르트 노인 아이고, 하나님, 그나마 배부르게나 먹게 해 주소서! 이란다.

바우메르트 부인 그렇고 말고. 그 고기 한번 먹을 만하단다.

바우메르트 노인 넌 그 맛을 잊어버렸나 보구나. 잠시 우리와 함께 있으면 곧 생각날 거다.

안소르게 (킁킁거리며) 맞아요! 아주 맛이 좋을 거요. 냄새가 아주 좋군요. 진짜 맛있는 음식이죠.

바우메르트 노인 (냄새를 킁킁 맡으며) 진짜 육계장 맛, 그것이야.

안소르게 자, 모리츠, 자네 이야기 좀 들어보세. 자넨 바깥세상 돌아가는 걸 잘 알겠지? 앞으로 우리 직공들의 생활이 나아질 것 같은가, 어떤가?

예 거 그렇게 되길 바래죠.

안소르게 우린 여기서 죽지도 살지도 못하는 형편이라네. 이곳 사정은 말이 아냐. 모두 살아보려고 발버둥치지만 결국 끝장이 나고 말 걸세. 찢어지게 가난해서, 머리 위엔 천장이 없고 발 밑엔 디딜 땅이 없는 꼴이야. 예전엔 베틀에 앉아 가난하고 비참하게라도 살 수는 있었지만, 이젠 그나마 일자리조차 구경하기 힘들 지경이야. 그래서 연명해 보려고 나도 지금 이 바구니를 짜고 있네. 밤새도록 바구니 하나를 만들어, 서 푼 반을 받고 있네. 자넨 배운 사람이니까 말인데, 그래 물가가 비싼데, 그런 푼돈으로 살 수 있겠는가? 가옥세가 석 냥, 토지세가 한 냥, 그리고 석 냥이 꼬박 담보이자로 들어간다네. 결국 열네 냥 벌고, 일년이면 일곱 냥 남네. 그것 가지고 일 년 치 식량과 땔감이며, 의복과 신발을 사야 해. 꿰매고, 깁고. 그래도 들어가 살 집은 있어야 할 것 아닌가, 나중이야 어찌 됐든! 내가 이자를 물지 못하고 쩔쩔매는 것도 다 그럴만한 이유가 있는 거라네.

바우메르트 노인 누군가 베를린에 국왕을 찾아가서 우리 사정을 알려야 해.

예 거 소용없는 일이에요, 바우메르트 아저씨. 신문에서도 매일 그 소리잖아요? 하지만 부자들은 요리조리 빠져나가죠…. 훌륭하기 짝이 없는 크리스찬을 자처하면서.

바우메르트 노인 (머리를 저으며) 베를린마저도 엉망이라니!

안소르게 그런데, 모리츠, 그게 그럴 수 있는 일인가? 이런 일엔 법이 없다면서? 손껍질이 벗겨지도록 열심히 일한 사람도 담보이자를 지불하지 못하면, 농부에게 집을 빼앗기는가? 농부들이 돈을 챙기려 할 테지. 장차 어찌 될지 모르겠네. 집에서 쫓겨나게 된다면… (눈물어린 목소리로) 난 여기서 태어난 사람이고, 내 아버님은 사십 년간 베틀에 앉아 사셨네. 아버님은 수 차례 어머니께 말하시곤 했지 "내가 죽더라도 이 집은 우리 집이오. 이 집은 내 것이오. 난 엄청난 노력으로 이 집을 마련한 것이오. 이 집의 못 하나를 위해 밤 새워 일했고, 널빤지 한 조각을 위해 말라빠진 빵 조각을 씹어야 했소" 이렇게 말일세.

생각해 보면....

예 거 그들은 가져갈 수 있는 것은 뭐든지, 남김없이
　　빼앗아 가고 있죠.

안소르게 그래, 그래, 그렇고 말고! 두발로 그 집을 걸
　　어 나오느니 이젠 차라리 들것에 실려 나오는 편
　　을 택하겠어. 까짓 것 죽는 게 대수인가? 내 아
　　버님도 죽음을 오히려 행복하게 여기셨어. 마지
　　막 순간엔 공포에 질리셨지만, 내가 침대 곁에
　　있어드렸지. 그래서 조용히 가셨어. 그때 내 나
　　이 열여섯이었네. 난 피곤해서 아프신 분 곁에서
　　깜빡 잠이 들었거든 - 철이 없었으니까 - 깨어보
　　니, 아버님께서는 이미 숨을 거두셨어.

바우메르트 부인 (잠시 후에) 통그릇을 저어라, 베르
　　타. 안소르게씨께 스우프를 갖다드려라.

베르타 여기 있어요, 드세요, 아저씨.

안소르게 (눈물을 흘리며 먹는다) 그래, 그래, 응, 응.
　　　　(바우메르트 노인이 냄비에서 고기를 꺼내 먹
　　기 시작한다)

바우메르트 부인 여보 영감, 좀 참으실 수는 없으세
　　요? 베르타가 상을 곧 차려드릴텐데 말이오.

바우메르트 노인 (씹으면서) 성찬식에 가본 지 꼭 이
　　년이 되었군. 그 직후 예배복을 팔아 버렸지. 그

걸로 돼지고기를 샀어. 그후부터 오늘까지 고기 한 점 먹어보지 못했어.

예　거　어떻게 우리가 고기 구경을 할 수 있겠어요? 우리 대신 공장주들이 먹는데. 그자들은 예나 지금이나 호화판으로 살죠. 비일라우나 페터스발다우에 가보면 다 알아요, 깜짝 놀랄 겁니다. 공장주들의 고대광실, 대궐같은 집하며, 유리창, 탑, 철대문들. 불황이 다 뭡니까? 고기에, 빵에, 수행원과 마부를 부리고, 가정교사까지 두고서, 없는 것 없이 살고 있단 말입니다. 홍청망청하게요! 놈들이 얼마나 돈 자랑을 하며 기고만장한지 말도 못해요.

안소르게　옛날엔 그렇지 않았다네. 그때 공장주들은 직공들도 살게끔 해줬어. 지금 놈들은 제 욕심만 채우고 있지. 왜 이런 일들이 벌어지는지 알고 있나? 높으신 양반들은 이제 더 이상 하나님이나 악마를 믿지 않아. 그자들에겐 계명이나 천벌 따윈 알 바 없어. 그러니까 공장주놈들은 우리 입에 풀칠할 것조차 안 남겨놓고, 쌀 한 톨까지 앗아가는 거야. 모두 놈들의 잘못이야. 놈들 때문이 아니라면, 우리가 이렇게 못살지도 않아.

예　거　들어보세요, 기뻐하실 소식 하나 전해드리겠습

니다. (주머니에서 종이조각을 꺼낸다) 아우구스트, 술집에 가서 술 한병 더 사올래? 가만, 넌 항상 그렇게 웃고 있냐?

바우메르트 부인   이유는 아무도 모르지만, 우리 아우구스트는 항상 웃고 있단다. 배꼽이 빠질 정도로 웃어대지. 자, 날래, 날래, 다녀오너라! (아우구스트가 빈 소주병을 들고 밖으로 나간다) 영감이 제일 신나시겠구려.

바우메르트 노인   (음식을 씹고있다. 음식과 술로 기운이 나서) 모리츠, 넌 우리편이다. 넌 글을 쓰고 읽을 줄 알지. 직물 거래가 어떤 건지도 알고. 불쌍한 직공들에게 마음을 쓰고 있고. 네가 우리를 위해 일해줘야 되겠다.

예 거   예, 도리가 없군요. 어려울 게 뭐 있겠어요! 자 여기, 저 늙은 공장주 불한당들, 그자들에 대해 신나게 노래를 부르고 다니려던 참이었어요. 뭐 처음부터 그럴 생각은 아니었지만 말이죠. 전 까다로운 사람은 아니지만 잘못된 것을 보면 분통이 터져요. 드라이시거와 디트리히를 잡아, 두 놈의 머리를 박치기해서 눈에서 불이 번쩍 나게 해 줄 겁니다. 우리 모두 뭉쳐서 공장주놈들을 박살내야죠.... 국왕도 정부도 필요치 않아요...

우리가 할 말은 단 한가지, "우리는 이러이러한 것을 원한다. 다른 것은 절대 못하겠다." 이것이죠. 곧 새 세상이 올 겁니다. 놈들도 우리가 결코 만만치 않다는 것을 곧 알아차리고는 기가 죽을 겁니다. 저는 그 거짓 신앙인들을 잘 알아요. 놈들은 겁쟁이들이에요.

바우메르트 부인 네 말이 맞다. 난 결코 모진 사람은 아니다만... 난 항상 세상에는 부자들과 가난한 사람들이 있기 마련이라고 생각해 왔어. 그렇지만 일이 이쯤 되고 보면...

예 거 악마가 놈들을 데려가게 만들겠어요. 놈들은 그래야 마땅해요.

　　　(바우메르트 노인이 조용히 방을 나간다)

베르타 아버진 어디 가셨지?

바우메르트 부인 어디 가셨는지 나도 모르겠구나.

베르타 오랫동안 고기를 잡수지 않았으니, 고기가 몸에 받지 않아서 그런 것은 아닐까요?

바우메르트 부인 (흥분해서 울면서) 네 말이 맞다, 네 말이 맞아! 고기 한 점도 소화가 안 되실 거다. 그 좋은 음식 죄다 토하신 게다.

바우메르트 노인 (울분에 차서 들어온다) 제기랄! 이젠 끝장이야! 벌써 이렇게 되어버리다니! 모처

럼 맛난 음식을 먹는가 했더니, 몸 속에서 조금
도 받지를 않아! (난로 옆 의자에 주저앉아 운
다)

예　거　(발끈하며, 미친 듯이) 이곳에서 얼마 안 되는
곳엔, 정의파를 자칭하는 파렴치한 놈들이 살고
있지요. 배에 잔뜩 기름이 끼어 가지고, 일년 내
내 하는 일 없이 신선처럼 지내면서, 하루하루를
축내죠. 놈들 주장은, 직공들도 게으름만 안 피
우면 얼마든지 살 수 있다는 거예요.

안소르게　놈들은 이미 사람이라 할 수 없어! 흉악한
괴물들이야, 그 놈들은!

예　거　진정하세요, 놈들을 곧 혼내주겠어요. 빨강머리
배커와 제가 이미 드라이시거에게 앙갚음을 했
어요. 놈의 집을 지나오면서 "피의 심판"을 불러
댔지요.

안소르게　아이고마, 그게 그 노래인가?

예　거　예, 여기 있어요.

안소르게　그게 그러니까, "드라이시거의 노래"라던가
뭔가 하는 것인가?

예　거　예, 제가 한번 읽어보겠어요.

바우메르트 부인　누가 지은 거냐?

예　거　그건 아무도 몰라요. 자, 들어나 보세요. (학교

소년 같이 또박또박, 서투른 억양으로 가사를 읽
어 내려간다. 하지만 완연하게 격렬한 감정이 담
겨있다. 실망과 고뇌, 분노, 증오, 불타는 복수
심, 이 모든 것들이 울려나온다)

여기 이 자리의 재판은,
페멘의 재판보다 험악한 것.
거기선 판결을 말하지 않고도
목숨을 재빨리 거둬 가 준다오.

여기선 서서히 고통을 당한다오.
여기엔 고문실이 있다오.
쉬느니 한숨이오,
짓느니 탄식이라.

바우메르트 노인 (노래의 각 구절에 감동과 충격을 받
는다. 여러 차례 예기의 낭송에 끼어 듣고자 하
는 충동을 느끼지만, 간신히 참는다. 마침내 더
이상 참지 못하고, 더듬거리면서 울었다 웃었다
한다. 자기 아내에게) 여기엔 고문실이라! 누가
썼는지는 몰라도 말 한번 제대로 했다. 짓느
니... 뭐랬더라? 쉬느니 한숨이오.... 짓느니....

예 거 짓느니 탄식이라.

바우메르트 노인   우리가 매일같이 한숨쉬는 걸 너도
　알지? 자나깨나 말이야.
　　(안소르게가 하던 일을 멈추고 격정에 사로잡
　혀 있다. 바우메르트 부인과 베르타는 예거의 낭
　송을 듣고 흐르는 눈물을 닦아낸다)

예 거 (계속 읽어간다)

　　드라이시거 무리는 우리의 형리요,
　　하인들은 그자의 앞잡이.
　　그 중에서 잘난 자가 우리 껍질을 벗기네,
　　덮어주기는 고사하고!
　　이 악당들아, 사탄의 자식들아…

바우메르트 노인 (분노에 떨며 발을 구른다) 맞아, 사
　탄의 자식들!

예 거 (읽는다)

　　지옥의 악당들아!
　　가난한 자들을 쥐어짜고!
　　저주로 값을 치르리라!

안소르게 그래 그래, 저주받고 말고!

바우메르트 노인 (주먹을 불끈 쥐며 위협적으로) 가난
　한 자들을 쥐어짜고!

예 거 (읽는다)

　　간청도 애원도 소용이 없고,
　　탄원도 무엇도 소용이 없네.
　　"맘에 안 들면 떠나면 된다네,
　　굶어봐야 안다네."

바우메르트 노인 뭐라 했지? 탄원도 무엇도 소용이 없
　고? 모두 맞아. 성경 구절처럼 구구절절 맞는 말
　이야. 아무리 애원해도 소용없는 일이지.

안소르게 그래 그래, 헛수고일 뿐이지.

예 거 (계속 읽는다)

　　이 가난을 봐 수오,
　　가난한 자의 참상을.
　　빵 조각 하나 없는 이들.
　　불쌍치도 아니한가!

　　불쌍히 여기신다? 흥!

온정이란 식인종에게는 생소한 것.
네놈들의 목표가 무엇인지 안다.
가난한 자들의 뼈가죽이렸다.

바우메르트 노인 (벌떡 일어나며, 미친 듯 외친다) 뼈
가죽이라구! 그렇고 말고! 가난한 자들의 뼈가
죽이지. 나 로베르트 바우메르트는 카슈바하에서
일등 직공이었어. 누구도 내게 뭐라는 사람은 없
었어. 평생을 정직하게 열심히 살아 온 내 모습
을 봐라! 이제 내게 남아있는 것이 무엇인가?
놈들이 내게 해 온 짓을 보란 말이다. 여기서 난
서서히 고통으로 쇠진해 가고 있어. (팔을 내밀
며) 자, 봐라! 뼈와 가죽 뿐이야! 이 악당들아,
사탄의 자식들아! (의자에 주저앉아 분노와 슬
픔에 싸여 흐느낀다)

안소르게 (바구니를 구석으로 집어던지며 일어선다.
화가 치밀어 비틀거리면서 나온다) 이제는 세상
이 바뀔 날이 왔어. 이젠 더 이상 참을 수 없어!
참을 수가 없다구! 어디 될대로 되라구!

제 3 막

제 3 막

페터스발다우의 선술집 홀. 커다란 실내 공간의 발코니 천장을 목재 기둥이 받치고 있고, 이 기둥을 중심으로 탁자가 하나 놓여있다. 버팀목 하나로 위장한 기둥 오른쪽에, 뒷벽으로 통하는 출입문이 나 있다. 출입문을 통해서 술통과 양조기들이 쌓여있는 넓은 로비가 보인다. 이 문의 오른쪽 구석에는 바아가 있다. 사람 키 높이의 칸막이 벽과 집기용 칸; 뒤쪽엔 소주병이 들어있는 벽장; 칸막이 벽과 술 저장 칸 사이에는 바텐더가 서 있게 될 작은 공간이 있다. 바아 앞쪽엔 화려한 빛의 덮개로 단장된 탁자가 있다. 그 위에는 예쁘장한 램프가 걸려 있으며 등나무 의자들이 주변을 둘러싸고 있다. 오른쪽 벽 바로 곁에 "선술집"이라는 문구가 새겨져 있는 문이 별실로 통한다. 더 앞쪽 우측에 큰 괘종시계가 똑딱거리고 있다. 뒷벽 출입문 좌측으로 술병과 잔이 놓인 탁자가 있고, 구석에 큰 난로가 보인다. 왼쪽 벽에는 세 개의 작은 창문이 있고, 그 아래로 긴 의자가 놓여 있다. 그 앞에는 커다란 목재 탁자가 각 벽을 향해 놓여있다. 커다란 술집은 푸른색으로 칠해져 있으며, 탁자 넓은 쪽엔 등받이 의자들, 좁은 안쪽엔 나무의자가 각각 놓여있다. 현수막, 종이그림, 인쇄그림들이 걸려있는데, 그 중에는 프리드리히 빌헬름 사 세의 초상화도 있다.

선술집 주인 벨첼은 오십 여 세쯤 되는 호인 풍의 거구로서, 바아 뒤 술통으로부터 맥주를 잔에 따른다. 벨첼 부인은 난로 곁에서 다리미질을 하고 있다. 그녀는 삼십 세가 채 못 된 용모단정한 아름다운 여인이다. 십칠 세의 어여쁜 처녀 안나 벨첼이 풍성한 갈색 머리를 하고 단아한 옷차림으로 식탁 앞에 앉아 뜨개질을 하고 있다. 그러다 잠시 일손을 멈추고 멀리서 들리는 학교아이들의 장송곡 노래에 귀를 기울인다. 목수 비간트가 작업복 차림으로 같은 탁자 앞에 앉아서 바이에른 맥주 한잔을 비우고 있다. 그는 목표 달성을 위해서는 무엇이 중요한 것인가를 잘 터득하고 있는 사람 같은 풍모다. 말하자면 용의주도하고, 기민하고 과감한 전진형으로 보인다.

여행자 한 사람이 기둥 옆 탁자에 앉아 열심히 고기조각을 씹고있다. 중키에 윤기 흐르고 살집 좋은 풍채다. 쾌활하고 생기발랄한 모습에, 최신 유행하는 옷으로 잘 차려 입었다. 여행용품, 가방, 견본 상품가방, 우산, 외투, 능직포 보자기 등등이 옆 의자에 놓여있다.

벨 첼 (여행자에게 맥주를 날라다 주며, 옆자리의 비간트에게) 오늘 페터스발다우엔 아귀떼들이 모였다더군.

비간트 (날카롭고 우렁찬 목소리로) 오늘이 드라이시거에게 물건을 납품하는 날이거든요.

벨첼 부인 하지만 전에는 그렇게 들썩들썩하지 않았죠.

비간트 아마 그것 때문일 거에요. 드라이시거가 이백 명의 직공을 더 고용한다고 했답니다.

벨첼 부인 (계속 다리미질을 하며) 그래요, 그래서 그랬겠죠. 이백 명 채용한다면 한 육백 명은 모였겠군요. 직공은 항상 충분하니까.

비간트 맙소사, 충분하다 뿐인가요? 형편없이 살고들

있어도 멸종은 안 되더군요. 그들은 감당치도 못
하면서 계속 자식을 낳고 있어요. (갑자기 장례
곡이 더 크게 들린다) 오늘도 장례식이죠, 직공
넨트비히가 죽었답니다.

벨 첼 그 사람도 그만하면 오래 버텼지. 벌써 몇 해째
귀신같이 헤맸어.

비간트 믿을 수 있겠소, 벨첼? 내 그렇게 형편없는 관
은 처음 봤소. 그렇게 지독하게 작고 보잘것없는
관을 짜본 것은 처음이오. 그 사람 시신은 구십
파운드도 못 됐어요.

여행자 (음식을 씹으며) 한 가지 이해하지 못할 일이
있습니다.... 이곳에선 어디를 둘러봐도, 어느
신문을 봐도, 직공들이 극빈상태에서 비참하게
사는 것을 알 수 있죠. 직공들의 사분의 삼 가량
이 굶주리고 있다는 느낌을 받아요. 방금 지나간
장례행렬만 해도 그래요. 전 방금 이 마을에 왔
는데 말입니다. 한 가지 이상한 것은 취악대와
학교 선생님들, 학생들, 목사, 그리고 고리타분
한 사람들에 이끌려 가는 장례행렬을 보면, 맙소
사, 중국황제라도 죽었나 하는 생각이 듭니다.
그런 데다 쓸 돈이 있으면......! (맥주를 마신다.
잔을 내려놓더니 갑자기 희롱하는 태도로) 안 그

래요, 아가씨? 내 말이 맞지 않습니까?

　　(안나가 곤혹스런 미소를 지으며 계속 부지런
히 뜨개질을 한다)

여행자　아버님 드리려고 덧신을 만들고 계시는군요.

벨　첼　아니오! 난 그런 물건을 발에 걸치는 걸 좋아
하지 않소이다.

여행자　그렇다면 말입니다. 내게 덧신을 만들어 주시
면, 내 재산 절반을 뚝 잘라주겠소만.

벨첼 부인　무슨 말 같잖은 소릴!

비간트　(한두 차례 기침을 하고 의자를 돌리고 앉아
이야기를 시작한다) 저분은 그런 장례행렬이 우
습게만 여겨진다고 하셨지만, 어때요, 젊은 아가
씨, 그 정도는 아주 작은 장례식이잖아?

여행자　예, 하지만 제 말은요, 억수같이 돈이 드는 일
일텐데, 그 돈이 대체 어디서 나는 거냐 이겁니
다.

비간트　이해해주도록 하십시오, 신사양반. 이곳 가난
한 민중들에게는 한 가지 이해 못 할 관습이 있
죠. 이렇게 말해도 될 지 모르겠습니다만, 돌아
가신 분들께 존경과 의무 같은 것을 빚지고 있다
는, 좀 지나친 망상을 갖고 있답니다. 돌아가신
분이 부모인 경우엔…. 미신적인 관습이 있어요.

직계 자손이든, 상속인이든, 있는 재산을 다 털어 모읍니다. 자녀들이 돈을 조달하지 못하면, 이웃 유지들에게 돈을 빌리죠. 그래서 빚을 잔뜩 지죠. 이들은 목사에게도, 교회 머슴에게도 닥치는 대로 돈을 빌립니다. 빌린 돈으로 술이며 음식이며, 우선 급한 것을 장만하지요. 그래요, 자식이 부모를 공경하는 것은 좋지요, 하지만 그 때문에 평생 그 빚에 눌려 살아서는 안 되죠.

여행자 감히 한 말씀 드립니다만, 목사들이 이들을 말려야 하지 않습니까?

비간트 황송한 말씀입니다만, 이곳에는 곳곳에 교회가 세워져 있죠. 양떼들을 목사들이 지켜줘야 한다는 덴 저도 반대하지 않습니다. 성대한 장례식에서 고위 성직자들은 한몫을 챙깁니다. 참석자가 많을수록 교회에 더 많은 헌금이 모이죠. 일 돌아가는 것을 아는 사람이라면, 모름지기 이렇게 단언할 수 있어요, 목사님들이 조촐한 장례식을 가만 두고보지는 않는다고요.

호르니히 (들어온다. 오자 형으로 다리가 휜 작달막한 노인이다. 가슴께에 멜빵을 하고 있다. 그는 넝마수집상이다) 안녕들 하시오! 한잔 주시오. 자, 아가씨, 오늘은 천 쪼가리 좀 없수? 안나 아가

씨! 머리띠, 거들, 양말대님, 옷핀, 머리핀, 훅과
고리쇠가 있어요. 천 조각들과 바꿀 수 있는 것
들이죠. (목소리를 바꾸어) 그 천 조각들로 멋진
백지를 만들고, 거기에 사랑하는 님이 아름다운
편지를 쓰지요.

안　나　고맙지만 전 애인이 필요 없어요.

벨첼 부인　(다리미 쇠를 누르며) 애가 저렇답니다. 결
혼은 생각도 안 해요.

여행자　(벌떡 일어나 반색하는 표정으로 식탁 쪽으로
다가간다. 안나에게 손을 내밀며) 잘 생각하신
거요, 아가씨. 그렇게 하시오, 나처럼! 좋아요,
악수나 합시다. 우리는 영원히 독신으로 남는 것
이오.

안　나　(얼굴이 빨개지며 손을 내민다) 하지만 선생님
께서는 벌써 결혼하셨잖아요?

여행자　맙소사, 짐짓 그런 척했을 뿐인데. 내가 반지를
끼고있어 그러시는가 보군요. 내 워낙 사분사분
한 성격인지라, 유혹을 물리치려고 끼고 있는 것
뿐이오. 하지만 아가씨는 두렵지가 않군요. (반
지를 빼서 주머니에 넣는다) 정말로 말씀해 봐
요, 결코 결혼하지 않겠다는 말이 사실이오?

안　나　(머리를 저으며) 그렇다니까요.

벨첼 부인　별난 일이 있기 전엔 마음이 변하지 않을
거예요.

여행자　안 할 것까지야 뭐 있겠소! 저는 어느 슐레지
엔 유지가 자기 어머니의 하녀와 결혼하는 것을
봤어요. 저 돈 많은 공장주 드라이시거도 선술집
딸을 얻었잖습니까? 아가씨처럼 기막히게 예쁜
용모도 아니었지만, 이젠 마부와 수행원을 부리
고 떵떵거리며 살고있지 않나요? 안 될 게 뭐
있습니까? (계속 서성이다가, 기지개를 펴고 다
리를 쭉 뻗으며) 커피 한잔 주십시오!

（짐 꾸러미를 짊어진 안소르게와 바우메르트
노인이 들어와서 왼쪽 앞 탁자에 앉은 호르니히
의 옆에 굽신거리며 자리를 잡는다）

벨 첼　안녕하시오, 안소르게씨? 다시 뵙게 되어 반갑
습니다.

호르니히　연기투성이 방에 꼼짝도 않고 처박혀 있더
니, 웬 일로 기어 나오시는감?

안소르게　(당황하며 안절부절 한다) 천 짜는 일을 하
려고 실을 다시 받아 왔죠.

바우메르트 노인　열 냥 받고 일하기로 했답니다.

안소르게　그러고 싶진 않았지만, 바구니 짜는 일도 끝

났고 해서...

비간트 놀고 있는 것보다야 낫죠. 그자에겐 일감이 있
으니까. 난 드라이시거를 잘 알아요. 지난번 그
집 겹창문을 고쳐주러 갔을 때, 내게 이야기합디
다. 그게 다 직공들이 불쌍해서라고요.

안소르게 그러시겠지!

벨 첼 (직공들에게 소주 한잔씩을 내밀며) 자, 어서
들 마시시오. 수염을 깍은 지가 얼마나 되었소,
안소르게? 저기 신사분이 궁금히 여기시는데.

여행자 (소리높혀) 주인장, 난 그런 소리 한 적 없어
요. 일등 직공어른의 중후한 모습에 감탄하고 있
을 뿐이오. 이렇게 거대한 체구라니, 보기드문
풍채이십니다.

안소르게 (당황하여 머리를 긁적이며) 그것 참!

여행자 이처럼 장수로 타고난 듯한 분은 요즘 세상에
드물어요. 이제는 모두 문명의 혜택으로 매끄럽
게 다듬어져 있지요... 문명에 길들여지지 않은
자연인의 모습을 보는 것은 즐거운 일이지요. 저
굵은 눈썹을 봐요! 무성한 턱수염은 또 어떻고!

호르니히 신사양반, 이 사람들은 이발소에 갈 돈이 없
다는 것을 아셔야 합니다. 면도칼을 살 돈조차
없지요. 그저 수염이 자라는대로 내버려두는 것

이죠.

여행자 하지만 말이죠, 어디... (주인에게 가만히) 저
  털보 장수에게 술 한잔 사도 될까요?

벨 첼 그건 안 됩니다. 마시려 하지 않을 겁니다. 저
  분은 이상한 생각을 가지고 있어서요.

여행자 그렇다면 그만 두죠. 아가씨, 잠깐 앉겠습니다.
  (식탁 옆에서) 난 이 방에 들어온 후로 아가씨의
  머리에서 잠시도 눈을 뗄 수 없었습니다. 윤기가
  자르르 흐르고, 부드럽고, 풍성한 이 머리! (자
  신의 손끝에 황홀한 키스를 하면서) 그리고 이
  색깔... 마치 무르익은 밀알 같아요! 그 자태로
  베를린에 오시면 만인의 열광을 받으실 겁니다.
  맹세컨데, 그런 머리라면 궁궐에라도 갈 수 있어
  요. (뒤로 기대어 머리를 관찰하면서) 멋져요,
  정말 근사합니다.

비간트 사람들이 그녀의 머리를 보고 아름다운 별명을
  지어주었을 정도죠.

여행자 뭐라고 했는데요?

안 나 (계속 회심의 미소를 지으며) 오, 어서 계속 말
  해 보시죠!

호르니히 여우털이라고 했겠지, 아마.

벨 첼 제발 그만 좀 하시오. 저 아이를 이리저리 내

돌리지 말아요. 오늘은 이렇게 부르고, 내일은 저렇게 부르고! 딸아이 머리에는 정말 멋진 이름이 제격일텐데 말이오.

벨첼 부인 남자분들, 개를 막 대하지 마세요! 출세하고 싶어한다고 죄 될 것은 없죠. 세상 모든 사람들이 당신들처럼 생각하진 않아요. 아무도 먼지 구석에서 못 빠져 나오고 마냥 주저앉아 있다면, 그것도 좋은 일은 못 되죠. 드라이시거의 조부가 당신들 같은 생각이었다면, 아직도 그들은 가난뱅이 직조공일 겁니다. 이제 그들은 반석 같은 기반을 잡았죠. 트롬트라 영감도 마찬가지죠. 가난한 직공에 불과했던 사람이 이제는 집이 열두 채나 되고 귀족 나리까지 됐잖아요.

비간트 맞는 말씀이오, 벨첼씨. 부인 말씀이 맞아요. 그건 내가 증인이죠. 나만 하더라도 당신과 똑같은 생각으로 살아왔다면 지금처럼 일곱 명의 목수를 거느리진 못 했을 겁니다.

호르니히 당신이야 약삭빠른 사람이니까. 그걸 인정하지 않을 수 없지. 당신은 직조공이 몸져눕기 전에 미리 관을 짜 놓을 사람이지.

비간트 살아가려면 뭐든 부지런히 서둘러야지.

호르니히 그러실 테지! 직공아이가 죽으면 의사보다 당신이 더 잘 아니까.

비간트   (웃으려다 갑자기 열을 내며) 그리고 직공들
틈에 끼어 실 한두 타래를 떼먹는 자들은 경찰보
다 당신이 더 잘 알고! 천 조각을 모으러 다니지
만, 간간이 직공들이 실꾸러미를 팔겠다면, 마다
하지 않지?

호르니히   당신은 교회묘지에서 밀농사를 짓고 있는 자
야. 죽어서 관을 찾는 사람이 많을수록 당신에겐
좋지. 어린애들의 비석이 쭉 줄지어 있는 것을
보고 당신은 배를 두드리며 말할 거야, "금년도
괜찮았어, 꼬마들이 가을 낙엽처럼 무수히 사라
졌으니까. 일주일에 사 분의 일 파운드 가량 더
벌어들일 수 있겠군."

비간트   그렇다 해도 장물애비보다야 낳지.

호르니히   당신이 부자 직물공장주들에게 두 배나 비싼
견적을 낸다면서? 그리고 달이 비치지 않는 어
두운 밤엔 드라이시거의 건축장에서 널빤지 한
두 개를 빼내오기도 하고!

비간트   (등을 돌리며) 뭐가 어째? 어디다 대고 하는
소리야? 내게 감히! (갑자기) 이 거짓말쟁이
놈!

호르니히   송장 관이나 짜는 놈!

비간트 (다른 사람들에게) 이 작자는 짐승같은 것들을
　　　홀리는 방법을 잘 알죠.

호르니히 네놈도 조심하지 않으면 내 요술에 걸려들고
　　　말 거다!

　　　　(비간트가 새파랗게 질린다)

벨첼 부인 (나가 있다가 여행자에게 커피를 내민다)
　　　커피를 안쪽으로 날라다 드릴까요?

여행자 아니, 웬 말씀을! (애틋한 시선으로 안나를 바
　　　라보며) 여기 앉아있겠습니다, 죽을 때까지.

젊은 산림원과 채찍을 든 농부 (들어오며) 안녕들 하
　　　시오! (카운터에서 멈춰 선다)

농　부 생강차 두 잔 부탁합니다.

벨　첼 어서들 오시오! (차를 따라준다)

　　　　(두 사람이 잔을 들어 건배하고 마신 후 카운
　　　터에 올려놓는다)

여행자 지, 산림원 양반, 재미가 좋으시오?

산림원 그런대로요. 난 슈타인아이퍼스 마을에서 오는
　　　길이라오.

　　　　(늙은 직공 한둘이 와서 안소르게, 바우메르
　　　트, 호르니히 앞에 다가와 앉는다)

여행자 실례지만, 호호하임 백작집 산림원이십니까?

산림원 카일 백작 댁의 일을 봅니다.

여행자 그렇죠, 그렇죠. 저도 그렇게 말하려던 참이었
는데. 백작이니, 남작이니, 자작이니, 그것 참
고약스럽게 많기도 하죠. 기억력이 엄청나게 좋
지 않고서야, 원! 그런데 선생께서는 도끼는 뭐
하시려고 들고 다니십니까?

산림원 벌목꾼들한테 압수한 거죠.

바우메르트 노인 높으신 나리들, 그 양반들은 땔감 몇
쪼가리까지 삿삿이 빼앗아 가지.

여행자 실례의 말씀이오나, 그것도 안 되잖습니까? 너
도나도 가져가려 하면 말이죠.

바우메르트 노인 황송한 말씀이오만, 여긴 어디가나
좀도둑들과 큰 도둑들이 득실거린다오. 이곳엔
훔쳐온 나무로 목재도매상을 해서 부자가 된 사
람들이 있죠. 하지만 그게 만약 가난한 직조공이
라면......

늙은 직공 I (바우메르트의 말을 가로채며) 우리에겐
나뭇가지 하나도 안 된다는 것이지. 높은 양반들
은 우릴 더욱 호되게 쳐서, 아예 가죽을 홀랑 벗
기려 들고있소. 우린 공납세며, 방적기계 값이
며, 또 현품 값 등을 치르기 위해 이리저리 뛰어
다녀요, 그래봐야 소용없으니 도둑질을 하는 게

지, 그게 뭐 좋아서 하는 짓일까!

안소르게 그게 그러니까, 우리네 공장주들께서 남겨놓
은 것을, 그나마 귀족나리들이 우리 호주머니에
서 깡그리 털어간 거야.

늙은 직공 Ⅱ (옆 탁자에 자리를 잡으며) 난 나리에게
직접 이야기도 했어. 황송한 말씀이옵니다만, 백
작님, 금년엔 많은 품일을 해드리지 못 하겠습니
다요. 이러니저러니 긴 말씀드리진 않겠습니다
만, 그게 웬지 아십니까요? 홍수 때문에 박살이
났지 뭡니까. 밭뙈기 몇 조각 있는 것이 휩쓸려
가버렸어요. 안 죽으려고 밤낮으로 몸부림을 치
는데, 이런 날벼락이라니! 원 세상에, 원 세상
에! 전 속수무책이었습니다. 그 좋은 논바닥 흙
이 산더미처럼 오두막을 휩쓸어 버렸으니, 이게
말이 됩니까, 금쪽같은 종자씨가... 아이구 하나
님, 하늘을 향해 일주일 내내 울며불며 애원했습
니다.

농부 (거칠게) 또 지긋지긋한 넋두리를 시작하는구만.
하늘의 뜻을 우리 모두가 감수해야지. 대체 당신
들 못사는 것이 누구 책임이라는 게야? 좋은 시
절엔 뭣들 하고 있었어? 모두 놀음과 술로 탕진
했잖아! 그때 조금이라도 저축했더라면, 지금 한

풀이 궁해서 실꾸러미나 나무를 훔칠 필요는 없을 거야.

젊은 직공 I   (바깥방의 다른 직공들과 함께 서서 문을 향해 소리친다) 아홉 시까지 침대에 자빠져 있어도 농부는 어디까지나 농부지!

늙은 직공 I   그러니까 말일세, 농부나 귀족이나 다 한통속이란 소리지. 직공이 집이 필요하다고 하면, 농부들은 이렇게 말해, "내가 안쪽에 살 곳을 마련해 줄 테니 비싼 집세를 내시오. 나머지는 내 농사일을 도와서 갚아 가고. 싫으면 관두시고." 그래 다른 농부를 찾아가 보면, 하는 소리들이 모두 똑같은 거야.

바우메르트 노인   (분개하며) 직공들은 돌아가며 베먹다 남은 과일깡때기 신세가 되지.

농 부   (흥분하여) 오, 이 거렁뱅이 인간들아! 당신들이 뭘 할 수 있다는 거야? 쟁기질을 할 줄 아나, 고랑을 일굴 줄을 아나, 밀단을 마차에 실을 줄을 아나? 아무짝에도 쓸모없는 것들이. 게을러 터져 계집들하고 잠이나 잘 줄 알지! 이 똥간나 새끼들! 어디 한 놈이라도 쓸모가 있어야지. (술값을 치르고 나간다. 산림원이 미소를 띠고 뒤를 따른다. 벨첼, 목수 비간트, 벨첼 부인이 큰소리

로 웃는다. 여행자도 비긋이 웃는다. 웃음이 멎고 이내 조용해진다)

호르니히 꼴에 농부랍시고, 멍청한 가축이나 진배없는 게! 내가 이곳의 속사정을 모르면 말도 안 해… 이 동네 돌아가는 꼴을 좀 보라지! 헐벗은 사람들이 삼삼오오 짚더미 같은 움막 하나에 엏혀 사는데…

여행자 (부드럽게 힐난하듯) 삼가 말씀드립니다만, 이곳 마을의 궁핍한 사정에 대해서는 의견들이 분분하답니다. 신문을 볼 수 있으시다면 아시겠지만…

호르니히 나도 당신만큼은 읽었소이다. 그래요, 그래, 알다마다요. 내 지난 사십 년간 삼베 등짐을 지고 떠돌아다녔으니, 잘 알고있는 것도 당연하지요. 풀러른은 어떤가 하면, 어린애들이 이웃집 거위들과 함께 똥더미 속을 헤집고 놀죠. 사람들이 맨 돌바닥에서 헐벗은 채 죽어가고 있소. 냄새 고약한 멀건 죽을 먹으며 오들오들 떨고 살아요. 수백 명씩 굶어 죽어가고 있소.

여행자 글을 읽을 수 있으시다니 잘 아시겠소만, 그간 정부는 강력한 조사를 펴서…

호르니히 잘 알고 있소, 알다마다요. 정부에서 나온 사람은 이 사정을 눈으로 본 듯 환히 알고 있죠. 하지만 그 사람들이 들르는 곳이란 냇물이 흐르고 예쁘장한 집들이죠. 반짝반짝한 멋쟁이 구두를 더럽히기 싫었을 테니까. 그리고는 이렇게 생각하겠죠, "다른 집들도 이렇겠지." 마차를 타고 집으로 돌아가서 베를린에 보고서를 쓰겠죠, "이곳에는 빈곤이 전무함". 만약 그자가 조금만 참을성 있게 마을로 올라가 냇물건너 저편 작은 마을 오두막을 보았더라면, 산 위의 쓰러져가는 검은 움집을 몸소 답지해보는 수고를 눈꼽만큼이라도 했더라면, 베를린에 보내는 보고서는 전혀 다른 내용이 되었을 게요. 정부의 나리들, 여기 궁핍한 자 있음을 믿기 어려우면 내게 와 보시라지, 내가 진실을 보여드릴 테니까. 굶어 죽어가는 사람들의 모습을 보고 눈이 휘둥그레지도록 만들어줄 테니.

　　(밖으로부터 직공들의 노래 가락이 들려온다)

벨　첼　또 그 악마의 노래를 부르고있군.

비간트　온 마을을 확 뒤엎고 있어요.

벨첼 부인　어쩐지 공기가 심상치 않아요.

　　(예거와 배커가 팔짱을 끼고, 한 무리의 젊은 직공들의 선봉에 서서 소란을 피우며 술집 문지

방에 들이닥친다.)

예　거　연대, 차렷! 착석!

　　　　(막 도착한 사람들이 탁자에 흩어 앉아, 먼저
　　　와있던 사람들과 이야기를 나눈다)

호르니히　(배커를 부르며) 배커, 도대체 무슨 일인가,
　　　이렇게 떼거리로 몰려다니면서?

배　커　(심각하게) 어쩌면 곧 큰일이 일어날 것 같소.
　　　안 그렇소, 모리츠?

호르니히　하지만, 잠깐! 형세를 좀 봅시다.

배　커　우리는 이미 피를 흘렸소! 한번 보시겠소? (소
　　　매를 걷어부치고 팔 윗부분의 종두자국에서 피
　　　가 흐르는 것을 보여준다. 탁자에 자리잡은 다른
　　　젊은 직공들도 같은 행동을 한다)

배　커　슈미트 영감네 집에 가서 종두를 맞고 오는 길
　　　이오.

호르니히　이제 알 것 같군. 온 동네가 시끌벅적한 게
　　　놀랄 일도 아니지, 저런 망나니떼가 마을로 몰려
　　　들었으니.

예　거　(호기있게 우렁찬 목소리로) 여기 두 쿼터 들
　　　이로 갖다주시오, 벨첼! 내가 사겠소. 행여나 내
　　　게 돈이 없다고 생각하시나? 천만에! 원한다면
　　　우리는 샴페인도 마시고, 커피도 홀짝거릴 수 있

어, 날이 셀 때까지, 저 여행객처럼 말씀이야.

(젊은 직공들 사이에 웃음이 터진다)

여행자 (희극조로 놀란 표정을 지으며) 우리가 마신다는 말씀이시오? 아니면 여러분이 날 마시겠다는 말씀이오?

(벨첼 부부와 딸 안나, 목수 비간트, 여행자 모두 웃는다)

예　거 바로 그렇게 묻는 사람을.

여행자 실례의 말씀이오만, 댁의 사업이 꽤나 잘 되가는 모양입니다.

예　거 나야 아쉬운 게 없죠. 난 옷장사하고 다니는 사람이오. 공장주들과 한 통속이죠. 직공들이 굶주리면 굶주릴수록 난 배불리 먹죠. 그들이 어려울수록 내 빵이 커지죠.

배　커 말 잘했다, 모리츠! 자, 널 위해 건배!

벨　첼 (옥수수술을 가져온다. 카운터로 되돌아 가다가 멈춰 선다. 천천이 돌아서서 무겁고 냉냉한 표정으로 직공들을 본다. 조용하지만 힘있는 목소리로) 그 신사분을 그냥 놔둬! 저분은 당신들에게 잘못한 것이 없어!

젊은 직공 우리도 저이에게 잘못한 것은 없소!

(벨첼 부인이 여행자와 몇 마디 주고받는다.

부인은 아직 커피가 남아있는 잔을 들고 옆방으로 들어간다. 직공들이 웃는 가운데, 여행자가 그녀의 뒤를 따른다)

젊은 직공들 (노래한다)

드라이시거네 나리들은 우리의 형리요.
그집 하인들은 그의 앞잡이...

벨 첼 그만둬! 당신들이 어느 곳에서 그 노래를 부르든 상관 않겠지만, 내 집에서만은 안 돼!

늙은 직공 Ⅰ 저 사람 말이 맞아, 젊은이. 노래를 그만두게.

배 커 (소리친다) 하지만 다시 한번 드라이시거네 집을 지나가면서 놈들에게 이 노래를 들려줘야 해.

비간트 너무 설치지 말라구, 큰코다치지 않으려면!
  (웃음과 환호성)

비티히 노인 (잿빛 머리의 대장쟁이. 가죽 앞치미외 나막신을 걸치고 있다. 작업장에서 막 나온 듯, 들어서자마자 카운터 앞에 서서 소주잔을 기다린다) 법석들 떨지 말고 좀 조용히 해! 짖는 개는 물지 않는다구!

늙은 직공들 비티히, 비티히!

비티히 왜들 야단이지?

늙은 직공들 비티히가 왔어! - 비티히, 비티히! - 이
리 오시게! - 우리 자리에 같이 앉세, 비티히!

비간트 날더러 그 고리타분한 작자들 사이에 끼어 다
소곳이 앉아 있으라고?

예 거 오셔서 저희들과 한잔 하시지요.

비간트 자네들끼리 마시게. 내 술값은 내가 내겠어.
(술잔을 들고 바우메르트와 안소르게 곁에 앉는
다. 안소르게의 배를 툭툭 건드리며) 직공들 음
식도 꽤 괜찮은가 보지? 절인 양배추와 구운 이
새끼가 고작일텐데!

바우메르트 노인 (발광하듯) 이곳 사람들 모두 이제
이런 생활은 더 이상 못 참겠다고 일어난다면,
자넨 어쩌겠는가?

비티히 (놀란 척하며 입을 벌리고, 늙은 직공 바우메
르트를 뚫어지게 본다) 뭐, 뭐, 설마! 설마하니
하인리히 자네가 주동자란 소린 아니겠지? (거
침없이 웃어대며) 이 친구들 이거, 내 참, 웃다
가 죽을 노릇이구먼. 바우메르트 노인이 폭동을
일으키시겠다니. 머지않아 양복쟁이들도, 양들
도, 심지어는 쥐새끼들까지도 폭동을 일으키겠
군. 얼씨구나 좋다, 춤판이 벌어지겠구나! (배를

움켜잡고 웃는다)

바우메르트 노인 이보게, 비티히! 난 예전과 다름없는 나일세. 아직까진 이렇게 말하고 있네, 모든 일은 평화적으로 해결되는 것이 더 좋다고 말이야.

비간트 평화적으로! 어떻게 평화적이 될 수 있겠는가? 프랑스혁명이 평화적이었던가? 로베스피에르 같은 자가 부자놈들에게 그저 따귀나 한 대 찰싹 때리고 말았던가? 거두절미하고 "단두대로"였지, 모두 단두대로 보냈다구! 알롱 쌍팡! ("나서라 아이들아!" 프랑스혁명 때 마르세이유 노래의 첫 부분 – 역자 주) 감이 익어 절로 입안에 떨어지는 게 아니야!

바우메르트 노인 반쯤만 형편이 풀려도…

늙은 직공 Ⅰ 이젠 우리도 참을 만큼 참았네, 비티히.

늙은 직공 Ⅱ 이젠 집에 돌아가기도 두려우이. 죽도록 일하는 것이나, 누워 자는 것이나 다를 게 뭐냐 말이야. 굶주리기는 매일반이야.

늙은 직공 Ⅰ 집에 있으면 완전히 미쳐버릴 것 같아.

안소르게 이제 난 이래도 그만, 저래도 그만일세.

늙은 직공들 (흥분이 고조되어) 어딜 가도 괴로울 뿐이야 – 이젠 일할 기력도 없어 – 저 건너 슈틴쿤젠 마을에서는 벌거벗은 채 하루종일 개울가에

나가 몸이나 씻고 지낸다네, 태어날 때 그 모습
대로. 그 사람들은 머리가 돌아버렸거든.

늙은 직공 Ⅲ   (정신이 번쩍 나서 일어난다. 돌아가지
않은 혀를 굴리면서, 손가락을 위협적으로 치켜
올리고) 심판의 날이 왔어! 부자들, 귀족들과 친
해질 필요가 없어! 심판의 날이 왔어! 주 여호아
하나님.... (몇 사람이 웃음을 터뜨린다. 누군가
그를 끌어다 의자에 앉힌다)

벨 첼 술 한잔을 이기지 못하고 금방 주정을 하다니.

늙은 직공 Ⅲ   (다시 일어서며) 그러나 놈들은 이제 하
나님도, 지옥도 믿지 않아. 놈들은 신을 비웃
고...

늙은 직공 Ⅰ 됐네, 이제 그만하게!

배 커 저 양반 설교하게 놔두지. 이곳에는 그의 말을
잘 새겨들을 사람들이 많으니까.

여기저기서   (어수선한 목소리) 말하게 놔둬, 놔두라
구!

늙은 직공 Ⅲ (소리높여) 지옥문이 열렸다, 복수의 형
벌이 시작되었다. 가난한 자들을 착취하고 고통
을 가하는 인간들은 그 법의 심판을 받아 지옥에
떨어지리라, 주께서 말씀하신다. (소요)

늙은 직공 Ⅲ (갑자기 수줍은 듯, 낭독조로)

> 기이하기 짝이 없네,
> 깊이깊이 생각해도.
> 아마포 직공 일이 멸시받을 일이란가!

배 커 하지만 우린 능직포 직공들일세. (웃음)

호르니히 아마포 직공의 생활은 훨씬 더 비참하죠. 그
    네들은 유령의 몰골을 하고 이 언덕 저 언덕을
    배회하고 있죠. 당신들은 그나마 아직 움직일 힘
    이라도 있지.

비간트 최악의 상태는 아니다는 말인가요? 이곳에서도
    결국 공장주들이 직공들에게 남은 마지막 힘마
    저 앗아가 버릴 것이오.

배 커 그자들이 뭐랬는지 아오? 이제 모든 직공들은
    눈꼽만한 빵조각 하나를 위해 죽도록 일해야 한
    답니다. (소요)

몇몇 늙은 직공들과 젊은 직공들 대체 누가 그런 소리
    를 했지?

배 커 드라이시거요.

젊은 직공 그 망할 놈을 거꾸로 메달아 혼구멍을 내줘
    야 해.

예 거 이봐요, 비티히. 당신은 전부터 프랑스혁명을

이야기해 왔소, 언제나 기염을 토했죠. 아마 기
회가 올 모양이오, 당신이 허풍쟁이인지, 신의가
있는 사람인지 보여 줄 수 있는.

비간트   (격분하여 소리친다) 한마디만 더 지껄였다간
가만두지 않겠어! 넌 총소리나 들어 봤냐? 적지
에서 보초를 서 본 적이라도 있냐 말이야!

예 거   곡해 마시오, 우린 당신의 동지들이오. 나쁜 뜻
으로 한 소리는 아니었소.

비간트   내가 너희들의 동지라니. 집어쳐라, 주제넘은
놈 같으니라고!

        (경찰관 쿠체가 온다)

여러 목소리   쉿, 쉿, 경찰이야! (잠시 웅성거리다가 이
내 잠잠해진다)

쿠   체   (쥐죽은듯 조용해진 사람들 가운데 자리잡고
앉으며) 작은 것으로 한잔 주시오.

        (또다시 정적이 흐른다)

비티히   그래, 쿠체, 이곳에 무슨 일이 없는지 순찰을
나오셨나?

쿠   체   (비티히를 무시하고) 잘 있었소, 비간트 목수
장?

비간트   (여전히 카운터 구석에서) 덕분에요.

쿠   체   장사는 잘 되오?

비간트 염려해 줘서 고맙습니다.

배 커 당국에서 걱정이 됐나보군, 우리 직공들이 그
      많은 임금으로 술을 마셔대다가 위가 상할까 봐
      서. (웃음)

예 거 이봐요, 벨첼. 우린 모두 돼지고기를 먹고, 비
      계, 고기경단, 절인 배추를 먹었으니, 이젠 샴페
      인 한잔 할 때가 됐소. (웃음)

벨 첼 밖은 해가 벌건 대낮이라구!

쿠 체 곧바로 샴페인에, 고기구이에.... 그러니 오래
      갈 턱이 있나. 난 샴페인은 안 해. 그래도 살아.

배 커 (쿠체의 코를 가르키며) 저자는 석탄불이 타듯
      벌건 코 안에 소주와 싸구려 맥주를 들이붓고 있
      어. 그 술로 코가 발갛게 익었어....(웃음)

비티히 경찰도 살기 힘들 거야. 굶주린 거지소년을 잡
      아다 가두고, 반반한 직공처녀들을 타락시키고.
      그것뿐인가, 술이 머리끝까지 취해서 여편네를
      두들겨 패고. 여자가 죽을까 두려워 이웃에 도망
      쳐 올 때까지 말이야. 말을 타고 순찰을 돌아야
      하는가 하면, 아침 아홉 시까지 깃털침대에서 뭉
      그적대야 하고 - 그런 게 결코 쉬운 일이 아니라
      구!

쿠 체 입 닥쳐, 모가지에 밧줄감기는 게 싫으면! 나는

네가 어떤 인간인지 잘 알고 있어. 너의 선동적인 혓바닥은 시의원들에게도 잘 알려져 있어. 세상에는 하구한날 술독에 빠져 사느라고, 처자식을 굶기고, 결국 자신은 감방신세를 지고, 그러고도 여기저기 선동질하다가 끝내 끔찍한 종말을 맞는 인간이 있지.

비티히　(쓴웃음을 토하고) 누군들 알겠는가, 뭐가 어떻게 된 건지! 마지막 말은 맞는 말이야. (분노를 터뜨리며) 하지만 내가 그 지경까지 된 것이 과연 누구 덕분인지 난 알아. 공장주들과 높은 사람들에게 내 험담을 하고 중상 모략하여 일자리를 못 찾게 한 게 누군지 말야. 심지어 농부와 방앗간 주인조차 내 목에 줄을 묶고, 일 주일 내내 말굽이나 바퀴 하나 갈아 끼우는 일조차 할 수 없게 만든 자들, 그게 누군지 안다구. 언젠가 난 그 악당놈을 말잔등에서 끌어내린 적이 있었지. 그놈이 설익은 배 하나 때문에 불쌍한 어린 소년을 사정없이 두들겨 팼기 때문이야. 하지만, 당신, 날 알 거야. 나를 감방에 넣으려면, 그땐 당신도 유언장을 쓰게 될 거야. 저 멀리서 조금이라도 소리가 나면 난 닥치는대로 손에 집어들 거야, 말발굽이든, 채찍이든, 양동이든. 그리고

네놈을 찾아내서, 그래, 여편네와 함께 침대 속
에 누워 있을 네놈을 끌어내 머리통을 부셔버릴
거야. 내 이름을 걸고 맹세하겠어. (벌떡 일어나
쿠체에게 덤비려고 한다)

늙은 직공들과 젊은 직공들 (그를 잡으며) 비티히, 비
티히! 진정하세요!

쿠 체 (얼굴이 창백해져 마지못해 일어선다. 계속 문
쪽으로 뒷걸음친다. 문가에 다가갈수록 용기가
나서, 문지방에서 마지막 몇 마디를 내뱉고 사라
진다) 대체, 내게 왜 이러는 거야? 나는 널 보러
온 게 아니야. 여기 직공들에게 전할 말이 있어
왔을 뿐이야. 네놈에게 뭐랬기에! 난 네놈과는
아무 상관도 없어. 자, 직공 여러분께·전할 말은
이것이오. 당신들이 드라이시거의 노래라던가,
아니 뭐라 부르든. 거리에서 그 노래가 계속 들
리면, 모두 감방에 넣어 편히 쉬게 할 것이오.
그런 지에겐 감방 음식을 먹이고 실컷 그 노래를
부르게 해 줄 것이오. (나간다)

비티히 (쿠체의 뒤통수에 대고 소리친다) 경찰서장은
그 노래를 금할 권리가 없어! 우리 노래가 창문
을 떨게 하고 저 멀리 라이헨바트까지 들리게 해
야 해. 공장주들의 집이 무너져 내리고, 관리들

의 모자가 그 머리통 위에서 춤추게 될 때까지
계속 울려 퍼져야 한단 말이야. 누구라고 가릴
것 없다구!

배 커 (그새 일어서서, 노래하라는 지시를 몸짓으로
해 보이며, 다른 사람들과 함께 노래를 시작한
다)

여기 이 자리의 재판은,
페멘의 재판보다 험악한 것.
거기선 판결을 말하지 않고도
목숨을 재빨리 거둬 가 준다오.

(선술집 주인 벨첼이 사람들을 진정시키려고
하지만 아무도 그에게 주의를 기울이지 않는다.
비간트가 귀를 막고 방을 뛰쳐나간다. 직공들은
노래를 부르며 배커와 비티히를 선두로 행렬을
만든다. 배커와 비티히가 노래 사이사이 쉼을 표
시하기 위해 손짓 신호를 한다)

여기선 서서히 고통을 당한다오.
여기엔 고문실이 있다오.
쉬느니 한숨이오,

짓느니 탄식이라.

　　(직공들의 대부분이 노래를 부르며 거리로 나
간다. 젊은 직공들 몇만 남아 술값을 지불한다.
한 소절 노래가 끝나갈 즈음 홀은 텅 비고, 벨첼
과 그의 아내, 딸 안나, 호르니히, 바우메르트
노인만 술집에 남아있다)

　　이 악당들아, 사탄의 자식들아!
　　지옥의 자식들아!
　　가난한 자들을 갉아먹고,
　　저주로 값을 치르리라!

벨　첼　(냉담한 표정으로 잔을 치우며) 저이들이 오늘
　　필히 큰일을 벌이겠군.
　　(바우메르트 노인이 막 자리를 뜨려 한다)
호르니히　이보세요, 바우메르트, 대체 무슨 일이랍니
　　까?
바우메르트 노인　드라이시거에게 가서 임금을 올려달
　　라고 할 모양일세.
벨　첼　당신도 저 미치광이들과 합류할 작정이오?
바우메르트 노인　어쩌겠소, 벨첼, 다른 도리가 없는

걸. 젊은이가 할 수 있는 일이라면 늙은이들이
당연히 해야 할 일이지요! (다소 허둥대며 자리
를 뜬다)

호르니히 (일어나며) 나쁜 일이나 안 일어난다면 좋으
련만.

벨 첼 늙어빠진 영감쟁이들까지 제정신을 잃고 있으
니!

호르니히 누구에게든 꿈은 있으니까요.

제 4 막

제 4 막

페터스발다우. 공장주 드라이시거의 사실. 십구 세기 전반 오십
년의 차거운 분위기로 화려하게 꾸며놓은 방. 천장, 난로, 문은 흰색
이다. 양탄자는 직선의 자그마한 꽃장식이 되어있으며 차가운 은회
색조다. 거기에다 붉은 커버를 씌운 마호가니 가구는 화려한 세공장
식이 잘 되어있다. 같은 재료의 장과 의자들이 다음과 같이 배열되
어있다. 오른쪽으로는 버찌처럼 빨간 문직 커튼이 달린 두 창문 사
이에 사무비서격인 장이 하나 놓여있고, 그 장의 앞 벽은 가려있다.
바로 맞은편에 안락의자가 있고, 얼마 떨어지지 않은 곳에 철제금고
가 있다. 안락의자 앞에는 탁자와 의자들이 여러 개 있다. 뒷벽 앞쪽
에는 무기고가 있다. 다른 벽처럼 이 벽도 금색 액자 속의 유치한 그
림으로 일부가 가려져 있다. 안락의자 위에는 두텁게 금도금한 로코
코식 틀에 거울이 박혀있다. 단조로운 문 하나가 왼쪽 현관으로 통
하고 뒷벽의 열려 있는 여닫이 문짝은 응접실로 통하는데, 응접실은
거추장스러운 장식품으로 가득 차있다. 거기에서 드라이시거 부인과
키텔하우스 목사 부인 둘이서 열심히 그림 구경을 하고있는 것이 보
인다. 좀 떨어져서 키텔하우스 목사가 가정교사인 신학생 바인홀트
와 대화를 나누고 있다.

키텔하우스   (자그마한 체격에 다정스런 모습의 사나
            이. 기분좋게 이야기하면서 담배를 피워 문다.
            그리고 이제 막 담배를 붙여 문 신학생과 앞방으
            로 들어간다. 주위를 둘러본다. 아무도 없는 것

을 보고 이상해 하는 표정으로 고개를 갸우뚱한
다) 학생, 그야 조금도 이상할 것은 없네, 자넨
젊으니까. 우리 늙은이들도 그만 땐 비슷한 생각
을 했지. 똑같은 생각을 했다고는 않겠네만, 아
무튼 비슷한 생각이었다네. 그래, 젊음이란 정말
아름다운 거야. 아름다운 이상도 좋고. 다만 봄
볕처럼 덧없이 가는 게 유감이지. 자네도 내 나
이가 되어보게. 삼십 년 동안 해마다 쉰두 번씩
휴일도 없이 설교단에서 사람들에게 연설을 하
고 나면, 어쩔 수 없이 말수가 없어지고 말지.
학생, 자네가 그쯤 되면 날 기억하게나.

바인홀트 (십구 세. 창백하고 여위고 후리후리한 키,
소탈한 모습에 긴 금발이다. 동작이 아주 불안하
고 신경이 예민해 보인다) 존경하는 목사님....
하지만, 전 모르겠습니다....인간의 본성이 그렇
게들 다르다니오.

키텔하우스 여보게 학생, 자네가 아무리 불안해한들 -
자넨 정말 그렇군 - (힐난조로) 현 상황을 제아
무리 격렬하게 공격해도 말이야, 모든 건 잠잠해
지지. 맞아, 내 동료 중엔 나이를 먹고서도 젊은
이 같은 짓을 하는 친구들도 있긴 해. 어떤 자는
음주의 해독을 설교하는가 하면 금주회도 만들

고, 또 어떤 자는 정말 아주 감동적인 격문을 작성도 하고 말이야. 하지만 그 친구들이 무슨 성과를 거두었나? 직조공들의 고난이 줄어지지도 않았고, 도리어 사회 평화가 파괴되고 있어. 안되지, 안돼. 그러면 이렇게까지 말하고 싶어지네, "구두쟁이여, 그대 일이나 제대로 해라! 영혼의 관리자인 목사여, 밥통의 관리자가 되지 말지어다. 오직 하나님의 말씀이나 전하고, 나머지는 뭇 새들에게 보금자리를 마련해주시고 들에 핀 백합을 보살펴주시는 하나님, 그분에게 맡겨라!" – 그런데, 참, 친절하신 이 댁 주인양반은 별안간 이렇게 어디 가셨는지 알고 싶군.

드라이시거 부인 (목사 부인을 대동하고 앞으로 나온다. 다부진 체격의 아리따운 삼십 세의 부인이다. 말이나 행동거지가 짙게 쪽 뺀 화장 솜씨와 유별스럽게 어울리지 않는다) 그렇다니까요, 목사님. 그인 항상 그래요. 무슨 생각이 나면 저만 남겨두고 갑자기 멀리 뛰어 나가버려요. 제가 여러 번 이야기를 했지만 쇠귀에 경 읽기죠.

키텔하우스 부인, 사업가란 다 그렇답니다.

바인홀트 제 생각이 맞다면, 저 아래에서 무슨 일이 벌어진 거예요.

드라이시거 (흥분한 모습으로 등장한다) 여보, 로자,
커피 준비됐소?

드라이시거 부인 (샐쭉한 표정으로) 참! 또 휭 하니
나가시겠구려!

드라이시거 (가볍게) 아니, 당신이 뭘 안다고 그래!

키텔하우스 실례합니다만, 드라이시거씨, 뭐 화나신
일이라도 있었나요?

드라이시거 단 하루도 화 안내고 넘어갈 수 있는 날이
없군요, 목사님. 전 이제 거기에 습관이 되버렸
어요. 여보, 로자, 커피 어떻게 됐어?

드라이시거 부인 (불쾌한 낯을 하고 가서, 수 장식이
된 널찍한 초인종 끈을 여러 차례 잡아당긴다)

드라이시거 지금 막 - (잠시 왔다갔다 하다가) 학생,
자네도 거기 있었더라면 좋았을 걸. 좋은 구경을
했을 텐데 말야. 더욱이... 자, 이리 오십시다.
휘스트 게임이나 시작해 봅시다.

키텔하우스 좋죠, 좋고 말고요! 우리 하루의 먼지와
짐을 어깨에서 탁 털어버립시다, 어서 우리랑 함
께!

드라이시거 (창가로 걸어가서 커어튼을 옆으로 밀치고
밖을 내다본다. 자기도 모르게) 도둑놈들! 로자,
이리 잠깐 와봐! (그녀가 온다) 말해봐... 저기

키 크고 머리칼이 붉은 녀석 있지?

키텔하우스 저 사람이 바로 빨강머리 배커라는 자이죠.

드라이시거 자, 말해봐! 저놈이 이틀 전에 당신에게 욕을 한 바로 그놈이지? 요한이 당신을 마차에 태워줬을 때 내게 했던 말 기억하지?

드라이시거 부인 (뾰루퉁해서) 난 아무것도 몰라요.

드라이시거 그 수모를 그대로 덮어두란 말이야? 난 그걸 꼭 알아야겠어. 그런 파렴치한 행위에 진저리가 나. 바로 저놈이라면 잡아넣어야겠어. (직공들의 노래소리가 들린다) 자, 들어봐요, 들어봐!

키텔하우스 (격분하여) 도대체 이 난동이 언제나 끝나려나? 제 생각도 그렇습니다. 경찰이 들이닥쳐야 할 때가 됐소. 잠깐 실례하겠습니다. (창가로 걸어간다) 자, 저걸 보게, 바인홀트! 젊은이들뿐만 아니라 땅딸막한 늙은 직조공까지 떼지어 뛰어다니고 있어. 내가 여러 해 동안 존경해 왔고 또 독실하다고 여겨왔던 사람들도 어울려 뛰어다니고 있다구. 이런 유례없는 행패에 가담하다니, 하나님의 법을 유린하고 있는 것이지. 자네는 이런 사람들을 더 두둔할 셈인가?

바인홀트 물론 그건 아니지요, 목사님. 제 말은... 아량을 좀 베푸시라는 거죠. 저 사람들은 굶주리고 무식한 사람들입니다. 그들은 자기들의 불만을 자기들이 할 수 있는 방식으로 표현하고 있을 뿐입니다. 예측할 수 없는 일입니다만, 만약 저 사람들이….

키텔하우스 부인 (작고 마른 체구의 중년부인으로, 차라리 노처녀 같은 외관이다) 바인홀트씨, 바인홀트씨, 제발 부탁이에요!

드라이시거 학생, 몹시 유감이군… 인도주의를 강의하라고 자넬 내 집에 들이진 않았네. 간절한 부탁이네만, 내 애들 교육에만 전념해 주게. 그 밖의 일은 내게 맡기게. 아주 나에게만 말일세! 내 말 이해하겠지?

바인홀트 (잠시 돌처럼 꼿꼿이 굳어 창백한 표정으로 서있다가, 야릇한 미소를 짓고 허리를 굽힌다. 나직하게) 네, 알겠습니다. 전 이런 일이 있을 줄 알았습니다. 이건 제가 원했던 바이기도 하죠. (퇴장)

드라이시거 (가차없이) 그렇다면 되도록 빨리 끝내주게. 우린 방이 필요하니까.

드라이시거 부인 아니 여보, 여보!

드라이시거 당신 돌았소? 당신은 저 야유하는 노래,

저 야비하고 악랄한 짓을 변호하는 사람을 두둔
할 생각이오?

드라이시거 부인 하지만, 여보. 저인 그걸 변호한 적이
....

드라이시거 목사님, 저 사람이 변호를 했나요, 안 했나
요?

키텔하우스 드라이시거씨, 젊은 사람이라서 그럴 거라
고 좀 봐주실 수도 있지 않겠어요?

키텔하우스 부인 이해가 안 가요, 저 젊은이가 아주
훌륭하고 존경할만한 집안의 출신이라는 것이
말이에요. 사십 년 동안 저이의 부친은 관리로
일하면서 조그만 잘못도 저지른 적이 없었어요.
모친도 아들이 이렇게 좋은 숙소를 얻게 된 걸
기뻐하셨어요. 그런데... 저 사람은 그런 걸 조
금도 모르나봐요.

파이퍼 (현관문을 활짝 열고 안을 향해 소리친다) 드
라이시거씨, 드라이시거씨! 누굴 잡아 왔어요.
와보세요. 한 놈 잡아왔어요!

드라이시거 (성급하게) 누가 경찰서에 갔었나?

파이퍼 서장님이 벌써 계단으로 올라오고 있어요.

드라이시거 (문에서) 서장, 와주서서 고맙습니다.

키텔하우스 (부인들에게 물러가는 것이 좋을 듯하다는

몸짓을 하며, 자기 부인과 드라이시거 부인을 데
리고 응접실로 사라진다)

드라이시거 (들어오는 경찰서장에게, 극도로 흥분한
채) 서장, 난 결국 내 염색공들에게 그 노래의
주모자를 한 명 체포하라고 했소. 더 이상 지켜
볼 수가 없었기 때문이오. 이들의 행패는 끝이
없었소. 아예 폭동이었죠. 우리 집엔 손님이 와
계시오. 그런데 저놈들이 감히…. 저놈들은 내
아내만 보면 욕을 한답니다. 내 자식들의 목숨도
안전하지 못해요. 내 손님들이 따귀를 얻어맞을
지도 모르고요. 난 서장께 분명히 말하겠소. 질
서 있는 사회에서 죄 없는 나나 내 가족을 공공
연히 모욕해도 처벌을 안 받습니까? 정말 그렇
다면… 그땐 유감스럽지만 법과 질서를 다시 생
각해봐야 되겠소.

경찰서장 (오십 세쯤의 남자로, 중키에 비만하고 다혈
질이다. 긴 칼에 박차가 달린 기병복 차림이다.)
물론 안 되죠. 안 되는 일이죠…. 드라이시거씨,
아주 잘하셨어요… 주동자 한 명을 체포하게 한
건. 나중에 일이 커져도 전 상관 안 해요. 여기
엔 제가 오래 전부터 잡으려고 벼러왔던 치안사
범도 몇 있어요.

드라이시거   새파란 풋내기 몇 놈에 게으름뱅이 일꾼
　　　들, 놈팽이들 - 모두들 방탕생활을 하면서, 마지
　　　막 쇠푼이 목구멍으로 넘어갈 때까지 날마다 술
　　　집에 웅쿠리고 앉아있는 자들이죠. 하지만 난 이
　　　제 결심했소. 이런 직업적 욕쟁이들에게는 일을
　　　모조리 그만두게 하겠소. 이는 공중의 이익을 위
　　　해서요, 내 개인의 이익을 위해서 그러는 것은
　　　아니오.

경찰서장   여부가 있겠습니까! 지당하신 말씀입니다,
　　　드라이시거씨! 당신을 욕할 사람은 아무도 없을
　　　겁니다. 제 힘이 미치는 한....

드라이시거   가죽 회초리를 들고 저 불한당 속에 뛰어
　　　들어가야 할 것 같소.

경찰서장   옳습니다, 아주 옳은 말씀입니다. 시범을 보
　　　여줘야겠습니다.

　　　　(무거운 발걸음으로 계단을 오르는 소리가 들
　　　린다)

경관 쿠체   들어와서 경례를 부친다) 서장님, 보고 드
　　　립니다. 한 놈을 체포했습니다.

드라이시거   (서장에게) 그자를 보시겠소, 서장?

경찰서장   물론이죠, 물론이고 말고요. 우선 가까운 경
　　　찰서로 그자를 데리고 가야 합니다, 드라이시거

씨. 그러니, 부탁입니다만, 당장은 가만히 계십시오. 내 당신 마음에 꼭 들도록 처리하겠소. 결코 실망시키진 않겠습니다.

드라이시거 하지만 난 그 정도로 만족할 수 없소. 그놈은 즉각 치안판사에게 넘겨야 해요.

예 거 (염색공 다섯 명에게 끌려 들어온다. 그들은 이제 막 일터에서 돌아오는 길이었으며, 얼굴과 손, 옷가지가 염색약으로 더럽혀져 있다. 죄인 예거가 한쪽으로 비스듬히 모자를 쓰고 히죽거리며 무례한 태도를 보인다. 그는 방금 마셨던 소주 때문에 몹시 흥분해 있다) 이 죽일 놈들아! 네놈들도 노동자냐?! 네놈들이 동료냐! 내가 그랬더라면, 동료에게 손을 댔더라면, 내가 그런 마음먹었더라면, 일찌감치 손이 팔에서 썩어 떨어졌을 거다!

 (서장이 손짓을 하자 쿠체가 염색공들에게 붙잡은 사람을 놓아주라고 명한다. 예거가 몸을 가볍고 민첩하게 일으키자, 경비들이 양편 문을 막아선다)

경찰서장 (예거에게 소리친다) 모자를 벗어, 이 무뢰한아! (예거가 모자를 벗는다. 하지만 매우 느린 동작이다. 여전히 그의 얼굴은 무례한 웃음기를 떼고있다) 이름이 뭐야?

예 거 내가 당신 집 돼지치기라도 된다는 거야, 왜 반
말이야?!

(이 말에 모여있던 사람들이 동요한다)

드라이시거 아주 세게 나오시는구만!

경찰서장 (안색이 확 변하며 분을 터뜨리려다가 참는
다) 어디 두고보자. 다시 한번 묻겠는데, 당신
이름이 뭐야? (대답이 없자 화를 발끈해서) 이
봐, 당장 대답을 안 하면 즉시 처벌할거야!

예 거 (아주 의기양양하다. 서장의 화난 말을 듣고도
눈 하나 깜짝 않은 채, 둘러선 사람들 어깨너머
로 예쁘장한 하녀를 불러 세운다. 커피를 들고
막 들어오려던 하녀가 이 돌연한 광경에 입을 다
물지 못한 채 놀라 서있다.) 어이, 아가씨! 아가
씨도 이자들과 함께 살고있나? 여기에서 빠져나
가도록 해! 여긴 바람이 불 거야. 하룻밤이면 모
든 것을 날려버릴 거야.

(처녀가 예거를 뚫어지게 본다. 그 말이 자기
에게 한 것임을 알자마자 얼굴이 빨개진다. 그리
고는 매우 당황한 모습으로 커피잔을 탁자 위에
놓고, 손으로 눈을 가리고 밖으로 총총 뛰어 나
간다. 모여있던 사람들이 다시 동요한다)

경찰서장 (안절부절하며 드라이시거에게) 내, 이 나이
되도록, 평생 저런 무도한 행패는 처음이오.....
(예거가 침을 탁 뱉는다)

드라이시거 이 자식이, 여긴 외양간이 아냐, 알아들
어?

경찰서장 더 이상은 못 참겠다. 자 마지막으로 묻는다,
네 이름이 뭐냐?

키텔하우스 (반쯤 열린 응접실 문으로 내다보고 귀를
기울이다가 더 이상 참지 못하고 튀어나와 참견
한다. 흥분으로 몸을 부들부들 떤다) 그의 이름
은 예거요, 경찰서장! 모리츠... 안 그래? 모리
츠 예거. (예거에게) 그리고 예거, 자네 날 모르
겠는가?

예 거 (진지하게) 키텔하우스 목사님이시죠.

키텔하우스 그래, 난 자네 목사일세, 예거! 강보에 싸
진 자네를 예수님의 교회 안으로 받아들인 사람
일세. 내 손을 거처 자넨 처음으로 주님의 몸에
접한 거네. 날 기억하나? 내가 자네 마음 깊이
하나님의 말씀을 전하려고 얼마나 애썼는지 모
르네. 그 보답이 바로 이런 것인가?

예 거 (꾸지람을 받은 학생처럼 침울하게) 그래서 저
도 한 냥의 돈을 지불했죠.

키텔하우스　돈, 돈....그저 하찮은 돈밖에 생각이 안 되나... 그 돈 가져가게, 그편이 내겐 훨씬 낫겠네. 이게 도대체 무슨 망발인가! 좀 좋은 사람이 되어봐. 크리스찬이 되어보라고! 자네 약속을 생각해 보게. 하나님의 율법을 지키게. 착하고 신실해져 보란 말이야. 그저 돈, 돈이라니.....

예 거　전 퀘이커 교도입니다, 목사님. 전 이제 아무것도 안 믿어요.

키텔하우스　뭐, 퀘이커 교도? 무슨 소린가 그게? 좀 잘 하려고 노력해 봐. 알지도 못하는 소리로 말장난하지 말고! 퀘이커 교도, 그들은 신실한 사람들이야, 자네같은 이단이 아냐.

경찰서장　퀘이커 교도라니, 나 원! 목사님, 부탁입니다만..... (목사와 예거 사이로 온다) 쿠체, 이자의 손을 묶게!

　　　　(밖에서 분노하는 함성 "예거, 예거를 내 보내!")

드라이시거　(다른 사람과 마찬가지로 약간 놀라면서, 본능적으로 창으로 향한다) 이건 또 뭐야?

경찰서장　알만 합니다. 저 놈팽이를 내놓으라는 것이겠죠. 하지만 이제 또 저자들의 비위를 마춰 줄 필요는 없어요. 쿠체, 알았나? 이자를 유치장으로 보내는 거야.

쿠 체 (손에 밧줄을 들고 망설인다) 말씀드리기 송구
합니다만, 서장님. 일이 수월하지 않을 것 같습
니다. 밖에 있는 저놈들은 아주 고약한 놈들이니
까요. 아주 악당들입죠, 서장님. 거기엔 배커란
놈도 있고, 그 대장쟁이도 있고...

키텔하우스 감히 한 마디만 더 하겠습니다. 저들의 감
정을 악화시키지 않기 위해선 사태를 평화적으
로 수습하는 게 좋지 않겠습니까, 서장. 아마 예
거도 순순히 우리와 동행할 것을 약속할 것입니
다. 아니면....

경찰서장 무슨 소립니까? 이건 내 소관의 일이오. 그
렇게는 못합니다. 어서, 쿠체, 더 이상 지체 말
게.

예 거 (웃으면서 두 손을 마주잡고 내민다) 힘껏 묶
어봐라. 묶을 수 있는대로 힘껏. 어차피 오래는
못 갈 테니까. (쿠체가 동류들의 도움을 받아 그
의 손을 묶는다)

경찰서장 자, 가자! 앞으로 갓! (드라이시거에게) 걱
정되시면 염색공 여섯 명을 딸려 보내시지요. 저
자를 가운데 서서 걷게 하고 전 앞에 서서 가지
요. 쿠체에겐 뒤를 맡기고요. 길을 막아서는 자

는 주구든지 가차없이 베버릴거요.

(아래쪽에서 아우성 소리 "꼬끼오, 꼬꼬댁, 멍멍!")

경찰서장 (창을 향해 위협적인 태도로) 이 악당들아! 정말로 꼬꼬닭 신세가 되게 해줄 테다! 멍멍개 신세가 되게 해줄 테다! 가자! 앞으로! (칼을 뽑아들고 앞선다. 다른 사람들은 예거를 데리고 그 뒤를 따라간다)

예 거 (나가면서 소리를 지른다) 고귀하신 드라이시거 영부인께서 아무리 잘난 체 해도 결국은 우리보다 나을 건 없지. 그 여잔 서 푼 짜리 소주로 우리 아버지를 수백 번 모신 여자야. 연대, 좌향 좟! 앞으로 갓! (웃으며 퇴장)

드라이시거 (잠시 후 흥분을 가라앉힌 듯) 목사님, 우리 이제 휘스트 게임이나 안 하시겠습니까? 이젠 더 이상 훼방거리가 없을 것 같군요. (담배불을 붙이면서 거듭 짧게 웃는다. 불을 붙이고 나서는 큰 소리로 웃는다) 이제 모든 일이 아주 우스꽝스럽게 여겨지기 시작합니다. 그놈들! (신경질적인 웃음을 토해내며) 내 정말, 가소로워서! 처음엔 바인홀트하고 식사하면서 언쟁이 있었죠. 오 분 뒤엔 그자가 떠났지요, 저 산너머 멀리로.

그리고 나서 이 소동이 있었죠. 하지만 이제 다시 곧 휘스트 게임을 계속할 수 있게 됐지 않습니까?

키텔하우스 맞아요. 하지만…. (아래쪽에서 아우성 소리) 하지만…. 밖에서 끔찍한 소동이 일고 있어요.

드라이시거 우린 다른 방으로 또 옮겨가기만 하면 됩니다. 거기서라면 전혀 방해받지 않고 게임을 즐길 수 있으니까요.

키텔하우스 (머리를 저으며) 저 사람들에게 무슨 일이 일어났는지 알고 싶군요. 사실 전 지금까지 바인홀트와 같은 의견이었다고 말씀드릴 수 있어요. 적어도 방금 전까지는 말입니다. 직공들이란 나약하고 참을성도 있고 또 다루기 쉬운 족속이라고요. 당신 생각도 그렇지 않았나요, 드라이시거 씨?

드리이시거 물론 그랬죠. 참을성 있고, 다루기 쉽고. 전에까진 분명히 예의도 있고 질서 있는 사람들이었지요. 저 인도주의를 자처하는 멍청이들이 장난을 치기 전에는 그랬지요. 이제 직공들은 자기들이 무지무지하게 비참한 처지에 있다고 느끼게 되버렸답니다. 직공들의 곤궁을 덜어주기 위한 모든 조직체, 모든 단체들만 해도 그래요.
결국 그놈도 그걸 믿고 머리가 돈 거예요. 직공
들 중에서 누군가 나와서 그놈의 머리를 다시 돌
려놔야 좋을 것 같습니다. 그놈이 지금 발악을
하고 있으니까요. 끊임없이 불평을 토해놓고 있
어요. 그놈에겐 이것도 맘에 안 들고 저것도 맘
에 안 들 거요. 그놈은 뭐든지 완벽하게 되기만
을 원할 테니까요.

　　(갑자기 와- 하는 군중의 아우성이 들린다)

키텔하우스　결국 그들의 인도주의가 한 일이란 어린양
들을 하룻밤 사이에 글자그대로 늑대로 만들어
버린 것뿐이군요.

드라이시거　거시기 말입니다, 목사님. 냉정히 생각해
보면 좋은 방법이 나올 수 있어요. 이런 일이 지
도층에게 알려지지 않은 채 넘어가진 않을 겁니
다. 그렇게 되면 당국에선 더 이상 그대로 둘 수
없다고 확신하게 될 것입니다. 국가 경영이 완전
히 파괴되지 않게 하려면, 무엇인가 해야 한다고
말입니다.

키텔하우스　네, 그렇지만 이 엄청난 경기침체의 원인
이 어디에 있다고 보십니까?

드라이시거　외국에서 우리 제품에 수입관세를 무겁게

붙여, 우리의 제일 좋은 시장이 막힌 거예요. 국내에서는 국내대로 필사적인 경쟁을 하게 됐고요. 우리는 희생양이죠, 완전히 희생양이 된 셈이죠.

파이퍼 (창백한 얼굴로 비틀거리면서 숨가쁘게 들어온다) 드라이시거씨, 드라이시거씨!

드라이시거 (응접실로 들어가다가 역정을 내면서 몸을 돌린다) 또 뭐야, 파이퍼?

파이퍼 아이고, 아이고..... 나 죽겠네!

드라이시거 도대체 무슨 일이야?!

키텔하우스 정말 사람 한번 불안스럽게 만드는 군. 대체 무슨 일인데?

파이퍼 (여전히 허둥대면서) 나 원 참, 기가 막혀 죽겠네! 이럴 수가! 어쩌면 이럴 수가! 윗분께서... 내 그럴 줄 알았다니까요.

드라이시거 빌어먹을! 도대체 사지가 박살이라도 났나? 누구 모가지라도 부러졌냐 말야?

파이퍼 (공포에 질려서 울먹이며 외친다) 그놈들이 예거를 풀어주고, 서장을 두들겨 패서 내쳤어요. 경찰관을 구타하고 내쫓았다고요. 모자를 벗기고... 칼도 부러뜨리고...하나님 맙소사!

드라이시거 파이퍼, 정말 돌아버렸군

키텔하우스 이건 정말 혁명이오.

파이퍼 (의자에 앉아 전신을 떨며 울먹인다) 드라이시
거씨, 정말 점점 심각해지고 있어요.정말 심각해
지고 있다구요!

드라이시거 그래, 경찰관이 모두 그렇게 됐다면 모르
지….

파이퍼 드라이시거씨, 정말 심각해지고 있다구요!

드라이시거 닥쳐, 파이퍼! 벼락맞을 놈!

드라이시거 부인 (목사와 함께 응접실로 나오면서) 여
보, 하지만 정말 야단법석이 났군요. 오늘 저녁
은 기분이 확 잡쳤어요. 목사님 사모님께서는 집
에 가시겠대요.

키텔하우스 드라이시거 부인, 이런 상황에선 어쩌면
그렇게 하는 게 최선일 듯 싶습니다.

드라이시거 부인 하지만 여보, 당신이 직접 나서서 말
끔하게 처리해버리지 그래세요?

드라이시거 당신이나 그렇게 말해봐! 그놈들에게 가보
라구! 어디 가봐! (목사 앞에 서서 불쑥) 내가
폭군이라도 된단 말입니까? 내가 인간착취자라
도 된다는 건가요?

마부 요한 (들어오며) 마님, 마차 대기시켜 놓았습니
다. 바인홀트 선생님이 요르겔과 칼 도령님을 마

차에 벌써 태웠습니다. 최악의 사태엔 즉시 출발
할 수 있도록.

드라이시거 부인 최악의 사태라니?

요　한　저도 확실히는 모릅니다. 그렇지만 군중들이
점점 늘어나고 있단 말입니다. 그자들이 결국 서
장과 경찰관까지 모조리 내쫓지 않았습니까?

파이퍼 일이 정말 심각해지고 있습니다. 드라이시거
씨, 일이 정말 심각해지고 있습니다.

드라이시거 부인 (점점 불안해하며) 어떻게 되가는 거
야? 그들이 원하는 게 뭐야? 설마 그들이 우리
를 공격하려는 건 아니겠지, 요한?

요　한　마님, 저들 중엔 개망나니 같은 놈들도 있습니
다.

파이퍼 정말 심각해지고 있습니다, 사정없이 심각해지
고 있습니다.

드라이시거 입 닥쳐, 이 멍텅구리야! 문들은 다 잠겼
나?

키텔하우스 제발 부탁입니다만... 부탁입니다. 난 결심
했습니다... 제발 부탁이니....(요한에게) 도대체
저들이 원하는 것이 뭔가?

요　한　(우물쭈물하면서) 저 불한당들이 원하는 것은
임금인상이랍니다.

키텔하우스 그래, 좋아! 내가 나가서 내 임무를 수행해야겠소. 진지하게 저들과 이야기해야겠소.

요 한 목사님, 목사님, 제발 관두세요. 지금은 아무 말도 소용이 없어요.

키텔하우스 드라이시거씨, 딱 한 마디만 하겠소. 부탁이오만, 사람들을 문 뒤에 세워두고 문을 건 다음, 즉시 내 뒤를 따라갑시다.

키텔하우스 부인 오, 여보, 정말 그러실 거예요?

키텔하우스 정말이오. 정말이오, 자신 있소. 걱정 말아요. 주님이 우리를 지켜주실 거요.

　　(키텔하우스 부인이 그의 손을 잡고 뒤로 돌아가면서 눈물을 닦는다)

키텔하우스 (밖에서 끊임없이 여러 군중들의 웅성거리는 소리를 들으면서) 난 조용히 집에 돌아가는 척 하겠소.... 그러는 척 하겠소. 하지만, 내 신성한 직분이... 어디, 사람들이 내게 아직 경의를 갖고있나 보겠소....어디 한번 보겠소...(모자와 지팡이를 집어들고 앞으로 나선다) 갑시다. 주님의 이름으로. (드라이시거와 파이퍼, 요한을 대동하고 나간다)

키텔하우스 부인 드라이시거 부인. (눈물을 흘리며 그녀를 껴안는다) 제발 저이가 나쁜 일을 당하지 않으면 좋겠군요.

드라이시거 부인 (멍하니) 정말 모르겠어요, 사모님. 제 기분은… 정말 제 기분을 뭐라고 말할 수 없군요. 세상에, 이런 일이 있을 줄은 정말 몰랐어요. 이거야 정말… 부자인 게 큰 죄라도 되는 것 같군요. 이럴 줄 미리 알았더라면… 차라리 별 볼일 없이 살던 옛날로 돌아가고 싶군요.

키텔하우스 부인 드라이시거 부인, 살다 보면 실망스런 일도 하다하고 분한 일도 많은 법이랍니다.

드라이시거 부인 맞아요, 맞아요. 꼭 그렇다는 생각이 듭니다. 그래요, 우리가 다른 사람보다 가진 게 많다고 쳐요… 그렇다고 우리가 그걸 훔쳤나요? 단 한 푼도 부정하게 얻은 것은 없어요. 우릴 공격하다니 말이나 되요? 경기가 나쁜 게 어디 제 남편 탓인가요?

(아래쪽에서 폭동의 함성이 들린다. 두 여인이 파리하게 질려 쳐다보고 있는 동안 드라이시거가 들어온다)

드라이시거 여보, 로자. 빨리 옷 입고 마차를 타. 내 곧 뒤따를 테니! (금고로 달려가 문을 열고 여러 가지 귀중품을 꺼낸다)

요 한 (오면서) 준비 다 됐어요! 빨리 오세요, 저들이

뒷문에 밀려오기 전에!

드라이시거 부인 (공포에 사로잡혀 마부 요한의 목을
감싸며) 요한, 요한, 우릴 살려 줘. 당신만 믿어,
당신 뿐이야, 요한, 내 아들들을 살려 줘....

드라이시거 좀 침착하라구! 요한을 놔 줘!

요 한 예, 예, 마님, 두려워 마세요. 말들이 잘 달릴
테니까요. 아무도 못 따라와요. 길을 막는 자는
모두 치일 겁니다. (퇴장)

키텔하우스 부인 (불안해 어쩔 줄 모른다) 하지만 제
남편은? 제 남편은요, 드라이시거씨? 제 남편은
어찌 된 거예요?

드라이시거 키텔하우스 부인, 목사님은 안전합니다.
안심하세요, 그분은 안전해요.

키텔하우스 부인 그이에게 나쁜 일이 일어난 거예요.
알아요, 당신은 말을 안하고 있는 거예요.

드라이시거 너무 상심 마세요. 그놈들도 곧 그 일을
뉘우칠 겁니다. 누구 짓인지 난 알고 있어요. 그
런 후안무치한 행동은 결코 그대로 넘어가지 못
할 거요. 주민들이 자기 교구의 목사에게 손을
대다니, 악당들! 미친개 같은 자식들! 짐승 같은
새끼들! 놈들은 응분의 대가를 받게 될 거요!
(몸이 마비된 듯 서있는 자기 부인을 향해) 제

발, 여보 로자, 서둘러요! (현관문 부서지는 소리가 들린다) 안 들리는 거야? 저놈들은 아주 미쳤어! (일층 창문이 깨지는 소리) 저놈들은 미치광이들이야. 그저 도망하는 수밖에 도리가 없어. 어서 빨리.

여럿이 복창하는 소리 파이퍼 감독 나와라! 파이퍼 감독 나와라!

드라이시거 부인 파이퍼, 파이퍼, 파이퍼를 내놓으래요.

파이퍼 (안으로 쏜살같이 들어오면서) 드라이시거씨, 뒷문엔 이미 사람들이 찼어요. 문은 몇 분 안 가서 무너질 거예요. 대장쟁이 비티히가 드럼통으로 미친 듯 문을 때려부수고 있어요.

　　　(아래쪽의 고함소리가 점점 더 커지며 뚜렷해진다 " 파이퍼 감독, 나와라! 파이퍼 감독 나와라!"드라이시거 부인이 쫓기듯 달려간다. 키텔하우스 부인이 그 뒤를 따라 나간다. 두 사람 퇴장)

파이퍼 (귀를 기울여 외치는 소리를 듣고는 안색이 변한다. 완전히 공포에 질려 울고불고 흐느끼며 몸부림친다. 이어서 곧 드라이시거에게 달려가 어린애처럼 엉켜 붙어 그의 볼과 팔을 어루만지고 그의 손에 키스를 하고, 드디어는 물에 빠진 사람처럼 손을 허우적대며 휘감아 그가 꼼짝도 못하게 한다) 오, 훌륭하시고 인정 많으신 드라이시거씨, 절 버리지 마세요. 전 항상 당신께 충성을 다했습니다. 그리고 사람들에게도 항상 잘 대했답니다. 하지만 정해진 임금보다 더 줄 순 없었어요. 절 여기에 버리지 마세요. 저자들이 절 가만 안 둘 거예요. 절 보면 때려죽일 겁니다. 아, 하나님 맙소사. 오, 여보 마누라, 오 애들아....

드라이시거 (비켜나가려고 하지만 파이퍼가 꼭 붙잡고 있는 바람에 빠져나가지를 못한다) 좀 놔라, 임마! 아무일도 없을 거야, 일은 무슨 일이 있겠냐! (파이퍼와 함께 나간다)

　　(방은 몇 초 동안 비어 있다. 응접실의 유리창이 깨지고, 또 와장창 깨지는 소리가 집 전체를 뒤흔든다. 이어서 와— 하는 소리가 들리다가 잠시 조용해진다. 그러다가 나직하고 조심스럽게 이층 계단을 올라오는 발자국 소리가 들린다. 이어 착 가라앉은 조심스런 소리 좌로! — 위로! — 쉿! — 천천히, 천천히! — 밀지 맛! — 꺅, 이건 뭐야! — 빨리 가, 임마! — 결혼행진 때처럼! —

밀치지 마! - 먼저 가, 먼저! 홀로 통하는 문에 젊은 남녀 직공들이 나타난다. 그러나 들어오지는 못하고 다른 사람에게 서로 들어가라고 민다. 잠시 후 초라한 몰골을 한 몇 사람이 용감하게 드라이시거의 방과 응접실로 흩어져 들어온다. 마르고 더러는 병약해 보이며, 너덜너덜 기운 옷을 걸치고 있다. 그들은 호기심에 차서 조심스럽게 이것저것을 뜯어보고 물건들을 손대기 시작한다. 여자들은 안락의자에 앉아보고, 떼지어 거울을 보며 휘둥그레 한다. 남자들은 의자 위에 올라서서 그림을 뜯어보고 끌어내린다. 비참한 몰골을 한 한 사람들이 연신 홀에서부터 밀어닥친다)

늙은 직공   (들어오면서) 안돼, 안돼! 이래서는 안돼! 아래층에선 전부 부수기 시작했어. 이건 미친 짓이야. 이성을 잃은 행동이야. 결국 이러다간 엉망진창이 되고 말 거야. 제 정신이 있는 사람이라면 이렇게는 안 할 거야. 조심해야지, 난 이런 몹쓸 짓에서 손을 떼겠다!

(예거, 배커, 비티히가 나무통을 들고 들어오고, 바우메르트 노인과 다른 노.소 직공들이 함께 사냥감을 수색하듯이 거친 소리로 외치며 쳐

들어온다.)

예 거 그놈이 어디로 갔지?

배 커 그 흡혈귀자식!

바우메르트 노인 우리에게 풀뿌리를 먹였으니, 그놈에
     겐 톱밥을 처먹여도 싸!

비티히 잡기만 하면 매달아야 해!

젊은 직공 Ⅰ 놈의 다리를 잡아 창 밖으로 내던져야
     해. 돌바닥에 내동댕이쳐버려, 다시는 못 일어나
     게.

젊은 직공 Ⅱ (들어오면서) 놈이 멀리 뺑소니치고 없
     어.

일동 누구 말이야?

젊은 직공 Ⅱ 드라이시거!

배 커 파이퍼도?

사람들 파이퍼를 찾아라! 파이퍼를 찾아라!

바우메르트 노인 찾아라, 찾아! 파이퍼, 자, 여기 네가
     굶겨 죽일 직공이 또 한 사람 있다. (웃음소리)

예 거 그 짐승 같은 드라이시거 놈을 못 잡으면… 어
     떻든 그놈을 가난뱅이로 만들어줘야 해.

바인홀트 교회당의 쥐 신세가 되게 해야 해. 찢어지게
     가난하게.

     (전원 응접실 문으로 밀어닥친다)

배 커 (선봉에 서서 빙 한 바퀴 돌고서, 다른 사람들
을 저지시킨다) 중지! 내 말 들으시오! 이것은
시작에 불과하오. 여기 일 해치우고 나서는 곧장
비일라우의 디트리히에게 갑시다. 증기 직조기가
있는 그곳으로. 그 공장에서 모든 재앙이 비롯된
것이니까.

안소르게 (홀에 들어와서 몇 걸음 걷다가 멈칫 주위를
돌아본다. 이상하다는 듯 머리를 흔들다가 이마
를 탁 치며) 내가 누구지? 안소르게 영감, 이자
가 미쳤나? 내 머리가 분명 기계 돌 듯 돌아가
고 있어. 이자가 대체 뭘 하고 있지? 뭐든지 맘
만 먹으면 다 할 거야. 안소르게는 어디 있지?
(이마를 연신 치면서) 내가 어리석었어! 난 책임
이 없어. 난 제정신이 아니야. 꺼져, 꺼져, 꺼져!
이 폭도들아, 꺼져라! 대골통도, 다리도, 손도,
모두 없어져라! 네가 내 집을 차지하면 내가 네
집을 가질 거다. 가자! 가자! (부르짖으며 응접
실로 간다. 함께 있던 사람들이 아우성치고 웃어
대면서 그의 뒤를 따른다)

제 5 막

제 5 막

　　랑엔비일라우. 늙은 직공 힐제의 작업실. 왼편에는 작은 창문, 앞
에는 직조기. 오른편에는 침대, 바로 옆에는 탁자가 있다. 오른편 구
석에는 난로와 나무의자. 탁자를 가운데 두고 침대 모서리와 나무의
자에 힐제 노인, 눈과 귀가 멀어버린 그의 아내, 아들 고틀리프, 고
틀리프의 아내 루이제 － 네 사람이 앉아 아침 예배를 드리고 있다.
탁자와 베틀 사이에 물레와 실패가 있다. 그을린 서까래에 낡아빠진
방적기계들이 놓여있다. 그 아래로 긴 실타래가 걸려있다. 방 여기
저기에 갖가지 잡동사니들이 널려있다. 좁고 나지막한 방에는 뒷벽
쪽 가옥으로 통하는 문이 나있다. 그 맞은편으로 또 문이 나있고, 이
문을 통해 첫번 작업실과 유사한 직조실이 보인다. 가옥은 돌을 쌓
아 만들어진 것인데, 사이를 잇는 벽토가 많이 부스러져 잇다. 허름
한 층계가 다락방으로 나있다. 걸상 위에 세척조의 일부가 보인다.
추레한 행주, 빈민들의 주방기구들이 뒤죽박죽 늘어져있다. 왼편으
로부터 불빛이 방 구석구석을 비춘다.

힐제 노인　(수염을 기른, 기골이 장대한 노인. 하지만
　　　　　　　이제 나이와 고된 일, 병마에 시달려 쇠잔한 모
　　　　　　　습이다. 퇴역군인으로, 외팔이다. 코가 뾰족하
　　　　　　　고, 피부는 잿빛이며 몸을 떤다. 또한 뼈가죽만
　　　　　　　앙상하게 남은 몰골에, 푹 꺼지고 상처가 난 듯
　　　　　　　한 직조공 특유의 눈을 하고 있다. 아들, 며느리
　　　　　　　와 함께 일어나서 기도한다) 오, 사랑의 주님,

주님의 무한한 은혜에 감사드립니다. 오늘밤도
은총을 베푸시고, 우리를 긍휼히 여기시어, 우리
에게 무사한 하루를 허락하셨습니다. 주님, 당신
의 선하심이 그토록 크시옵니다. 우리는 가련하
고 죄많은 인간의 자식들이옵니다. 사랑의 아버
지, 우리를 굽어 살피사, 당신의 귀한 아들 예수
그리스도를 이 땅에 보내셨습니다. 예수님의 피
와 정의, 그것이 나의 보석이오, 귀한 옷입니다.
우리가 당신의 시험을 받고 낙심할 때도, 정죄의
화로에서 불타며 뜨거워 할 때도, 우리의 모든
죄를 사하여 주옵소서. 하늘의 아버지, 우리에게
인내를 주시어서, 이 모든 고통이 지난 다음에
우리를 당신의 영원한 행복에 동참케 하소서. 아
멘.

힐제 부인 (앞으로 몸을 수그리고 잘 들으려고 애쓰며
　　　　울먹인다) 아주 훌륭하신 기도였어요, 영감, 늘
　　　　그랬지만.

　　　　(루이제가 세면대 쪽으로 가고 고틀리프는 길
　　맞은편 방으로 들어간다)

힐제 노인 계집아인 어딜 갔냐?

루이제 페터스발다우의 드라이시거 집에 갔어요. 실
　　　　감기를 어젯밤 모두 끝냈대요.

힐제 노인　(큰 소리로) 여보, 물레바퀴를 갖다주리까?

힐제 부인　예, 그래요. 갖다주세요, 영감.

힐제 노인　(바퀴를 걸어주며) 내가 대신 해줬으면 좋
　　으련만.

힐제 부인　아니에요....아니에요.... 하구한날 내가 뭘
　　하겠어요.

힐제 노인　천에 기름을 묻히지 않게 당신 손가락을 닦
　　아주리다. 어디 보오. (천으로 부인의 손을 닦아
　　준다)

루이제　(욕조 앞에서) 기름은 무슨.... 우리가 언제 기
　　름진 것을 먹었다고!

힐제 노인　버터기름이 떨어졌으면 마른 빵조각을 먹
　　고, 빵이 없으면 감자를 먹고, 감자가 떨어지면
　　밀겨를 먹으면 된다.

루이제　(건방진 말투로) 그리고 몰래 구한 밀가루도
　　동이 나면, 저 건너집 뱅글러네가 한 것처럼 하
　　면 되겠죠. 혹독한 주인이 매장한, 미친 말 시체
　　를 찾아보는 거죠. 찾아내면 그 썩은 고기로 일
　　이 주일은 먹고살겠죠. 그렇게 합시다, 어때요?

고틀리프　(뒷방에서) 또 그 못된 주둥이를 놀리고 있
　　군.

힐제 노인　그렇게 불경스러운 말을 함부로 입에 담는

것이 아니다. (베틀로 가면서 아들을 부른다) 고틀리프, 좀 도와주지 않을래? 실을 한두 타래 감아야 하겠다.

루이제 (욕조 안에서) 여보 고틀리프, 아버님께 가보세요.

　　　(고틀리프가 들어온다. 노인과 아들이 베틀 앞에 앉아서, 밀거니 당기거니 힘든 작업을 시작한다. 베틀의 잉아와 바디 사이에 날실이 감긴다. 두 사람이 일을 하자마자 바깥문을 통해 호르니히가 들어온다)

호르니히 (문에 서서) 수고가 많으십니다!

힐제 노인과 아들 고맙소, 호르니히.

힐제 노인 당신은 대체 언제나 잠을 자오? 낮에는 장사 나가고 밤에는 보초를 서고.

호르니히 요사이 난 잠을 잊은 지 오래죠.

루이제 반가와요, 호르니히!

힐제 노인 좋은 소식이라도 가져오셨소?

호르니히 희소식입니다, 어르신. 페터스발다우의 직공들이 폭동을 일으키고 공장주 드라이시거와 그의 가족을 모두 개구멍으로 몰아냈답니다.

루이제 (흥분한 기색으로) 벌건 대낮에 또 거짓말을 시작하는군요.

호르니히 이번엔 아니오, 젊은 댁, 이번엔 아니라고요
- 마차에서 예쁜 앞치마를 가져왔습니다 - 사실
이라니까요. 그자를 내쫓았답니다. 그자가 어젯
밤 라이헨바하로 쫓겨왔어요. 나 참! 거기에서도
붙들리지 않으려고 - 직공들이 겁나서죠 - 돌연
슈바이트니츠로 갔답니다.

힐제 노인 (조심스럽게 실을 구멍에 끼우자, 반대편에
앉아 있던 고틀리프가 철고리를 당겨 실을 받아
틀에 끼운다) 이제 거짓말을 그만둘 때도 됐는
데, 호르니히!

호르니히 이건 명백한 사실이에요. 마을의 어린애들도
다 아는 사실이죠.

힐제 노인 어디 보세, 내가 돌았나, 아니면 자네가 돌
았나?

호르니히 글세, 사실이라니까요. 내가 이야기한 것은
교회에서 아멘 할 때처럼 진실이라고요. 거기 서
서 이 두 눈으로 직접 보지 않았더라면, 나도 믿
지 않았을 거요. 내 눈으로 고틀리프, 자네를 바
라보는 이 두 눈으로 말이야. 공장주 집을 깡그
리 부서져버렸다구, 지하실부터 꼭대기 다락방까
지 몽땅. 지붕 유리창도 도자기를 내던져 박살을
냈어, 계속해서 지붕 아래로. 물 속에 버려진 능

직 천이 얼마나 많은지 몰라. 냇물이 흐르지 못할 정도였다면, 믿을 수 있겠나? 냇물이 넘치는가 하면, 창밖으로 내던져진 게 검푸른 남빛 물로 온통 쏟아져 내렸다네. 마치 남빛 구름가루가 몰려오는 것 같은 광경이었네. 모든 걸 잿더미로 만들어 버리는데, 정말 무섭더군. 집뿐이 아니야. 염색도구들과 직물선반....계단 난간을 모두 부숴놓았어. 마루를 짓이겨버렸다구. 거울을 깨고 소파와 천의자를 갈갈이 찢어발기고 난도질을 했다네. 믿을 수 있겠나, 전쟁보다 더 지독했다네.

힐제 노인 그게 이곳 직공들이었다는 말인가? (믿기지 않는다는 듯 머리를 절레절레 흔든다. 문가에 힐제 집의 동거민들이 모여 있다)

호르니히 그들 말고 누구겠어요? 이름을 대라면 댈 수 있어요. 공장으로 시의원을 데려간 것도 바로 나란 말이요. 난 여러 사람들과 이야기를 나눴어요. 그들은 다른 때처럼 다정스런 태도였어요, 가능한 한 부드럽게 일을 해결하려 했고요. 하지만 철저합디다. 시의원이 그들과 이야기했을 때도 그들은 여느 때처럼 공손했지요. 하지만 결국 그들을 막을 수는 없었죠. 결국 그 집의 멋진 가구들은 박살이 났어요, 모조리.

힐제 노인   당신이 시의원을 불렀다고?

호르니히   내가 두려워 할 것이 뭐 있겠어요? 모두들 날 못된 맹추아낙 보듯 하죠. 하지만 아무도 원망하지 않아요. 난 사람들하고 잘 지내요. 호르니히 하면 어디가나 통했어요. 믿기 어려우실지 모르지만, 난 이 지역 사정에 훤해요. - 시의원도 퍽이나 마음이 쓰이는 모양입디다. 내, 척 보고 알았죠. 헌데 이유가 뭔가? 그 양반은 듣지도 말하지도 않더군요 - 정말 굉장했어요, 굶주린 자들이 복수의 불을 지피던 광경이라니!

루이제   (흥분이 폭발하여 몸을 떨며, 앞치마로 눈을 닦는다) 잘했어! 올 것이 온 거야!

집안의 동거인들   이곳에도 사람껍질 벗겨먹는 놈들이 많아 - 저 건너편에도 한 놈 있지 - 그자들 마굿간엔 말이 넷, 마차가 여섯이야. 그 때문에 직공들이 굶어죽고 있지.

힐제 노인   (여전히 미심쩍어 하며) 대체 어떻게 된 일인데?

호르니히   그걸 누가 압니까? 누구 말은 이렇고, 누구 말은 저렇고 하니.

힐제 노인   뭐라고들 하든가?

호르니히   원 세상에 말입니다. 드라이시거가 배고픈
  직공들은 풀을 뜯어먹고 살면 된다고 했다는군
  요. 그 이상은 저도 모르겠어요.
    (집안의 사람들이 동요한다. 한 사람 건너 또
  다른 사람에게 이야기를 전하며 분격해 한다)
힐제 노인 이보게, 호르니히. 만약 자네가 내게 이렇게
  말한다 치세, "힐제 영감님은 내일 죽을 게 분명
  하오". 난 이렇게 대답하겠네, "그럴지도 모르
  지". 안될 게 뭔가! 혹은 자네가 이렇게 말한다
  치세, "힐제 영감님, 내일 프로이센의 왕이 당신
  을 방문한답니다." 그것도 난 믿겠네. 그렇지만,
  나나 내 아들 같은 동료직공들이 그런 일을 했다
  는 것은… 도저히! 도저히 믿을 수 없단 말일세.
밀 헨 (긴 머리를 풀어헤친 일곱 살배기 소녀. 팔에
  바구니를 걸치고 뛰어 들어온다. 엄마에게) 엄
  마, 엄마! 내가 뭘 가져왔는지 보세요. 이걸로
  내 옷 사줘요.
루이제 계집애가 웬 수선이냐? (점점 긴장하며) 뭘 또
  주어가지고 온 게야? 숨이 턱에 닿게 달려왔구
  나. 바구니에 실패는 담아 가지고 왔겠지? 대체
  이게 다 뭐야?
힐제 노인 밀헨, 그 수저 어디서 났냐?

루이제   어디선가 주었겠죠.

호르니히   그 수저가 한두 냥 값은 족히 되겠는데요?

힐제 노인   (화를 내며) 나가거라, 나가, 즉시 나가거
　　　　라! 당장 말 안 들으면 할아버지가 때려주겠다.
　　　　어서 가서 그 수저를 돌려주고 와, 어서! 우릴
　　　　모두 도둑으로 만들 작정이냐? 요 계집애가 훔
　　　　친 것 빨리 갖다주지 못해? (때릴 것을 찾는다)

밀   헨   (어머니의 치마자락에 매달리며 운다) 할아버
　　　　지, 제발 때리지 마세요! 그냥 주운 거예요. 그
　　　　곳에 실패를 가져갔던 애들은 모두 이런 걸 주웠
　　　　어요.

루이제   (놀라고 흥분하여) 주웠다잖아요! 어디서 주웠
　　　　니, 밀헨?

밀   헨   (훌쩍거리며) 저, 페터스발다우에서요. 바로 드
　　　　라이시거 집 앞에서 주웠어요.

힐제 노인   그래 선물이라도 받았단 말이냐? 정말 혼구
　　　　멍이 나기 전에 어서 갖다두고 오지 못해?

힐제 부인   이게 대체 무슨 일이에요?

호르니히   한 말씀 드리겠습니다, 힐제 영감님. 고틀리
　　　　프에게 옷 갈아입고, 수저를 갖고 관서에 가라고
　　　　하세요.

힐제 노인   고틀리프, 옷 갈아입어라.

고틀리프 (옷을 챙겨 입으며, 다급하게) 이 길로 곧장 경찰서에 달려가 말하겠어요, 우릴 나쁘게 여기지 말라고요, 어린아이가 철없어 그런 거라고요. 그리고 수저를 갖다주죠.

　　(울던 아이가 어머니와 함께 뒷방으로 간다. 그 문을 잡고 아이엄마가 들어온다)

호르니히 석 냥은 족히 되겠어요.

고틀리프 여보, 루이제. 수저가 상하지 않게 싸 가지고 갈 천을 줘요. 그래, 그래, 그렇게 비싼 것이라니까! (수저를 싸며 눈물이 고인다)

루이제 이걸 가지면, 몇 주일은 걱정없이 살 텐데!

힐제 노인 서둘러라! 날래 날래! 이건 안돼, 잘못이야. 그 사탄의 수저를 당장 내가도록 해라! (고틀리프가 수저를 들고 집을 나선다)

호르니히 나도 가봐야겠어요. (나간다. 집을 떠나기 전에 입구의 사람들과 이야기를 잠시 나누다가 사라진다)

외과의사 슈미트 (수선스럽고 우스꽝스런 사내로서, 발그레하고 교활해 보이는 얼굴이다. 집안으로 들어서며) 모두 안녕하시오! 큰일이 벌어졌어요. 이보시오, (손가락으로 위협적으로) 당신들은 보

기와는 딴판으로 교활한 사람들이야. (문간에 서
서, 들어오지는 않고) 잘 있었소, 힐제 어른?
(바깥방의 여인에게) 아기엄마, 욱신거리는 건
좀 어떻소? 좀 나았나요, 네? 어디 좀 봅시다!
힐제 어른, 댁의 형편은 어떠시오? 어디 좀 봐야
겠소. 부인은 대체 어디가 탈이죠?

루이제   박사님, 눈 혈관이 메말라서 전혀 보시질 못한
답니다.

외과의사 슈미트   먼지와 촛불 속에서 오랫동안 천을
짜서 그래요. 누가 그 이야기 좀 해주겠소? 페터
스발다우가 발칵 뒤집혔소. 난 아침 일찍 마차를
타고 다녔는데도, 전혀 낌새를 몰랐소. 희한한
일이 벌어진 걸 알았소만, 젠장 대체 뭐가 잘못
된 겁니까, 힐제 어른? 그들은 성난 이리떼 같았
어요. 그건 혁명, 아니 폭동이었어요! 대항하고
빼앗고 약탈하고…… 밀헨! 어디 있지, 밀헨?
(울어서 얼굴이 발개진 밀헨이 엄마에게 떼밀려
들어온다) 자, 밀헨, 내 외투 주머니 속에 손을
넣어보렴. (밀헨이 손을 넣는다) 이 새앙 비스켓
은 모두 네 것이다. 하지만 한꺼번에 가져가선
안 돼, 고집불통 아가씨! 먼저 노래를 불러봐!
여우는 훌쩍… 자, 어서 해보렴… 여우는 훌

쩍... 거위는... 잠깐만, 나는 네가 무슨 짓 했는지 알아, 밀헨. 교회 울타리에 앉아있는 참새에게 똥막가지라고 욕했지. 아이들이 선생님께 일러바쳤다며? 아무튼 그건 그것이고 - 천오백 명이나 집결했다던데 (멀리서 종소리가 들린다) 들어봐요, 라이헨바하에서 나는 폭풍소리오! 천오백 명이라! 세상이 끝장나려나 보군! 끔찍한 일이야.

힐제 노인 그들이 지금 빌라우로 가고있다는 게 사실이오?

외과의사 슈미트 물론이죠, 물론이죠. 내가 막 그곳을 지나왔소. 난 그들 한복판에 있었소. 그때 내가 제일 하고 싶었던 일은, 마차에서 내려 그 사람들 모두에게 약 한 알씩 나눠주는 것이었소. 끝없이 긴 행렬을 이루고 뚜벅뚜벅 걸어가는 것이 마치 송장 같았어요. 노래를 불러대는데, 내 뱃속이 뒤집히고 목이 졸려 죽을 것 같습디다. 마부석의 프리드리히는 노파처럼 떨며 울었답니다. 우린 그 직후 독한 소주 한 병을 사 마시지 않을 수 없었어요. 설령 고무바퀴 자동차를 굴릴 수 있다 하더라도, 공장주는 절대로 되고 싶지 않더이다. (멀리서 노래소리) 들어보시오! 깨진 솥뚜

껑을 두드리는 것 같은 소리가 진동하고 있소. 애들아, 오 분만 있거라, 사람들이 이리 올 거다. 잘 들 있으시오, 여러분! 바보짓들일랑 말아요. 군대가 곧 뒤따라 올 거요. 모두들 정신차리시오. 페터스발다우 사람들은 모두 정신이 나갔소. (종소리가 가까이 들린다) 맙소사! 이젠 우리 종도 울리는군! 결국 사람들이 모두 미쳐버린 모양이야. (윗층으로 올라간다)

고틀리프 (다시 나타난다. 여전히 집안에서 헐떡거리며) 그들을 봤어요, 봤어요! (문가의 여인에게) 그들이 왔어요! 어머니, 그들이 왔어요! (문에서) 그들이 왔어요, 아버지! 몽둥이랑 꼬챙이랑 도끼를 들고 왔어요. 그들은 저 건너 디트리히 집 앞에 줄지어 서서 난동을 부리고 있어요. 임금을 받아냈을 거예요. 오, 하느님, 대체 어찌 되려는지! 얼마나 사람들이 많은지 모르겠어요. 그들이 떼지어 쳐들어가면, 끔찍해라 끔찍해, 공장주들에게 좋지 못할 거예요.

힐제 노인 왜, 그렇게 방방 뛰느냐? 그렇게 급히 굴다가 병이 도져서 옛날처럼 다시 몸져 누어버리게 되면 어쩌려고!

고틀리프 (반쯤 붕 뜬 기색으로) 달리지 않을 수 있겠어요? 그들에게 꼼짝없이 붙잡힐 뻔 했는데. 모두가 흥분해서 떠들어댔어요. 나더러도 한 손 거들라고 합디다. 바우메르트 노인도 그들과 함께 있었는데, 내게 말하더군요, "어서 와서 다섯 냥을 받아가게, 자네도 굶어 죽게 생긴 사람이니." 심지어는 아버님께도 말하랬어요, 아버님도 이곳에 와서 거들라고요, 공장주들이 착취한 것 되돌려 주도록 말이에요. (격정적으로) 이제 새시대가 온대요, 모두 와서 힘을 합쳐야 한답니다. 우리도 주일에는 고기를 반 파운드 먹고 공휴일에는 소세지와 양배추를 먹고 살아야 한다고 했어요. 노인이 내게 한 말은 딴 세상 이야기 같았어요.

힐제 노인 (분노를 억제하며) 그자가 네 대부라도 된다드냐? 벌 받을 일에 널더러 끼어들라 했다니! 절대 그런 말에 솔깃해선 안 된다, 고틀리프. 지금 그들은 악마의 장난에 놀아나고 있는 거야.

루이제 (격정과 흥분을 참지 못하고) 그래요, 고틀리프, 저 구석지 난로 뒤에 쪼그리고 앉아, 손에 수저를 들고, 무릎 위에 우유그릇을 놓고, 양복 입은 모습으로 하나님께 기도나 하고 있어요. 그래야만 아버님 마음에 드실 테니까요. 그러고도

남자라고 할 수 있겠어요? (집안에서 사람들의
웃음소리)

힐제 노인 (부르르 떨며 분노를 억누른다) 그러는 너
는 아내 노릇이나 제대로 해왔단 말이냐? 내 너
에게 한 마디 하련다. 에미가 되어 가지고 입놀
림이 그렇게 야비하냐? 그러고도 아이를 가르칠
수 있다는 게야? 너는 남편을 사악한 구렁텅이
로 빠뜨리려 하고 있어!

루이제 (거침없이) 그 알량한 신앙... 그것이 내 자식
에게 밥을 배불리 먹여줬나요? 그 덕분에 어린
것들 넷을 모두 거친 누더기 위에 눕혔어요, 어
느 겨울 한철에도 습기가 마른 적 없는 이불에
말이에요. 그러고도 에미라고, 네, 아버님 말씀
대로죠. 그렇기 때문에 공장주놈을 지옥으로 보
내고 싶은 거예요, 아시겠어요? 등창이나 얻어
죽으라고요! - 바로 내가 그 에미란 사람이죠! -
아이들 넷 중에 누구 하나라도 살려낼 수 있었나
요? 어린것들이 세상에 태어나서 죽을 때까지,
난 숨이 넘어가듯 울고 또 울었어요. 얼마나 가
여운지요. 그래, 악마를 물리쳤다고요? 아버님
은 앉아서 기도와 찬송만 하셨죠. 그동안 저는
우유 한 접시라도 구하려고 발에 피가 나도록 뛰

어다녔어요. 몇날 며칠 밤을 지새면서, 죽은 어린것들을 교회 묘지에 파묻을 생각에 골머리를 알았죠. 그 어린것들이 무슨 잘못을 했길래 그렇게 비참하게 죽어야 했나요? 바로 저 건너 디트리히 집안 사람들은 포도주와 우유로 목욕을 한다더군요. 그래요, 좋아요. 내가 맘먹고 나가면, 열 마리 말로도 날 막을 수 없을 거예요. 그래요, 그들이 디트리히 집으로 쳐들어가면 내가 앞장 설 거예요. 누구도 날 막지 못해요. 나도 지쳤어요, 이제는 못 참아요.

힐제 노인 너 완전히 타락했구나. 정말 구제할 수 없구나.

루이제 (광적으로) 구제할 수 없는 사람은 아버님이에요! 누더기를 걸친 허수아비, 그게 바로 아버님이에요. 결코 남자가 아니지요. 경멸스런 비겁쟁이죠. 어린아이의 목소리에도 걸음아 나 살려라 하고 도망치는 흐블렁한 겁쟁이죠. 호되게 얻어맞고도 그저 "감사합니다", 세 번씩이나 굽실거리는 사람들이 있지요. 그 작자들이 아버님의 혈관에서 피를 다 빼가버렸어요. 얼굴을 붉힐 피조차 남겨놓지 않고요. 채찍을 들어 아버님의 썩은 뼈속에 원기를 불어 넣어줘야 할 거예요. (급히

나간다)

(당혹스런 침묵이 흐른다)

힐제 부인 대체 며느리가 왜 저러는 거죠, 영감?

힐제 노인 아무것도 아니오, 임자. 일은 무슨 일이 있겠소.

힐제 부인 영감, 무슨 일이 났나요? 아니, 총소리가 나는 건가?

힐제 노인 장례식일 게요.

힐제 부인 난 이날까지 죽지도 않고 살아있으니. 왜 난 죽지도 않는 거죠? (침묵)

힐제 노인 (하던 일을 멈추고 꼿꼿이 서서 엄숙하게) 고틀리프, 방금 네 아낙이 한 말 들었지? 고틀리프, 여길 봐라! (옷을 벗고 가슴을 내보인다) 여기 뭐가 있지, 골무만한 크기로. 우리 국왕께서는 내가 어디서 한 쪽 팔을 잃었는가를 잘 알고 계시지! (서성거리며) 네 아네가 - 아무도 모를지 몰라도, 나는 그 옛날에 왕과 이 나라를 이해 피를 한 동이나 흘린 몸이다. 그래, 그애가 제멋대로 퍼부어도 좋다. 난 뭐래도 상관없어, 그래 봤자 매일반이야. 내가 겁먹고 있다고? 겁먹긴 뭘 겁먹겠느냐? 군인들이 폭동대를 뒤쫓아 올까봐? 아이고, 행여나 그럴까 보냐, 그렇다면 안

돼지! 내 이미 등뼈가 삭아 문드러지긴 했어도,
그게 대수냐? 내 뼈는 상아처럼 단단하다. 허름
한 소총 몇 대면 난 벌써 시작했었다. 최악의 사
태가 오면! 얼마든지, 기꺼이, 기꺼이, 세상과
이별을 할 것이다. 언제라도 죽을 각오가 되어
있다. 그것도, 내일보다는 오늘이 더 좋다. 그
래, 그래, 난 심지어 그 정도다! 그런데 우리에
게 남는 것은 무엇이냐? 이 늙은 고난의 짐덩어
리가 아쉬워서 울 사람은 아니다. 삶이라고 불리
는 걱정근심 덩어리, 그거라면 내 기꺼이 팽개치
리라. 하지만, 고틀리프, 그 다음에 오는 것이
있다. 자칫 경솔하여 그것마저 잃게 되면, 그땐
모든 것을 잃는 것이다.

고틀리프 하지만 죽은 후의 일을 누가 알아요? 아무도
저 세상을 봤던 사람은 없잖아요?

힐제 노인 고틀리프! 네게 말하지만, 우리네 가난한
사람들이 갖고있는 유일한 것을 의심하지 마라.
아니면 내가 뭣 때문에 여기 앉아서 - 죽어라고
베틀을 밟으며 사십 여 년을 지내왔겠느냐? 저
건너편의 작자들이 잘났다고 호사탐닉하면서 나
의 굶주림과 고난으로 치부하는 꼴을 묵묵히 보
고만 있었겠느냐? 도대체 뭣 때문에?! 내게 희

망이 있었기 때문이야. 그 어떤 고난 속에서도 말이다, (창문을 가르키며) 네놈은 이 세상에서 최고지만, 나는 저 세상에서 최고가 되리라는 것이 내 믿음이었다. 사지가 갈가리 찢겨도 내겐 확신이 있다. 우리에게 주님이 약속하셨다. 심판이 있을 것이다. 하지만 우리가 심판자는 아니다. "벌하는 것은 나의 일이니라", 우리 주 하나님이 말씀하셨다.

(창을 통해 "직공들은 나오시오!"라는 외침이 들린다)

힐제 노인 마음대로들 하라지. (베틀에 앉는다) 난 여기 있겠다.

고틀리프 (잠시 갈등하다가) 나도 가서 일을 하겠어요. 마음대로 해 보라지요. (나간다)

(수백 명은 될 듯한 직공들의 노래소리가 들린다. 그것도 아주 가까이. 마치 둔탁하고 단조로운 탄식처럼 들린다)

집안의 사람들 (집안에서) 아이고 맙소사! 개미떼같이 사람들이 몰려오고 있어요! - 이 많은 직공들이 어디서 나타난 거지? - 밀지 좀 마, 나도 좀 보게 - 맨 앞줄에 서있는 저 여자 좀 봐! - 세상에! 점점 수가 불어나고 있어.

호르니히 (집안 사람들 사이에서 나오면서) 봐요, 이
    건 정말 굉장한 굿이오, 매일 볼 수 있는 광경이
    아니라고요. 디트리히 집에 한번 가 보세요, 거
    기서 한바탕 했다니까. 그자에겐 이제 집도, 공
    장도, 포도주 창고도 남아있질 않아요, 아무것도
    요. 사람들이 그 집 포도주를 모조리 마셔버렸어
    요. 지체없이 마개를 열어제끼고, 하나 둘 셋 차
    례로 목을 내리고요. 아가리가 유리조각에 베든
    말든. 몇몇은 뛰어다니며 돼지처럼 피를 흘렸어
    요. 이제 디트리히를 끌어내 손봐줄 겁니다. (사
    람들의 노래가 그쳤다)

집안의 사람들 사람들이 나쁜 건 결코 아닌 것 같아
    요.

호르니히 자, 진정하시고! 기다려 보세요! 사람들은
    지금 이 기회다, 하고 눈여겨보고 있어요. 저들
    이 저택을 요리조리 샅샅이 살펴보고 있지 않
    소? 저들 가운데 마굿간 양동이를 든 땅딸막한
    사람이 보이지요? 저잔 페테스발다우의 대장쟁
    이, 아주 위험한 사내죠. 저 사람은 두꺼운 문도
    마치 파이조각 부수듯 부셔버리죠. 저 사람 손에
    걸렸다면 공장주들의 목숨도 끝장이죠.

집안 사람들 와장창 깨버렸어! - 창문으로 돌이 날아

들어갔어! 디트리히 늙은이가 잔뜩 겁을 먹고있군 - 그자가 널빤지를 내걸고 있어 - 널빤지를 내건다고? - 뭐라고 쓰여 있는데? - 읽을 줄 알아? - 내가 못 읽으면 어찌되게! - 어디 좀 읽어봐! - 당신들의 요구를 들어주겠다! - 당신들 모두의 요구를 들어주겠다는 거야.

호르니히   우선 그렇게라도 해봐야겠죠. 하지만 별 도움이 안 돼요. 저 친구들은 잔뜩 언짢은 기색이에요. 저들의 목표는 공장이죠. 공장의 전기 직조기를 부숴 없애려고 한답니다. 그 직조기 때문에 많은 수공업자들이 망했거든요. 그건 장님도 아는 일이죠. 기독교인들도 오늘은 기운을 냈네요. 시의원도 경찰서장도 저들을 진정시키진 못해요. 그까짓 널빤지 조각으로는 어림도 없어요. 저들이 소동부리는 것을 본 사람이라면, 이제 뭐가 두들겨 부서질 것인지를 알 겁니다.

집안 사람들   저런, 저런, 저 사람들이! - 저들이 바라는 것이 뭐지? - (급히) 그들이 다리를 건너고 있어! - (걱정스럽게) 어쩌면 이 작은 동네까지 올지도 몰라. (놀람과 공포에 사로잡혀) 우리를 향해 올 거야 - 우리에게 올 거야 - 그럴 거야, 직공들을 집밖으로 나오게 할 거야!

(모두 혼비백산하여 달아나고, 집안이 텅 빈
다. 온통 먼지를 뒤집어 쓴 반란대가 취기와 흥
분으로 상기된 채, 소리치며 방으로 들어선다.
밤을 꼬박 지새워 추레한 모습들이다. "직공들은
나와라!" 외치면서 들어와 방방이 뒤진다. 힐제
노인의 방에 곤봉과 막대기로 무장한 배커와 젊
은 직공 몇 명이 들어선다. 노인의 모습을 보자
멈칫하며 조금 기세가 누그러진다.)

배 커 힐제 영감님, 그런 고역일랑 이제 그만두세요,
관심 있는 사람에게나 넘겨요. 베틀을 밟으며 욕
볼 필요가 없어요. 그 일을 하지 않고도 살아갈
수 있어요.

젊은 직공 Ⅰ 다신 굶주린 배로 잠자리에 들지 않게
될 거예요.

젊은 직공 Ⅱ 이제부터 직공들도 지붕 밑에서 잠자고
서츠를 입고 살 수 있어요.

힐제 노인 곤봉과 도끼를 들고 다니다니, 대체 어떤
악마가 당신들을 보냈는가?

배커 이것은 디트리히 놈의 등뼈를 두 동강 낼 때 쓸
것들입니다.

젊은 직공 Ⅱ 녀석들에게 따끔한 맛을 보일 겁니다.
공장주놈들에게 한방 먹일 겁니다. 놈들에게도

배고픔이 어떤 것인가를 화끈하게 가르쳐 줄 것
이오.

젊은 직공 Ⅲ   자, 우리와 함께 가세요, 영감님! 우리,
가만있지 맙시다.

젊은 직공 Ⅱ   아무도 우리에게 자선을 베풀지 않았어
요 - 신도, 인간도. 이제 우리 스스로 권리를 찾
아야 해요.

바우메르트 노인   (들어온다. 이미 그의 다리가 조금
휘청거린다. 팔 밑에는 방금 때려잡은 닭을 들고
있다. 두 손을 벌리며) 형제들아, - 우리는 모두
형제야! 자, 내 품으로 오라, 형제들아! (웃음소
리)

힐제 노인   자네마저 그 꼴인가, 빌렘?

바우메르트 노인   구스타프 아닌가? 굶주림에 허덕이는
불쌍한 친구! 어서 내게로 오게! (격정에 사로잡
혀 있다)

힐제 노인   (투덜대며) 날 놔두게!

바우메르트 노인   구스타프, 그게 이렇다네. 사람은 운
이 좋아야 해. 나를 좀 보게. 내가 어찌 보이는
가? 사람은 운이 좋아야 한다구! 내가 백작같이
보이지 않나? (자기 배를 탁탁 치며) 이 배 속에
뭐가 들어있는지 맞춰보게! 귀족들이 처먹는 음

식이 들었단 말일세. 사람이란 운이 좋아야 한다
네. 그래야 샴페인과 토끼구이를 먹을 수 있지 -
한 가지 자네에게 말해 두겠어. 우리가 실수를
했던 거야. 우리 것은 우리 손으로 얻어내야 하
는 거야.

일 동 (와글법석하게) 우리 손으로 얻어내야 한다,
옳소!

바우메르트 노인 처음을 조금만 부러뜨려 봐! 곧 우리
의 본성에 도달하게 될 테니. 어라차, 황소같은
힘을 얻게 돼. 온몸 구석구석에서 힘이 넘쳐 나
오네, 대체 그게 어느 구석에서 나오는 진 몰라
도. 지랄맞기도 하지, 하지만 기분은 그만이네!

예 거 (낡은 기사검으로 무장한 채 문에 서서) 제 일,
이차 공격을 막 끝냈습니다.

배 커 지금까지 우린 아주 잘 해냈다! 하나, 둘, 셋을
세고 나서 곧바로 집안으로 진격하는 거다! 번개
가 내리치듯 하는 거다! 두늘겨 부수고 와장창
무너뜨리는 거다. 대장간에서처럼 불꽃이 튀게
하는 거야!

젊은 직공 Ⅰ 불을 조금 지르는 것도 좋을 것 같은데.

젊은 직공 Ⅱ 라이헨바하로 가서 부자놈들의 집 꼭대
기부터 불을 지릅시다!

예 거 얼씨구 잘한다, 그래. 그러면 놈들이 화재보험
　　금을 잔뜩 받게 된다구! (웃음)

배 커 여기서부터 우린 프라이부르크로 가서 계속 트
　　롬트라로 행하는 거다.

예 거 관리들을 좀 혼내줘야 하지 않겠소? 내가 읽어
　　본 바로는 그 관리들이 이 모든 사단의 원천이
　　오.

젊은 직공 II 곧 브레슬라우에 가게 될 거고. 점점 더
　　많은 사람들이 우리편에 가담하겠죠.

바우메르트 노인 (힐제에게) 한잔하게, 구스타프!

힐제 노인 난 절대로 술을 입에 대지 않네.

바우메르트 노인 그건 모두 옛날 이야기야. 우린 새로
　　운 세상에서 살고 있단 말일세, 구스타프!

젊은 직공 I 일 년 열두 달 크리스마스가 오는 것은
　　아니랍니다. (웃음)

힐제 노인 (참지 못하고) 이런 마귀새끼들, 내 집에서
　　원하는 것이 뭐야?

바우메르트 노인 (조금 계면쩍어 하며, 달래는 투로)
　　여보게, 자네에게 닭 한 마리 갖다주려고 왔다
　　네, 부인에게 국이나 끓여주라고.

힐제 노인 (당황하며, 조금은 상냥하게) 가서, 집사람
　　에게 직접 말하게나.

힐제 부인 (귀에 손을 대고 이야기를 들으려고 애를
쓰다가, 이내 손을 떼고) 전 상관 마세요. 전 닭
고기를 안 좋아해요.

힐제 노인 옳은 소리요, 임자. 나 역시 그렇소, 아무리
좋은 음식이라도 말이오. 그리고 자네 바우메르
트! 늙은이들이 어린애들처럼 재잘대면, 마귀가
좋아라고 머리 꼭대기에 오르는 법일세. 그리고
여기, 당신들 모두 알아둬, 당신들 모두! 나와
당신들, 우린 전혀 상관이 없는 사람들이야. 내
가 원해서 당신들이 여기 와 있는 게 아냐! 당신
들은 여기 와서 집적거릴 권리가 도무지 없는 거
라구!

목소리 우리편에 서지 않은 자는 모두 우리의 적이야!

예 거 (거칠게 협박조로) 당신 아주 삐딱하게 꼬였
군. 보시오, 우린 도둑이 아니야.

목소리 단지 배가 고플 뿐이오, 그 이상은 아니오.

젊은 직공 Ⅰ 우리도 살겠나는 것이오, 그뿐이오. 그렇
기 때문에 우리 목에 걸려 있는 밧줄을 끊은 것
이오.

예 거 그건 정당한 것이었어! (힐제 노인의 얼굴에
주먹을 들이대며) 한 마디만 더 지껄여 봐, 한방
먹여줄 거다 - 면상 한 복판을.

배 커 진정하게, 예거. 진정하라고! 노인을 그냥 놔
      둬! 힐제 영감님, 생각해 보세요, 이렇게 사느
      니, 차라리 죽는 것이 낫지 않겠소?

힐제 노인 나는 이미 그런 인생살이를 육십 년이 넘게
      해오지 않았나?

배 커 그랬든 말든 그건 문제가 아니오. 뭔가 달라져
      야 한단 말이오.

힐제 노인 어느 세월에 그런 날이... 절대로 그런 날은
      오지 않아.

배 커 좋게 해서 얻지 못하면, 무력으로 빼앗는 것이
      죠.

힐제 노인 무력으로? (웃음) 당장 가서 무덤을 파라
      지! 무력이 어디에 묻힐지 저자들이 똑똑히 보여
      줄 거다. 제발 조금만 더 기다려라, 이 사람들
      아!

예 거 군인들 말이오? 우리도 한때는 모두 군인이었
      소. 일이 중대쯤은 문제없소.

힐제 노인 암, 입으로야 뭔들 못할까! 하지면, 당신들
      이 두 명을 몰아내면 곧 놈들 열 명이 달려들 거
      야.

사람들 (창문을 통해) 군대가 오고 있다! 저기들 봐
      요!

(돌연 침묵이 흐른다. 일순간 나지막한 호각소리와 북소리가 들린다. 조용한 가운데 불쑥 짧은 외침소리 "에이, 젠장할! 난 내빼야겠다!" 모두 웃는다)

배 커 누가 내뺀다고 했지?

예 거 저 보잘 것 없는 허수아비 부대가 무섭다고 한 게 누구야? 내가 당신들을 지휘하겠다. 난 그 엉터리들을 잘 알고있어.

힐제 노인 그래, 저들을 무엇으로 쏴 맞힐 것인가? 그 몽둥이로 말인가?

젊은 직공 I 이 늙은이 머리 좀 식혀야겠군. 이 작자 골통이 좀 어떻게 된 거야.

젊은 직공 II 벌써 살짝 돌아버린 모양이야.

고틀리프 (어느새 반란대 사이에 끼어 들어가서, 방금 말한 자의 멱살을 붙잡는다) 나이 많으신 어른께 그따위로 못되게 굴 거야?

젊은 직공 I 놔줘, 나쁜 뜻으로 한 소리는 아니야.

힐제 노인 (참견하며) 지껄이게 놔둬라. 개의치 마라, 고틀리프. 미친 사람이 누구인진 곧 밝혀지게 될 거다, 나인지 저 사람인지.

배 커 우리랑 같이 가세, 고틀리프.

힐제 노인 저 앤 여기 있을 걸세.

루이제   (방안에 들어서며 외친다) 여기서 더 지체 마
세요. 저런 기도쟁이 신도님들과 시간 낭비 마세
요. 즉시들 가세요! 그자들이 곧 올텐데. 바우메
르트 영감님, 어서 가세요, 최대한 빨리! 지금
말을 타고 진압대 소령이 사람들과 이야기를 하
고 있어요. 곧 이리로 올 거예요. 어서 도망치지
않으면 좋지 않을 거예요.

예 거   (나가면서) 아주 용감한 남편을 두셨군요, 아
주머니.

루이제   누구 말이에요? 내겐 남편이 없어요!
　　　　(몇 사람이 집안에서 노래를 부른다)

옛날옛적에 꼬마 사내가 있었다네,
헤이 헤이 헤이!
커다란 아내를 맞게 됐다네,
얼라디야 디야 디야.

목수 비티히   (대장간 양동이를 들고 윗층에서 내려와
나가려다 잠시 멈춘다) 모두 모여라! 악당이 되
기 싫은 사람은 모두 모여라! (뛰어 나간다. 그
뒤를 루이제, 예거 등 한 무리가 "여!" 하고 외치
며 따라간다)

배 커   잘 있으시오, 힐제 영감님. 또 봅시다. (나가려

한다)

힐제 노인 다시 볼 수 있을 것 같지 않구만. 나는 앞으로 오 년을 넘기지 못하겠고, 자넨 그 전에 나오게 되지 않을 테니까.

배 커 (갸우뚱하며 멈춰 선다) 어디서 나온다는 게죠, 영감님?

힐제 노인 감방이지, 어디긴 어디겠나!

배 커 (폭소하며) 그거라면 난 오래 전부터 도통했죠. 감방에서는 적어도 빵은 충분히 먹어요. (나간다)

바우메르트 노인 (침울하게 생각에 빠져 의자에 쭈그리고 앉아 있다가, 일어서며) 사실은 말일세, 구스타프, 내가 술이 좀 과했네. 하지만 그 일에 대해서 여전히 내 생각은 분명해. 자네에겐 자네 생각이 있고, 내겐 내 생각이 있는 게지. 내 이야기인즉, 배커의 말이 옳다는 거야. 철사고리와 밧줄에 묶여 있다 해도 감방의 생활이 이곳보단 나을 거야. 그곳에선 보살핌을 받아. 굶주리지 않아도 돼. 나도 뭐 좋아서 이들을 따라온 건 아니네. 하지만 구스타프, 단 한순간이라도 숨을 쉬어야 살 게 아닌가! (천천히 문 쪽으로 가면서) 잘 있게, 구스타프. 만약 내게 무슨 일이 일

어나거든, 날 위해 기도나 해주게. (나간다)
　　(시위대가 모두 사라지고 없다. 집안은 차츰
호기심에 찬 주민들로 가득해진다. 고틀리프가
난로 뒤에서 도끼를 집어들고 무심히 도끼날을
만진다. 노인과 고틀리프 두 사람이 다 말은 없
지만 몹시 들떠 있다. 밖에서 군중들의 와글거리
는 함성이 들린다)

힐제 부인　이봐요, 영감. 천장이 몹시 떨리네요. 대체
무슨 일이에요? 무슨 일이 일어나고 있는 거예
요?

　　(사이)

힐제 노인　고틀리프!

고틀리프　왜 그러세요?

힐제 노인　그 도끼를 내려놔라!

고틀리프　그러면 누가 장작을 패게요! (도끼를 난로가
에 내려놓는다)

　　(사이)

힐제 부인　고틀리프, 아버님 말씀 들어라.

　　(창밖에서 노래소리)

　　꼬마 사내가 집에 남아있대요,
　　헤이 헤이 헤이!

그릇 닦고 접시 닦고,
얼라디야 디야 디야!

(지나간다)

고틀리프 (벌떡 일어나, 창을 향해 주먹을 꽉 쥔다)
이놈들아, 내 성질 돋구지 마!
(와당탕 사격소리가 들린다)

힐제 부인 (질겁하며) 아이고 하나님! 또 천둥이 치나
요?

힐제 노인 (손을 가슴에 대고 기도한다) 하늘에 계신
우리 주님! 가난한 저 직공들을 지켜주소서, 불
쌍한 내 형제들을 지켜주소서!
(잠시 침묵이 흐른다)

힐제 노인 (혼자말로, 격정에 사로잡혀) 이제 피가 흐
르는구나.

고틀리프 (총소리가 나자 벌떡 일어서서 도끼를 꽉 잡
는다. 얼굴은 사색이 되고, 깊이 흥분하여 어쩔
바를 모른다) 그래, 이 판국에도 가만히 엎드려
있어야만 하나?

직공 소녀 (집 앞에서 방안을 향해 소리친다) 힐제 할
아버지, 힐제 할아버지! 창에서 비켜 서세요! 우
리집 이층 창문에 총알이 날아왔어요. (사라진

다)

밀   헨 (창문으로 머리를 내밀고 웃는다) 할아버지, 할아버지, 사람들이 총을 쐈어요. 두세 사람이 쓰러졌어요. 한 사람은 두루말이 빵처럼 뱅그르르 돌아요, 계속 바퀴처럼요. 또 한 사람은 머리 잘린 참새처럼 바둥거려요. 아이고, 아이고, 피가 억수같이 쏟아져요! (사라진다)

직공 아네 두세 사람이 죽었어요.

늙은 직공 (집안에서) 조심해! 이제 그 사람들이 군대를 공격하고 있어!

직공 Ⅱ (안절부절하며) 저기, 저 여자를 좀 봐! 저 여자 좀 보라고! – 치마를 걷어부쳤어! 군인들에게 침을 뱉았어!

직공 여인 (안쪽을 향해 외친다) 고틀리프, 당신 아내를 봐요, 당신보다 훨씬 배짱이 있군요. 총검 앞에서 뛰어다니는 게 흡사 음악에 맞춰 춤추는 것 같구려.

　　(남자 넷이 부상자를 집안으로 들인다. 잠시 정적이 흐른다. 누군가의 말소리가 들린다 "직공 울브리히야." 몇 초도 안 되, 같은 목소리가 다시 들린다 "영면하게 될 것 같군, 귀에 총알이 박혔으니". 남자들이 나무층계를 오르는 소리

가 들린다. 갑자기 밖에서 "와, 만세!")

집안 사람들의 목소리 저 많은 돌이 어디서 났지? – 이
젠 도망가야 해! – 저 골목집에서도 오는데 – 잘
가거라 군인들아! – 바닥돌이 빗발치듯 날아가
고 있어.

(바깥에서 공포의 비명과 아우성이 속속들이
집안으로 전해진다. 공포의 외마디와 함께 대문
이 닫힌다)

집안의 사람들 그들이 총알을 다시 넣고 있어 – 곧 일
제사격이 시작될 거야 – 힐제 영감님, 창에서 비
켜 서요!

고틀리프 (도끼로 달려간다) 뭐, 뭐, 뭐라고? 우리가
미친개들이라고? 우리더러 빵 대신 탄약이나 처
먹으라고! (손에 도끼를 들고 잠시 망설이다가,
노인에게) 여기 앉아서 아내가 총 맞아 죽게 내
버려두라고요? 그럴 순 없어요! (뛰어 나가며)
조심해라, 이제 내가 나간다!

힐제 노인 고틀리프, 고틀리프!

힐제 부인 재가 어딜 가는 거예요?

힐제 노인 악마에게로 가버렸어.

집안의 사람들 창에서 비키세요, 힐제 영감님.

힐제 노인 싫어! 모두가 미쳤어! (부인에게, 점점 더

환상적으로) 하늘에 계신 아버지께서 날 이 자리에 앉히셨어. 안 그렇소, 임자? 우린 바로 여기 앉아 우리가 맡은 일을 계속하는 거야. 백설이 새까맣게 타버리는 한이 있어도. (천을 짜기 시작한다)

(한바탕의 총격소리. 힐제 노인이 치명탄을 맞고, 일어서려다 베틀 위에 털썩 쓰러지고 만다. 바로 그 순간 "만세!" 하고 외치는 커다란 소리가 들린다. 그때까지 집안에만 서 있던 사람들이 모두 와— 하고 달려나간다. 힐제의 늙은 아내가 계속해서 묻는다. "여보, 영감, 대체 당신 왜 그러세요?" 계속 들려오던 "만세!" 소리가 점차 멀어져간다. 갑자기 밀헨이 급히 방안으로 달려 들어온다.)

밀　헨　할아버지, 할아버지. 사람들이 군인들을 마을 밖으로 몰아내고 있어요. 디트리히 집에 쳐들어가서 드라이시거 집에서 했던 그대로 한대요. 할아버지? (아이가 깜짝 놀란다. 뭔가 기미를 느끼고, 손을 입에 문 채 조심스럽게 죽은 사람에게 다가간다) 할아버지?!

힐제 부인　영감, 무슨 말 좀 해보시구려. 정말 무서워 죽겠어요.

작가와 작품

작가 게르하르트 하우프트만(1862-1946)은 베를린에서 멀지 않은 슐레지엔의 작은 마을에서 태어났다. 예나 대학에서 자연과학을 전공하면서 다윈과 헤켈의 진화론, 그리고 당대를 풍미하던 사회개혁론을 접하게 되었다. 본격적인 창작활동기는 1889년부터 일차대전 사이인데, "특히 드라마 영역에서 풍부하고 다재다능했던 그의 탁월한 업적"에 대해 1912년 노벨 문학상이 수여됨으로써, 현대드라마에서 그의 명성은 세계적인 것이 되었다.

하우프트만은 자신이 잘 아는 주변사람들 - 고향 슐레지엔 산골과 베를린 근교 주민들의 모습을 즐겨 그렸다. 그의 드라마의 목표는 현실을 최내한 재현하는 것이었다. 따라서 작가는 등장인물의 대사에 시종일관 지역방언을 적극 사용하였다. 또한 무대배경에 대한 상세한 기술과 등장인물의 일거수일투족에 대한 정밀한 묘사를 포기하지 않았다. 무대에서는 배우에게 고도로 정밀한 행동을 요구하고, 부자연스런 연기나 감탄사, 독백 등의 폐기를 주장하였다. 무엇보다도 중요한 것은 당시로서는 금기되어 있던 예민한 사회적 주제를 과감하게 무대에 올려놓았던 사실이다. 그럼으로써 하우프트만은 독일문학사에서 자연주의문학의 대표자로서 확고한 자리를 점유하게 되었으며, 오늘날까지도 그의 대표작들은 매번 새로운 연출기법으로 각색되어 빈번히 무대에 올려지고 있다.

「직조공」은 하우프트만의 대표작으로, "1840년대 사건의 연극"이라는 부제목이 붙은 사회극이다. 줄거리를 이루는 역사적 배경은 1844년 슐레지엔 지방의 마을인 카슈바하, 랑엔비일라우, 페터스발다우에서 있었던 직조공들의 폭동이었다. 할아버지가 이들 직조공의 한 사람이었기에, 그 사건이 작가에게 남긴 감명은 각별한 것이었다. 작품 서두에서 작가는 어렸을 때 그 이야기를 들려줬던 아버지께 이 작품을 바친다고 말하면서 감회를 술회하고 있다. 처음에 작가는 현실감을 부여하기 위해 완전한 슐레지엔 방언으로 작품을 발표하였는데(De Waber, 1891), 곧이어 광범위한 관객을 위하여 좀더 표준어를 도입하여 발표하였다(Die Weber, 1892).

줄거리를 살펴보면, 제 1 막의 배경은 페터스발다우. 직조공들이 제품을 가지고 와서 품삯을 받으려 줄 서있다. 그들 대부분이 온순하고 겁많은 사람들로 그려져 있다. 그런데, 직물 검사원이 갖가지 트집을 잡아 공임을 삭감하자, 직조공들 사이에 불평과 슬픔이 자리잡는다. 여기에서 사건의 배경과 장차 다가올 폭동의 원인이 시사되고 있다. 제 2 막의 장면은 카슈바하. 한 직조공 가정의 비참한 삶이 그려진다. (저 서양의 한 마을에서도 개고기를 먹었다는 사실이 흥미롭다) 때마침 군에서 제대하여 돌아온 청년 예거가 마을의 참상을 목격하고 분개한다. 그가 공장주를 비난하는 노래를 부르고 다님으로써 폭동의 조짐이 인다. 제 3 막은 페터스발다우의 한 주막. 예거를 비롯한 일단의 직조공들이 공장주의 착취와 직조공들의 참상을 외치고 다니면서 소란을 일으킨다. 이들의 대화 속에, 공장주들같은 새로이 부상하는 기업주는 물론이요, 독일에서 19세기까지 잔존하였던 봉건귀족, 그리고 소농민들까지도 모두 직조공들을 착취하는 계층으로 그려진다. 19세기 중엽 독일지역의 사회구조를 짐작케 한다. 먹고살기도 힘든 직조공들이 조상의 장례식만은 빚이라도 얻어 성대하게 치르고 그 뒷감당을 못해 허덕이는 불합리한 관습, 목사들이 이를 만류하기는커녕 장례식 헌금에 눈독을 들여 오히려 부추기는 현실 등등이 외부인과의 대화 속에 기술된다. 제 4 막은 페터스발다우, 공장주의 집. 직조공들이 공장주의 저택을 습격하고 파괴한다. 경찰은 몰매를 맞고 내쫓기며 공장주의 가족들은 피신한다. 마지막 제 5 장은 랑엔비일라우, 직조공들의 집 안팎 광경. 경건한 직조공 노인 힐제는 세상을 어지럽히는 것이 하나님의 뜻에 어긋난다면서 폭동에 가담하기를 거부한다. 베틀에 남아 천직을 계속하기를 고집하던 그는 출동한 진압군의 유탄에 맞아 절명한다. 노인과 직조공 반란대와의 대화에서 사태의 종말이 암시된다. 그러나 이 마지막 장면에서 작품의 분위기는 일전한다. 1막에서 4막까지를 관통하는 사회혁명적, 경향극적 속성은 기독교적, 인도주의적, 反혁명극적 성향으로 변화한다. 작가의 지향점이 사회주의 혁명 같은 것에 있지 않고 특수한 환경 속에서의 개인의 운명에 있음이 여기에서 확인된다.

  형식으로 볼 때 이 작품은 아리스토텔레스적 전통극의 구성원칙을 좇아 5막극을 고수하고 있다. 그럼에도 불구하고 줄거리의 진행은 전통극의 특징인 완결성, 일관성, 통일성을 지니고 있지 않다. 특정한 주인공이 없이 각각 다른 장면에서 여러 인물들이 병렬적으로 묘사

되고, 그럼으로써 인물들의 비참한 실정이 종합적으로 드러나고 있다. 드라마 장르로 볼 때, 전형적인 "환경묘사극 Milieudrama"이라고 할 수 있다.

작품의 초연은 1893년 2월 베를린 자유극장에서 이루어졌다. 그것은 일대 센세이션이었다. 그러나 계급투쟁적 작품으로 오해받아 프로이센 행정당국에 의해 일 년 이상 공연이 금지되었다. 이듬해 다시 베를린에서 상연되고 그후 삼 년간 무려 300회의 공연기록을 세우기에 이르렀다. 오늘날까지 「직조공」은 전 독일의 연극무대에 지속적으로 올려지고 있다.

역자 후기

연극 공연을 위한 대본으로 『직조공』의 초역을 내놓았던 것이 1984년. 그리고 십오 년이 지났다. 그 사이 절판된 책을 구할 수 없냐고 문의를 받을 때마다 안타까운 마음을 금할 수 없었다. 무엇보다도 기회가 있으면 원전에 충실한 번역판을 내어 독문학도와 함께 나누고 싶은 마음이 끊임없이 있었다. 서문당 최석로 사장님의 배려로 뜻을 이루게 되어 기쁘고 감사할 뿐이다.

번역을 위한 텍스트로는 Gerhart Hauptmann : Ausgewählte Werke Bd. 1 (Hrsg. v. Joseph Gregor, Gütersloh : Bertelsamnn Verlag 1952)를 사용하였다. 그런데 인물의 대사를 일관하고 있는 슐레지엔 방언을 해득하는 일이 문제였다. 이 "독일어 비슷해 보이는" 방언을 해독하기 위해 역자는 여러 가지 참고자료를 뒤적이지 않으면 안되었다. Gerhard Schildberg-Schrothd의 Gerhart Hauptmann, Die Weber. Grundlagen und Gedanken zum Verständnis des Dramas (München : Diesterweg 1983) 등등. 그러나 결정적인 도움을 받은 것은 영문 번역판이었다. Horst Frenz와 Miles Waggoner 공역의 Gerhart Hauptmann : The Weavers, Hannele, The Beaver Coat (New York Rinehart & Co. 1951)이 그것이다.

　이번에는 원작 인물의 성격과 분위기를 최대한 재현하기 위해 우리말의 어투를 어떻게 처리해야 할지가 문제였다. 작가는 이 특수한 방언으로 무엇을 얻고자 하였을까? 따뜻한 인간미를 느끼게 해주려는 것이었을까? 코믹한 효과를 노렸을까? 인물이 천박하고 무식한 하층민임을 보여주려 했을까? 그보다도 이 방언은 독일 특정지역의 언어일 뿐, 그 밖의 다른 뜻은 없는지도 모른다. 그렇다면 이 슐레지엔 지역의 방언을 서울지역 말로 옮기든, 혹은 경상도 말로, 혹은 전라도 말로 옮기든 그 사이의 차이는 없을 것이다. 이런 이유에서 역자는 이 작품의 대사를 우리말로 옮기는 데 있어 굳이 사투리를 선택하지 않았다.

GERHART HAUPTMANN: DIE WEBER

Schauspiel

Geschrieben:
Frühjahr 1891 bis Frühjahr 1892 in Schreiberhau
Erstveröffentlichung: Buchausgabe 1892

Meinem Vater Robert Hauptmann
widme ich dieses Drama.

Wenn ich Dir, lieber Vater, dieses Drama zuschreibe, so geschieht es
aus Gefühlen heraus, die Du kennst und die an dieser Stelle zu zerlegen
keine Nötigung besteht.
Deine Erzählung vom Großvater, der in jungen Jahren, ein armer
Weber, wie die Geschilderten hinterm Webstuhl gesessen, ist der Keim
meiner Dichtung geworden, die, ob sie nun lebenskräftig oder morsch
im Innern sein mag, doch das Beste ist, was »ein armer Mann wie
Hamlet ist« zu geben hat.

Dein

Gerhart.

DRAMATIS PERSONAE

DREISSIGER, Parchentfabrikant

FRAU DREISSIGER

PFEIFER, Expedient

NEUMANN, Kassierer

DER LEHRLING

DER KUTSCHER JOHANN

EIN MÄDCHEN

} bei Dreißiger

WEINHOLD, Hauslehrer
  bei Dreißigers Söhnen

PASTOR KITTELHAUS

FRAU PASTOR KITTELHAUS

HEIDE, Polizeiverwalter

KUTSCHE, Gendarm

WELZEL, Gastwirt

FRAU WELZEL

ANNA WELZEL

WIEGAND, Tischler

EIN REISENDER

EIN BAUER

EIN FÖRSTER

SCHMIDT, Chirurgus

HORNIG, Lumpensammler

DER ALTE WITTIG, Schmiede-
  meister

Weber:

BÄCKER

MORITZ JÄGER

DER ALTE BAUMERT

MUTTER BAUMERT

BERTHA BAUMERT

EMMA BAUMERT

FRITZ, Emmas Sohn,
  vier Jahre alt

AUGUST BAUMERT

DER ALTE ANSORGE

FRAU HEINRICH

DER ALTE HILSE

FRAU HILSE

GOTTLIEB HILSE

LUISE, Gottliebs Frau

MIELCHEN, seine Tochter, sechs
  Jahre alt

REIMANN

HEIBER

EIN KNABE, acht Jahre alt

FÄRBEREIARBEITER

Eine große Menge junger und alter Weber und Weberfrauen

Die Vorgänge dieser Dichtung geschehen in den vierziger Jahren in Kaschbach im Eulengebirge sowie in Peterswaldau und Langenbielau am Fuße des Eulengebirges.

ERSTER AKT

Ein geräumiges, graugetünchtes Zimmer in Dreißigers Haus zu Peterswaldau. Der Raum, wo die Weber das fertige Gewebe abzuliefern haben. Linker Hand sind Fenster ohne Gardinen, in der Hinterwand eine Glastür, rechts eine ebensolche Glastür, durch welche fortwährend Weber, Weberfrauen und Kinder ab- und zugehen. Längs der rechten Wand, die, wie die übrigen, größtenteils von Holzgestellen für Parchent verdeckt wird, zieht sich eine Bank, auf der die angekommenen Weber ihre Ware ausgebreitet haben. In der Reihenfolge der Ankunft treten sie vor und bieten ihre Ware zur Musterung. Expedient Pfeifer steht hinter einem großen Tisch, auf welchen die zu musternde Ware vom Weber gelegt wird. Er bedient sich bei der Schau eines Zirkels und einer Lupe. Ist er zu Ende mit der Untersuchung, so legt der Weber den Parchent auf die Waage, wo ein Kontorlehrling sein Gewicht prüft. Die abgenommene Ware schiebt derselbe Lehrling ins Repositorium. Den zu zahlenden Lohnbetrag ruft Expedient Pfeifer dem an einem kleinen Tischchen sitzenden Kassierer Neumann jedesmal laut zu.

Es ist ein schwüler Tag gegen Ende Mai. Die Uhr zeigt zwölf. Die meisten der harrenden Webersleute gleichen Menschen, die vor die Schranken des Gerichts gestellt sind, wo sie in peinigender Gespanntheit eine Entscheidung über Tod und Leben zu erwarten haben. Hinwiederum haftet allen etwas Gedrücktes, dem Almosenempfänger Eigentümliches an, der, von Demütigung zu Demütigung schreitend, im Bewußtsein, nur geduldet zu sein, sich so klein als möglich zu machen gewohnt ist. Dazu kommt ein starrer Zug resultatlosen, bohrenden Grübelns in allen Mienen. Die Männer, einander ähnelnd, halb zwerghaft, halb schulmeisterlich, sind in der Mehrzahl flachbrüstige, hüstelnde, ärmliche Menschen mit schmutzigblasser Gesichtsfarbe: Geschöpfe des Webstuhls, deren Knie infolge vielen Sitzens gekrümmt sind. Ihre Weiber zeigen weniger Typisches auf den ersten Blick; sie sind aufgelöst, gehetzt, abgetrieben — während die Männer eine gewisse klägliche Gravität zur Schau tragen — und zerlumpt, wo die Männer geflickt sind. Die jungen Mädchen sind mitunter nicht ohne Reiz; wächserne Blässe, zarte Formen, große, hervorstehende, melancholische Augen sind ihnen dann eigen.

KASSIERER NEUMANN, *Geld aufzählend.* Bleibt sechzehn Silbergroschen zwei Pfennig.

ERSTE WEBERFRAU, *dreißigjährig, sehr abgezehrt, streicht das Geld ein mit zitternden Fingern.* Sind Se bedankt.

NEUMANN, *als die Frau stehenbleibt.* Nu? stimmt's etwa wieder nich?

ERSTE WEBERFRAU, *bewegt, flehentlich.* A paar Fenniche uf Vorschuß hätt ich doch halt a so neetig.

NEUMANN. Ich hab a paar hundert Taler neetig. Wenn's ufs Neetighaben ankäm —! *Schon mit Auszahlen an einen andern Weber beschäftigt, kurz:* Ieber den Vorschuß hat Herr Dreißiger selbst zu bestimmen.

ERSTE WEBERFRAU. Kennt ich da vielleicht amal mit'n Herrn Dreißiger selber red'n?

EXPEDIENT PFEIFER, *ehemaliger Weber. Das Typische an ihm ist unverkennbar; nur ist er wohlgenährt, gepflegt gekleidet, glatt rasiert, auch ein starker Schnupfer. Er ruft barsch herüber.* Da hätte Herr Dreißiger weeß Gott viel zu tun, wenn er sich um jede Kleenigkeit selber bekimmern sollte. Dazu sind wir da. *Er zirkelt und untersucht mit der Lupe.* Schwerenot! Das zieht. *Er packt sich einen dicken Schal um den Hals.* Macht de Tiere zu, wer reinkommt.

DER LEHRLING, *laut zu Pfeifer.* Das is, wie wenn man mit Kletzen red'te.

PFEIFER. Abgemacht sela! — Waage! *Der Weber legt das Webe auf die Waage.* Wenn Ihr ock Eure Sache besser verstehn tät't. Trepp'n hat's wieder drinne... ich seh gar nich hin. A guter Weber verschiebt's Aufbäumen nich wer weeß wie lange.

BÄCKER *ist gekommen. Ein junger, ausnahmsweise starker Weber, dessen Gebaren ungezwungen, fast frech ist. Pfeifer, Neumann und der Lehrling werfen sich bei seinem Eintritt Blicke des Einvernehmens zu.* Schwere Not ja! Da soll eener wieder schwitz'n wie a Laugensack.

ERSTER WEBER, *halblaut.* 's sticht gar sehr nach Regen.

DER ALTE BAUMERT *drängt sich durch die Glastür rechts. Hinter der Tür gewahrt man die Schulter an Schulter gedrängt, zusammengepfercht wartenden Webersleute. Der Alte ist nach vorn gehumpelt und hat sein Pack in der Nähe des Bäcker auf die Bank gelegt. Er setzt sich daneben und wischt sich den Schweiß.* Hier is 'ne Ruh verdient.

BÄCKER. Ruhe is besser wie a Beehmen Geld.

DER ALTE BAUMERT. A Beehmen Geld mechte ooch sein. Gu'n Tag ooch, Bäcker!

BÄCKER. Tag ooch, Vater Baumert! Ma muß wieder lauern, wer weeß wie lange!

ERSTER WEBER. Das kommt nich druf an. A Weber wart't an Stunde oder an'n Tag. A Weber is ock 'ne Sache.

PFEIFER. Gebt Ruhe dahinten! Man versteht ja sei eegenes Wort nich.

BÄCKER, *leise.* A hat heute wieder sein'n tälsch'n Tag.

PFEIFER, *zu dem vor ihm stehenden Weber.* Wie oft hab ich's Euch
schonn gesagt! besser putzen sollt'r. Was ist denn das für 'ne
Schlauderei? Hier sind Klunkern drinne, so lang wie mei Finger, und
Stroh und allerhand Dreck.

WEBER REIMANN. 's mecht halt a neu Noppzängl sein.

LEHRLING *hat das Webe gewogen.* 's fehlt auch am Gewicht.

PFEIFER. Eine Sorte Weber ist hier so — schade fier jede Kette, die man
ausgibt. O Jes's, zu meiner Zeit! Mir hätt's woll mei Meister an-
gestrichen. Dazumal da war das noch a ander Ding um das Spinn-
wesen. Da mußte man noch sei Geschäfte verstehn. Heute da is das
nich mehr neetig. — Reimann zehn Silbergroschen.

WEBER REIMANN. E Fund wird doch gerech'nt uf Abgang.

PFEIFER. Ich hab keine Zeit. Abgemacht sela. Was bringt Ihr?

WEBER HEIBER *legt sein Webe auf. Während Pfeifer untersucht, tritt er
an ihn und redet halblaut und eifrig in ihn hinein.* Sie werden ver-
zeihen, Herr Feifer, ich meecht Sie gittichst gebet'n hab'n, ob Se
vielleicht und Se wollt'n so gnädig sein und wollt'n mir den Gefall'n
tun und ließen mir a Vorschuß dasmal nich abrechn'.

PFEIFER, *zirkelnd und guckend, höhnt.* Nu da! Das macht sich ja etwan.
Hier is woll d'r halbe Einschuß wieder auf a Feifeln geblieb'n?

WEBER HEIBER, *in seiner Weise fortfahrend.* Ich wollt's ja gerne uf de
neue Woche gleiche mach'n. Vergangne Woche hatt ich bloß zwee
Howetage uf'n Dominium zu leist'n. Dabei liegt Meine krank der-
heeme...

PFEIFER, *das Stück an die Waage gebend.* Das is eben wieder 'ne richt'ge
Schlauderarbeit. *Schon wieder ein neues Webe in Augenschein neh-
mend.* So ein Salband, bald breit, bald schmal. Emal hat's den Ein-
schuß zusammengeriss'n, wer weeß wie sehr, dann hat's wieder mal
's Sperrittl auseinandergezog'n. Und auf a Zoll kaum siebzig Faden
Eintrag. Wo is denn der iebriche? Wo bleibt da die Reelletät? Das
wär so was!

WEBER HEIBER *unterdrückt Tränen, steht gedemütigt und hilflos.*

BÄCKER, *halblaut zu Baumert.* Der Packasche mecht ma noch Garn
d'rzune koofen.

ERSTE WEBERFRAU, *welche nur wenig vom Kassentisch zurückgetreten
war und sich von Zeit zu Zeit mit starren Augen hilfesuchend umgesehen
hat, ohne von der Stelle zu gehn, faßt sich ein Herz und wendet sich von
neuem flehentlich an den Kassierer.* Ich kann halt balde... ich weeß
gar nich, wenn Se mir das Mal und geb'n mir keen'n Vorschuß...
o Jesis, Jesis.

PFEIFER *ruft herüber.* Das is a Gejesere. Laßt bloß a Herr Jesus in
Frieden. Ihr habt's ja sonst nich so ängstlich um a Herr Jesus. Paßt

lieber auf Euern Mann uf, daß und man sieht'n nich aller Augenblicke
hinterm Kretschamfenster sitz'n. Wir kenn kein'n Vorschuß geb'n.
Wir miss'n Rechenschaft ablegen dahier. 's is auch nich unser Geld.
Von uns wird's nachher verlangt. Wer fleißig is und seine Sache ver-
steht und in der Furcht Gottes seine Arbeit verricht't, der braucht
ieberhaupt nie keen'n Vorschuß nich. Abgemacht Seefe.

NEUMANN. Und wenn a Bielauer Weber 's vierfache Lohn kriegt, da
verfumfeit er's vierfache und macht noch Schulden.

ERSTE WEBERFRAU, *laut, gleichsam an das Gerechtigkeitsgefühl aller
appellierend:* Ich bin gewiß ni faul, aber ich kann ni mehr aso fort.
Ich hab halt doch zweemal an Iebergang gehabt. Und was de mei
Mann is, der is ooch bloßich halb; a war beim Zerlauer Schäfer, aber
der hat'n doch au nich kenn'n von sein'n Schad'n helf'n, und da...
Zwing'n kann ma's doch nich... Mir arbeit'n gewiß, was wir uf-
bringen. Ich hab schonn viele Woch'n keen'n Schlaf in a Aug'n
gehabt, und 's wird auch schonn wieder gehn, wenn ock ich und ich
wer de Schwäche wieder a bissel raus krieg'n aus a Knoch'n. Aber
Se miss'n halt ooch a eenziges bissel a Einsehn hab'n. *Inständig,
schmeichlerisch flehend:* Sind S' ock scheen gebet'n und bewilligen
m'r dasmal a paar Greschl.

PFEIFER, *ohne sich stören zu lassen.* Fiedler elf Silbergroschen.

ERSTE WEBERFRAU. Bloß a paar Greschl, daß m'r zu Brote komm'n.
D'r Pauer borgt nischt mehr. Ma hat a Häufl Kinder...

NEUMANN, *halblaut und mit komischem Ernst zum Lehrling.* Die Lein-
weber haben alle Jahre ein Kind, alle walle, alle walle, puff, puff,
puff.

DER LEHRLING *gibt ebenso zurück.* Die Blitzkröte ist sechs Wochen blind
— *summt die Melodie zu Ende* — alle walle, alle walle, puff, puff, puff.

WEBER REIMANN, *das Geld nicht anrührend, das der Kassierer ihm auf-
gezählt hat.* M'r hab'n doch jetzt immer dreizehntehalb Beehmen
kriegt fer a Webe.

PFEIFER *ruft herüber.* Wenn's Euch nicht paßt, Reimann, da braucht'r
bloß ein Wort sag'n. Weber hat's genug. Vollens solche, wie ihr seid.
Für'n volles Gewichte gibt's auch 'n' vollen Lohn.

WEBER REIMANN. Daß hier was fehl'n sollte an'n Gewichte...

PFEIFER. Bringt ein fehlerfreies Stück Parchent, da wird auch am Lohn
nichts fehl'n.

WEBER REIMANN. Daß 's hier und sollte zu viel Placker drinne hab'n,
das kann doch reen gar nich meeglich sein.

PFEIFER, *im Untersuchen.* Wer gut webt, der gut lebt.

WEBER HEIBER *ist in der Nähe Pfeifers geblieben, um nochmals einen
günstigen Augenblick abzupassen. Über Pfeifers Wortspiel hat er mit-
gelächelt, nun tritt er an ihn und redet ihm zu wie das erste Mal:* Ich

wollte Se gittichst gebeten hab'n, Herr Feifer, ob Se vielleicht und
Se wollt'n aso barmherzig sein und rech'nt 'n mir a Fimfbeehmer
Vorschuß dasmal nich ab. Meine liegt schon seit d'r Fasnacht krumm
im Bette. Se kann m'r keen Schlag Arbeit nich verricht'n. Da muß
ich a Spulmädel bezahl'n. Deshalb...

PFEIFER *schnupft*. Heiber, ich hab nich bloß Euch alleene abzu-
fertig'n. Die andern woll'n auch drankommen.

WEBER REIMANN. So hab ich de Werfte kriegt — aso hab ich se ufge-
bäumt und wieder runtergenommen. A besser Garn, wie ich kriegt
hab, kann ich nich zurickbringen.

PFEIFER. Paßt's Euch nich, da braucht'r Euch bloß keene Werfte mehr
abzuhol'n. Wir hab'n 'r genug, die sich's Leder von a Fießen dernach
ablauf'n.

NEUMANN, *zu Reimann*. Wollt Ihr das Geld nich nehmen?

WEBER REIMANN. Ich kann mich durchaus aso nich zufriede geben.

NEUMANN, *ohne sich weiter um Reimann zu bekümmern*. Heiber zehn
Silbergroschen. Geht ab fünf Silbergroschen Vorschuß. Bleiben fünf
Silbergroschen.

WEBER HEIBER *tritt heran, sieht das Geld an, steht, schüttelt den Kopf, als
könnte er etwas gar nicht glauben, und streicht das Geld langsam und
umständlich ein*. O meins, meins! — *Seufzend*. Nu, da da!

DER ALTE BAUMERT, *Heibern ins Gesicht*. Jaja, Franze! Da kann eens
schon manchmal 'n Sefzrich tun.

WEBER HEIBER, *mühsam redend*. Sieh ock, ich hab a krank Mädel der-
heeme zu lieg n. Da mecht a Fläschel Medezin sein.

DER ALTE BAUMERT. Wo tutt's er'n fehlen?

WEBER HEIBER. Nu sieh ock, 's wa halt von kleen uf a vermickertes
Dingl. Ich weeß gar nich... na, dir kann ich's ja sag'n: se hat's mit
uf de Welt gebracht. Aso 'ne Unreenichkeit ieber und ieber bricht 'r
halt durchs Geblitte.

DER ALTE BAUMERT. Ieberall hat's was. Wo eemal 's Armut is, da
kommt ooch Unglicke ieber Unglicke. Da is o kee Halt und keene
Rettung.

WEBER HEIBER. Was hast d'nn da eingepackt in dem Tiechl?

DER ALTE BAUMERT. Mir sein halt gar blank derheeme. Da hab ich halt
unser Hundl schlacht'n lassen. Viel is ni dran, a war o halb d'rhun-
gert. 's war a klee, nettes Hundl. Selber abstechen mocht ich 'n
nich. Ich konnt mer eemal kee Herze nich fass'n.

PFEIFER *hat Bäckers Webe untersucht, ruft*. Bäcker dreizehntehalb Sil-
bergroschen.

BÄCKER. Das is a schäbiges Almosen, aber kee Lohn.

PFEIFER. Wer abgefertigt is, hat's Lokal zu verlassen. Wir kenn uns
vorhero nich rihren.

BÄCKER, *zu den Umstehenden, ohne seine Stimme zu dämpfen.* Das is a
schäbiges Trinkgeld, weiter nischt. Da soll eens treten vom friehen
Morg'n bis in die sinkende Nacht. Und wenn man achtz'n Tage
ieberm Stuhle geleg'n hat, Abend fer Abend wie ausgewund'n, halb
drehnig vor Staub und Gluthitze, da hat man sich glicklich drei-
z'ntehalb Beehmen erschind't.

PFEIFER. Hier wird nich gemault!

BÄCKER. Vo Ihn laß ich mersch Maul noch lange nich verbiet'n.

PFEIFER *springt mit dem Ausruf.* Das mecht ich doch amal sehn! *nach
der Glastür und ruft ins Kontor.* Herr Dreißicher, Herr Dreißicher,
mechten Sie amal so freundlich sein!

DREISSIGER *kommt. Junger Vierziger. Fettleibig, asthmatisch. Mit stren-
ger Miene.* Was gibt's denn, Pfeifer?

PFEIFER, *glubsch.* Bäcker will sich's Maul nich verbieten lassen.

DREISSIGER *gibt sich Haltung, wirft den Kopf zurück, fixiert Bäcker mit
zuckenden Nasenflügeln.* Ach so — Bäcker! *Zu Pfeifer.* Is das der?
Die Beamten nicken.

BÄCKER, *frech.* Ja, ja, Herr Dreißicher! *Auf sich zeigend.* Das is der —
auf Dreißiger zeigend. und das is der.

DREISSIGER, *indigniert.* Was erlaubt sich denn der Mensch!?

PFEIFER. Dem geht's zu gutt! Der geht aso lange aufs Eis tanzen, bis
a's amal versehen hat.

BÄCKER, *brutal.* O du Fennigmanndl, halt ock du deine Fresse. Deine
Mutter mag sich woll ei a Neumonden beim Besenreit'n am Luzifer
versehn hab'n, daß aso a Teiwel aus dir geworn is.

DREISSIGER, *in ausbrechendem Jähzorn, brüllt.* Maul halten! auf der
Stelle Maul halten, sonst... *Er zittert, tut ein paar Schritte vorwärts.*

BÄCKER, *mit Entschlossenheit ihn erwartend.* Ich bin nich taub. Ich heer
noch gut.

DREISSIGER *überwindet sich, fragt mit anscheinend geschäftsmäßiger
Ruhe.* Is der Bursche nicht auch dabei gewesen?

PFEIFER. Das is a Bielauer Weber. Die sind ieberall d'rbei, wo's 'n
Unfug zu machen gibt.

DREISSIGER, *zitternd.* Ich sag' euch also: passiert mir das noch einmal
und zieht mir noch einmal so eine Rotte Halbbetrunkener, so eine
Bande von grünen Lümmeln am Hause vorüber wie gestern abend
— mit diesem niederträchtigen Liede...

BÄCKER. 's Bluttgericht meenen Se woll?

DREISSIGER. Er wird schon wissen, welches ich meine. Ich sag' euch
also: hör' ich das noch einmal, dann lass' ich mir einen von euch raus-
holen, und — auf Ehre, ich spaße nicht — den übergebe ich dem
Staatsanwalt. Und wenn ich rausbekomme, wer dies elende Mach-
werk von einem Liede...

BÄCKER. Das is a schee Lied, das!

DREISSIGER. Noch ein Wort, und ich schicke zur Polizei — augenblick-
lich. Ich fackle nicht lange. Mit euch Jungens wird man doch noch
fertig werden. Ich bin doch schon mit ganz anderen Leuten fertig
geworden.

BÄCKER. Nu das will ich gloob'n. Aso a richtiger Fabrikante, der wird
mit zwee-, dreihundert Webern fertich, eh man sich umsieht. Da
läßt a ooch noch ni a paar morsche Knoch'n iebrich. Aso eener der
hat vier Mag'n wie 'ne Kuh und a Gebiß wie a Wolf. Nee, nee, da
hat's nischt!

DREISSIGER, *zu den Beamten.* Der Mensch bekommt keinen Schlag
mehr bei uns.

BÄCKER. Oh, ob ich am Webstuhle d'rhungere oder im Straßengrab'n,
das is mir egal.

DREISSIGER. Raus, auf der Stelle raus!

BÄCKER, *fest.* Erst will ich mei Lohn hab'n.

DREISSIGER. Was kriegt der Kerl, Neumann?

NEUMANN. Zwölf Silbergroschen, fünf Pfennige.

DREISSIGER *nimmt überhastig dem Kassierer das Geld ab und wirft es auf
den Zahltisch, so daß einige Münzen auf die Diele rollen.* Da! — hier!
und nu rasch mir aus den Augen!

BÄCKER. Erscht will ich mei Lohn hab'n.

DREISSIGER. Da liegt sein Lohn; und wenn er nun nich macht, daß er
rauskommt... Es ist grade zwölf... Meine Färber machen gerade
Mittag...!

BÄCKER. Mei Lohn geheert in meine Hand. Hieher geheert mei Lohn.
Er berührt mit den Fingern der rechten die Handfläche der linken Hand.

DREISSIGER, *zum Lehrling.* Heben Sie's auf, Tilgner.

DER LEHRLING *tut es, legt das Geld in Bäckers Hand.*

BÄCKER. Das muß all's sein richt'gen Paß gehn. *Er bringt, ohne sich zu
beeilen, in einem alten Beutel das Geld unter.*

DREISSIGER. Nu? *Als nun Bäcker sich noch immer nicht entfernt, unge-
duldig.* Soll ich nun nachhelfen? *Unter den dichtgedrängten Webern
ist eine Bewegung entstanden. Jemand stößt einen langen tiefen Seufzer
aus. Darauf geschieht ein Fall. Alles Interesse wendet sich dem neuen
Ereignis zu.*

DREISSIGER. Was gibt's denn da?

VERSCHIEDENE WEBER UND WEBERFRAUEN. 's is eener hingeschlag'n
's is a klee hiprich Jungl. Is's etwa de Kränkte oder was?!

DREISSIGER. Ja... wie denn? Hingeschlagen? *Er geht näher.*

ALTER WEBER. A liegt halt da. *Es wird Platz gemacht.*
Man sieht einen achtjährigen Jungen wie tot an der Erde liegen.

DREISSIGER. Kennt jemand den Jungen?

ALTER WEBER. Aus unserm Dorfe is a nich.

DER ALTE BAUMERT. Der sieht ja bald aus wie Heinrichens. *Er betrachtet ihn genauer.* Ja, ja! Das is Heinrichens Gustavl.

DREISSIGER. Wo wohnen denn die Leute?

DER ALTE BAUMERT. Nu, oben bei uns, in Kaschbach, Herr Dreißiger. Er geht Musicke machen, und am Tage da liegt a ieberm Stuhle. Se han neun Kinder, und 's zehnte is unterwegens.

VERSCHIEDENE WEBER UND WEBERFRAUEN. Den Leut'n geht's gar sehr kimmerlich. — Den regnet's in de Stube. — Das Weib hat keene zwee Hemdl fer die neun Burschen.

DER ALTE BAUMERT, *den Jungen anfassend.* Nu, Jungl, was hat's denn mit dir? Da wach ock uf!

DREISSIGER. Faßt mal mit an, wir wollen ihn mal aufheben. Ein Unverstand ohnegleichen, so'n schwächliches Kind diesen langen Weg machen zu lassen. Bringen Sie mal etwas Wasser, Pfeifer!

WEBERFRAU, *die ihn aufrichten hilft.* Mach ock ni etwa Dinge und stirb, Jungl!

DREISSIGER. Oder Kognak, Pfeifer, Kognak is besser.

BÄCKER *hat, von allen vergessen, beobachtend gestanden. Nun, die eine Hand an der Türklinke, ruft er laut und höhnisch herüber.* Gebt 'n ock was zu fressen, da wird a schonn zu sich kommen. *Ab.*

DREISSIGER. Der Kerl nimmt kein gutes Ende. — Nehmen Sie ihn unterm Arm, Neumann. Langsam, langsam... so... so... wir wollen ihn in mein Zimmer bringen. Was wollen Sie denn?

NEUMANN. Er hat was gesagt, Herr Dreißiger! Er bewegt die Lippen.

DREISSIGER. Was willst du denn, Jungl?

DER JUNGE *haucht.* Mich hungert!

DREISSIGER *wird bleich.* Man versteht ihn nich.

WEBERFRAU. I gloobe, a meinte...

DREISSIGER. Wir werden ja sehn. Nur ja nich aufhalten. — Er kann sich bei mir aufs Sofa legen. Wir werden ja hören, was der Doktor sagt. *Dreißiger, Neumann und die Weberfrau führen den Jungen ins Kontor. Unter den Webern entsteht eine Bewegung, wie bei Schulkindern, wenn der Lehrer die Klasse verlassen hat. Man reckt und streckt sich, man flüstert, tritt von einem Fuß auf den andern, und in einigen Sekunden ist das Reden laut und allgemein.*

DER ALTE BAUMERT. Ich gloob immer, Bäcker hat recht.

MEHRERE WEBER UND WEBERFRAUEN. A sagte ja o aso was. — Das is hier nischt Neues, daß amal een'n d'r Hunger schmeißt. — Na ieberhaupt, was de den Winter erscht wern soll, wenn das hie und 's geht aso fort mit der Lohnzwackerei. — Und mit a Kartoffeln wird's das Jahr gar schlecht. — Hie wird's au nich anderscher, bis mer alle vollens uf'n Rick'n lieg'n.

DER ALTE BAUMERT. Am best'n, ma macht's wie d'r Nentwich Weber,
ma legt sich a Schleefl um a Hals un knippt sich am Webstuhle uf.
Da, nimm der 'ne Prise, ich war in Neurode, da arbeit mei Schwager
in d'r Fabricke, wo se 'n machen, a Schnupptabak. Der hat m'r a paar
Kerndl gegeb'n dahier. Was trägst denn du in dem Tiechl Scheenes?
ALTER WEBER. 's is bloß a bissel Perlgraupe. D'r Wag'n vom Ullbrich-
miller fuhr vor m'r her. Da war a Sack a bissel ufgeschlitzt. Das
kommt mir gar sehr zupasse, kannst gloob'n.
DER ALTE BAUMERT. Zweiundzwanzig Miehlen sein in Peterschwalde,
und fer unsereens fällt doch nischt ab.
ALTER WEBER. Ma muß ebens a Mut nich sink'n lass'n. 's kommt
immer wieder was und hilft een a Stickl weiter.
WEBER HEIBER. Ma muß ebens, wenn d'r Hunger kommt, zu a vierzehn
Nothelfern beten, und wenn ma dadervon etwa ni satt wird, da muß
ma an Steen ins Maul nehmen und dran lutschen. Gell, Baumert?
Dreißiger, Pfeifer und der Kassierer kommen zurück.
DREISSIGER. Es war nichts von Bedeutung. Der Junge ist schon wieder
ganz munter. *Erregt und pustend umhergehend.* Es bleibt aber immer
eine Gewissenlosigkeit. Das Kind ist ja nur so'n Hälmchen zum Um-
blasen. Es ist rein unbegreiflich, wie Menschen... wie Eltern so un-
vernünftig sein können. Bürden ihm zwei Schock Parchent auf, gute
anderthalb Meilen Wegs. Es ist wirklich kaum zu glauben. Ich werde
einfach müssen die Einrichtung treffen, daß Kindern überhaupt die
Ware nicht mehr abgenommen wird. *Er geht wiederum eine Weile
stumm hin und her.* Jedenfalls wünsche ich dringend, daß so etwas
nicht mehr vorkommt. — Auf wem bleibt's denn schließlich sitzen?
Natürlich doch auf uns Fabrikanten. Wir sind an allem schuld.
Wenn so'n armes Kerlchen zur Winterszeit im Schnee steckenbleibt
und einschläft, dann kommt so'n hergelaufener Skribent, und in
zwei Tagen, da haben wir die Schauergeschichte in allen Zeitungen
Der Vater, die Eltern, die so'n Kind schicken... i bewahre, wo wer-
den die denn schuld sein! Der Fabrikant muß ran, der Fabrikant ist
der Sündenbock. Der Weber wird immer gestreichelt, aber der Fabri
kant wird immer geprügelt: das is'n Mensch ohne Herz, 'n Stein, 'n
gefährlicher Kerl, den jeder Preßhund in die Waden beißen darf
Der lebt herrlich und in Freuden und gibt den armen Webern
Hungerlöhne. — Daß so'n Mann auch Sorgen hat und schlaflose
Nächte, daß er sein großes Risiko läuft, wovon der Arbeiter sich
nichts träumen läßt, daß er manchmal vor lauter Dividieren, Addie-
ren und Multiplizieren, Berechnen und wieder Berechnen nicht weiß,
wo ihm der Kopf steht, daß er hunderterlei bedenken und überlegen
muß und immerfort sozusagen auf Tod und Leben kämpft und kon-
kurriert, daß kein Tag vergeht ohne Ärger und Verlust: darüber

schweigt des Sängers Höflichkeit. Und was hängt nicht alles am Fabrikanten, was saugt nicht alles an ihm und will von ihm leben! Nee, nee! Ihr solltet nur manchmal in meiner Haut stecken, ihr würdet's bald genug satt kriegen. *Nach einiger Sammlung.* Wie hat sich dieser Kerl, dieser Bursche da, dieser Bäcker, hier aufgeführt! Nun wird er gehen und ausposaunen, ich wäre wer weiß wie unbarmherzig. Ich setzte die Weber bei jeder Kleinigkeit mir nichts dir nichts vor die Tür. Ist das wahr? Bin ich so unbarmherzig?

VIELE STIMMEN. Nee, Herr Dreißicher!

DREISSIGER. Na, das scheint mir doch auch so. Und dabei ziehen diese Lümmels umher und singen gemeine Lieder auf uns Fabrikanten, wollen von Hunger reden und haben so viel übrig, um den Fusel quartweise konsumieren zu können. Sie sollten mal die Nase hübsch woanders neinstecken und sehen, wie's bei den Leinwandwebern aussieht. Die können von Not reden. Aber ihr hier, ihr Parchentweber, ihr steht noch so da, daß ihr Grund habt, Gott im stillen zu danken. Und ich frage die alten, fleißigen und tüchtigen Weber, die hier sind: kann ein Arbeiter, der seine Arbeit zusammenhält, bei mir auskommen oder nicht?

SEHR VIELE STIMMEN. Ja, Herr Dreißicher!

DREISSIGER. Na, seht ihr! — So'n Kerl wie der Bäcker natürlich nicht. Aber ich rate euch, haltet diese Burschen im Zaume. Wird mir's zu bunt, dann quittiere ich. Dann löse ich das Geschäft auf, und dann könnt ihr sehn, wo ihr bleibt. Dann könnt ihr sehn, wo ihr Arbeit bekommt. Bei Ehren-Bäcker sicher nicht.

ERSTE WEBERFRAU *hat sich an Dreißiger herangemacht, putzt mit kriechender Demut Staub von seinem Rock.* Se hab'n sich a brinkel angestrichen, gnädicher Herr Dreißicher.

DREISSIGER. De Geschäfte gehen hundsmiserabel, das wißt ihr ja selbst. Ich setze zu, statt daß ich verdiene. Wenn ich trotzdem dafür sorge, daß meine Weber immer Arbeit haben, so setze ich voraus, daß das anerkannt wird. Die Ware liegt mir da in Tausenden von Schocken, und ich weiß heut noch nicht, ob ich sie jemals verkaufen werde. — Nun hab' ich gehört, daß sehr viele Weber hierum ganz ohne Arbeit sind, und da... na, Pfeifer mag euch das Weitere auseinandersetzen. — Die Sache ist nämlich die: damit ihr den guten Willen seht... ich kann natürlich keine Almosen austeilen, dazu bin ich nicht reich genug, aber ich kann bis zu einem gewissen Grade den Arbeitslosen Gelegenheit geben, wenigstens 'ne Kleinigkeit zu verdienen. Daß ich dabei ein immenses Risiko habe, ist ja meine Sache. — Ich denke mir halt: wenn sich ein Mensch täglich 'ne Quarkschnitte erarbeiten kann, so ist das doch immer besser, als wenn er überhaupt hungern muß. Hab' ich nicht recht?

VIELE STIMMEN. Ja, ja, Herr Dreißicher!

DREISSIGER. Ich bin also gern bereit, noch zweihundert Webern Beschäftigung zu geben. Unter welchen Umständen, wird euch Pfeifer auseinandersetzen. *Er will gehen.*

ERSTE WEBERFRAU *vertritt ihm den Weg, spricht überhastet, flehend und dringlich.* Gnädicher Herr Dreißicher, ich wollte Sie halt recht freindlich gebet'n hab'n, wenn Se vielleicht... ich hab halt zweimal an Iebergang gehabt.

DREISSIGER, *eilig.* Sprecht mit Pfeifer, gute Frau, ich hab' mich so schon verspätet. *Er läßt sie stehen.*

WEBER REIMANN *vertritt ihm ebenfalls den Weg. Im Tone der Kränkung und Anklage.* Herr Dreißicher, ich muß mich wirklich beklag'n. Herr Feifer hat m'r... Ich hab doch fer mei Webe jetzt immer zwölftehalb Beehmen kriegt...

DREISSIGER *fällt ihm in die Rede.* Dort sitzt der Expedient. Dorthin wendet Euch: das is die richtige Adresse.

WEBER HEIBER *hält Dreißiger auf.* Gnädicher Herr Dreißicher — *stotternd und mit wirrer Hast.* Ich wollte Se vielmals gittigst gebeten han, ob mir vielleicht und a kennde mer... ob mer d'r Herr Feifer vielleicht und a kennde... a kennde...

DREISSIGER. Was wollt Ihr denn?

WEBER HEIBER. Da Vorschuß, den ich 's letzte Mal, ich meene, da ich...

DREISSIGER. Ja, ich verstehe Euch wirklich nicht.

WEBER HEIBER. Ich war a brinkl sehr in Not, weil...

DREISSIGER. Pfeifers Sache, Pfeifers Sache. Ich kann wirklich nicht... macht das mit Pfeifer aus. *Er entweicht ins Kontor. Die Bittenden sehen sich hilflos an. Einer nach dem andern tritt seufzend zurück.*

PFEIFER, *die Untersuchung wieder aufnehmend.* Na, Annl, was bringst du?

DER ALTE BAUMERT. Was soll's denn da setz'n fer a Webe, Herr Feifer?

PFEIFER. Fürs Webe zehn Silbergroschen.

DER ALTE BAUMERT. Nu das macht sich!

Bewegung unter den Webern, Flüstern und Murren.

ZWEITER AKT

Das Stübchen des Häuslers Wilhelm Ansorge zu Kaschbach im Eulengebirge. In einem engen, von der sehr schadhaften Diele bis zur schwarz verräucherten Balkendecke nicht sechs Fuß hohen Raum sitzen: zwei junge Mädchen, Emma und Bertha Baumert, an Webstühlen — Mutter Baumert, eine kontrakte Alte, auf einem Schemel am Bett, vor sich ein Spulrad — ihr Sohn August, zwanzigjährig, idiotisch, mit kleinem Rumpf

und Kopf und langen, spinnenartigen Extremitäten, auf einem Fuß-
schemel, ebenfalls spulend. Durch zwei kleine, zum Teil mit Papier ver-
klebte und mit Stroh verstopfte Fensterlöcher der linken Wand dringt
schwaches, rosafarbenes Licht des Abends. Es fällt auf das weißblonde,
offene Haar der Mädchen, auf ihre unbekleideten, magern Schultern und
dünnen wächsernen Nacken, auf die Falten des groben Hemdes im Rücken,
das, nebst einem kurzen Röckchen aus härtester Leinewand, ihre einzige
Bekleidung ist. Der alten Frau leuchtet der warme Hauch voll über Gesicht,
Hals und Brust: ein Gesicht, abgemagert zum Skelett, mit Falten und
Runzeln in einer blutlosen Haut, mit versunkenen Augen, die durch Woll-
staub, Rauch und Arbeit bei Licht entzündlich gerötet und wäßrig sind,
einen langen Kropfhals mit Falten und Sehnen, eine eingefallene, mit
verschossenen Tüchern und Lappen verpackte Brust.
Ein Teil der rechten Wand, mit Ofen und Ofenbank, Bettstelle und mehre-
ren grell getuschten Heiligenbildern, steht auch noch im Licht. — Auf der
Ofenstange hängen Lumpen zum Trocknen, hinter dem Ofen ist altes, wert-
loses Gerümpel angehäuft. Auf der Ofenbank stehen einige alte Töpfe und
Kochgeräte, Kartoffelschalen sind zum Dörren auf Papier gelegt. — Von
den Balken herab hängen Garnsträhnen und Weifen. Körbchen mit Spulen
stehen neben den Webstühlen. In der Hinterwand ist eine niedrige Tür
ohne Schloß. Ein Bündel Weidenruten ist daneben an die Wand gelehnt.
Mehrere schadhafte Viertelkörbe stehen dabei. — Das Getöse der Webstühle,
das rhythmische Gewuchte der Lade, davon Erdboden und Wände er-
schüttert werden, das Schlurren und Schnappen des hin und her ge-
schnellten Schiffchens erfüllen den Raum. Da hinein mischt sich das tiefe,
gleichmäßig fortgesetzte Getön der Spulräder, das dem Summen großer
Hummeln gleicht.

MUTTER BAUMERT, *mit einer kläglichen, erschöpften Stimme, als die Mäd-*
    chen mit Weben innehalten und sich über die Gewebe beugen. Mißt er
    schonn wieder knipp'n!?
EMMA, *das ältere der Mädchen, zweiundzwanzigjährig. Indem sie gerissene*
    Fäden knüpft. Eine Art Garn is aber das au!
BERTHA, *fünfzehnjährig.* Das is aso a bissel Zucht mit der Werfte.
EMMA. Wo a ock bleibt aso lange? A is doch fort schonn seit um a neune.
MUTTER BAUMERT. Nu ebens, ebens! Wo mag a ock bleiben, ihr Mädel?
BERTHA. Ängst Euch beileibe ni, Mutter!
MUTTER BAUMERT. 'ne Angst is das immer!
EMMA *fährt fort zu weben.*
BERTHA. Wart amal, Emma!
EMMA. Was is denn?
BERTHA. Mir war doch, 's kam jemand.
EMMA. 's wird Ansorge sein, der zu Hause kommt.

FRITZ, *ein kleiner, barfüßiger, zerlumpter Junge von vier Jahren, kommt hereingeweint.* Mutter, mich hungert.

EMMA. Wart, Fritzl, wart a bissel! Großvater kommt gleich. A bringt Brot mit und Kerndl.

FRITZ. Mich hungert aso, Mutterle!

EMMA. Ich sag dersch ja. Bis ock nich einfältich. A wird ja gleich kommen. A bringt a scheenes Brotl mit und Kerndlkoffee. — Wenn ock wird Feierabend sein, da nimmt Mutter de Kartuffelschalen, die trägt se zum Pauer, und der gibbt er derfire a scheenes Neegl Puttermilch fersch Jungl.

FRITZ. Wo is er'n hin, Großvater?

EMMA. Beim Fabrikanten is a, abliefern a Kette, Fritzl.

FRITZ. Beim Fabrikanten?

EMMA. Ja, ja, Fritzl! unten bei Dreißichern in Peterschwalde.

FRITZ. Kriegt a da Brot?

EMMA. Ja, ja, a gibbt 'n 's Geld, und da kann a sich Brot koofen.

FRITZ. Gibbt der Großvatern viel Geld?

EMMA, *heftig.* O heer uf, Junge, mit dem Gerede. *Sie fährt fort zu weben, Bertha ebenfalls. Gleich darauf halten beide wieder inne.*

BERTHA. Geh, August, frag Ansorgen, ob a nich will an leucht'n. *August entfernt sich, Fritz mit ihm.*

MUTTER BAUMERT, *mit überhandnehmender, kindischer Angst, fast winselnd.* Ihr Kinder, ihr Kinder, wo der Mann bleibt?!

BERTHA. A wird halt amal zu Hauffen reingegangen sein.

MUTTER BAUMERT *weint.* Wenn a bloß nich etwan in a Kretscham gegang'n wär!

EMMA. Wenn ock nich, Mutter! Aso eener is unser Vater doch nich.

MUTTER BAUMERT, *von einer Menge auf sie einstürzender Befürchtungen außer sich gebracht.* Nu, nu... nu sagt amal, was soll nu bloß wern? Wenn a 's nu... wenn a nu zu Hause kommt... Wenn a 's nu versauft und bringt nischt ni zu Hause? Keene Handvoll Salz is mehr im Hause, kee Stickl Gebäcke. 's mecht an Schaufel Feurung sein...

BERTHA. Laß's gutt sein, Mutter! m'r hab'n Mondschein. M'r gehn in a Pusch. M'r nehmen uns August'n mite und hol'n a paar Rittl.

MUTTER BAUMERT. Gelt, daß euch d'r Jäger und kriegt euch zu pack'n!

ANSORGE, *ein alter Weber mit hünenhaftem Knochenbau, der sich tief bücken muß, um ins Zimmer zu gelangen, steckt Kopf und Oberkörper durch die Tür. Haupt- und Barthaare sind ihm stark verwildert.* Was soll denn sein?

BERTHA. Se mechten Licht machen!

ANSORGE, *gedämpft, wie in Gegenwart eines Kranken sprechend.* 's is ja noch lichte.

MUTTER BAUMERT. Nu laß du uns ooch noch im Finstern sitzen.

ANSORGE. Ich muß mich halt ooch einrichten. *Er zieht sich zurück.*

BERTHA. Nu da siehste's, aso geizig is a.

EMMA. Da muß man nu sitzen, bis 'n wird passen.

FRAU HEINRICH *kommt. Eine dreißigjährige Frau, die ein Kind unterm Herzen trägt. Aus ihrem abgemüdeten Gesicht spricht marternde Sorge und ängstliche Spannung.* Gu'n Abend mitnander.

MUTTER BAUMERT. Nu, Heinrichen, was bringst uns denn?

FRAU HEINRICH, *welche hinkt.* Ich hab' m'r an Scherb eingetreten.

BERTHA. Nu komm her, setz dich. Ich wer sehn, daß ich 'n rauskriege. *Frau Heinrich setzt sich, Bertha kniet vor ihr nieder und macht sich an ihrer Fußsohle zu schaffen.*

MUTTER BAUMERT. Wie geht's d'n derheeme, Heinrichen?

FRAU HEINRICH, *verzweifelter Ausbruch.* 's geht heilig bald nimehr. *Sie kämpft vergebens gegen einen Strom von Tränen. Nun weint sie stumm.*

MUTTER BAUMERT. Fer unsereens, Heinrichen, wärsch am besten, d'r liebe Gott tät a Einsehn hab'n und nähm uns gar von d'r Welt.

FRAU HEINRICH, *ihrer nicht mehr mächtig, schreit weinend heraus.* Meine armen Kinder derhungern m'r! *Sie schluchzt und winselt.* Ich weeß m'r keen'n Rat nimehr. Ma mag anstell'n, was ma will, ma mag rumlaufen, bis ma liegenbleibt. Ich bin mehr tot wie lebendig, und is doch und is kee Anderswerden. Neun hungriche Mäuler, die soll eens nu satt machen. Von was d'nn, hä? Nächten Abend hatt ich a Stickl Brot, 's langte noch nich amal fier de zwee Kleenst'n. Wem sollt ich's d'nn geb'n, hä? Alle schrien sie in mich nein: Mutterle mir, Mutterle mir... Nee, nee! Und dad'rbei kann ich jetzt noch laufen. Was soll erscht wern, wenn ich zum Lieg'n komme? Die paar Kartoffeln hat uns 's Wasser mitgenommen. Mir hab'n nischt zu brechen und zu beißen.

BERTHA *hat die Scherbe entfernt und die Wunde gewaschen.* M'r woll'n a Fleckl drum bind'n; *zu Emma...* Such amal eens!

MUTTER BAUMERT. 's geht uns ni besser, Heinrichen.

FRAU HEINRICH. Du hast doch zum wenigsten noch deine Mädel. Du hast'n Mann, der de arbeiten kann, aber meiner, der is m'r vergangne Woche wieder hingeschlag'n. Da hat's 'n doch wieder gerissen und geschmissen, daß ich vor Himmelsangst ni wußte, was anfangen mit'n. Und wenn a so an Anfall gehabt hat, da liegt a m'r halt wieder acht Tage feste im Bette.

MUTTER BAUMERT. Meiner is ooch nischt nimehr wert. A fängt ooch an und klappt zusammen. 's liegt 'n uf d'r Brust und im Kreuze. Und abgebrannt sind m'r ebenfalls ooch bis uf a Fennich. Wenn a heut ni und a bringt a paar Greschl mit, da weeß ich ooch ni, was weiter werd'n soll.

EMMA. Kannst's glooben, Heinrichen. Wir sein aso weit... Vater hat

mußt Ami'n mitnehmen. Wir miss'n 'n schlacht'n lass'n, daß m'r
ock reen wieder amal was in a Mag'n krieg'n.

FRAU HEINRICH. Hätt'r nich an eenziche Handvoll Mehl iebrich?

MUTTER BAUMERT. O ni aso viel, Heinrichen; kee Kerndl Salz is mehr
im Hause.

FRAU HEINRICH. Nu da weeß ich nich! *Erhebt sich, bleibt stehen, grübelt.*
Da weeß ich wirklich nee! — Da kann ich m'r eemal nich helfen.
In Wut und Angst schreiend: Ich wär ja zufriede, wenn's uf Schwein-
futter langte! Aber mit leeren Händen darf ich eemal nich heem-
kommen. Das geht eemal nich. Da verzeih mersch Gott. Ich weeß
mer da eemal keen'n andern Rat nimehr. *Sie hinkt, links nur mit der
Ferse auftretend, schnell hinaus.*

MUTTER BAUMERT *ruft ihr warnend nach.* Heinrichen, Heinrichen! mach
ni etwan 'ne Tummheit.

BERTHA. Die tut sich kee Leids an. Gloob ock du das nich.

EMMA. Aso macht's doch die immer. *Sie sitzt wieder am Stuhl und webt
einige Sekunden.*

AUGUST *leuchtet mit dem brennenden Talglicht seinem Vater, dem alten
Baumert, der sich mit einem Garnpack hereinschleppt, voran.*

MUTTER BAUMERT. O Jes's, o Jes's, Mann, wo bleibst ock du aso lange!?

DER ALTE BAUMERT. Na, beeß ock ni gleich. Laß mich ock erscht a
brinkl verblasen. Sieh lieber dernach, wer de mitkommt.

MORITZ JÄGER *kommt gebückt durch die Tür. Ein strammer, mittelgroßer,
rotbäckiger Reservist, die Husarenmütze schief auf dem Kopf, ganze
Kleider und Schuhe auf dem Leibe, ein sauberes Hemd ohne Kragen
dazu. Eingetreten, nimmt er Stellung und salutiert militärisch. In
forschem Ton.* Gu'n-abend, Muhme Baumert!

MUTTER BAUMERT. Nu da, nu da! bist du wieder zu Hause? Hast du uns
noch nich vergessen? Nu da setz dich ock. Komm her, setz dich.

EMMA, *einen Holzstuhl mit dem Rocke säubernd und Jäger hinschiebend.*
Gu'n Abend, Moritz! Willst amal wieder sehn, wie's bei armen Leuten
aussieht?

JÄGER. Nu sag m'r ock, Emma! ich wollt's ja ni gloob'n. Du hast ja a
Jungl, das balde kann Soldate werden. Wo hast d'r d'nn den an-
geschafft?

BERTHA, *die dem Vater die wenigen mitgebrachten Lebensmittel abnimmt,
Fleisch in eine Pfanne legt und in den Ofen schiebt, während August
Feuer anmacht.* Du kennst doch a Finger Weber?

MUTTER BAUMERT. M'r hatt'n 'n doch hier mit im Stiebl. A wollt se ja
nehmen, aber a war doch halt eemal schonn ganz marode uf de Brust.
Ich ha doch das Mädel gewarnt genug. Konnt se woll heern? Nu is a
längst tot und vergessen, und die kann sehn, wie s' a Jungen durch-
bringt. Nu sag m'r ock, Moritz, wie is denn dirsch gangen?

DER ALTE BAUMERT. Nu sei ock ganz stille, Mutter, fer den is Brot
gewachsen; der lacht uns alle aus; der bringt Kleeder mite wie a
Ferscht und an silberne Zylinderuhre und obendruf noch zehn Taler
baar Geld.

JÄGER, *großpratschig hingepflanzt, im Gesicht ein prahlerisches Schwere-
nöterlächeln.* Ich kann nich klagen. Mir is's ni schlecht gangen under
a Soldaten.

DER ALTE BAUMERT. A is Pursche gewest bein Rittmeester. Heer ock,
a red't wie de vornehmen Leute.

JÄGER. Das feine Sprechen hab ich mer aso angewehnt, daß iich's gar
nimeh loo'n kann.

MUTTER BAUMERT. Nee, nee, nu sag mir ock! aso a Nischtegutts, wie das
gewest is, und kommt aso zu Gelde. Du warscht doch ni nich fer was
Gescheuts zu gebrauchen; du konntst doch kee Strähnl hinterein-
ander abhaspeln. Ock immerfort naus; Meesekasten ufstell'n und
Rotkätlsprenkel, das war dir lieber. Nu, is nich wahr?

JÄGER. 's is wahr, Muhme Baumert. Ich fing ni ock Kätl, ich fing ooch
Schwalben.

EMMA. Da konnten wir immerzu reden: Schwalben sind giftig.

JÄGER. Das war mir egal. Wie is Euch d'nn d'rgangen, Muhme Baumert?

MUTTER BAUMERT. O Jes's, gar gar schlimm in a letzten vier Jahr'n.
Sieh ock, ich ha halt 's Reißen. Sieh d'r bloß amal meine Finger an.
Ich weeß halt gar nich, hab ich an Fluß kriegt oder was? Ich bin d'r
halt aso elende! Ich kann d'r kee Glied ni bewegen. 's gloobt's kee
Mensch, was ich muß fer Schmerzen d'rleiden.

DER ALTE BAUMERT. Mit der is jetzt gar schlecht. Die macht's nimehr
lange.

BERTHA. Am Morgen zieh mersche an, am Abend zieh mersche aus.
M'r missen se fittern wie a kleenes Kind.

MUTTER BAUMERT, *fortwährend mit kläglicher, weinerlicher Stimme.* Ich
muß mich bedien lassen hinten und vorne. Ich bin mehr als krank.
Ich bin ock 'ne Last. Was hab ich schon a lieben Herrgott gebeten,
a soll mich doch bloßich abruffen. O Jes's, o Jes's, das ist doch halt
zu schlimm mit mir. Ich weeß doch gar nich... de Leute kennten
denken... aber ich bin doch 's Arbeiten gewehnt von Kindheet uf.
Ich hab doch meine Sache immer konnt leisten, und nu uf eemal
— *sie versucht umsonst, sich zu erheben* — 's geht und geht nimehr. Ich
hab an guten Mann und gute Kinder hab ich, aber wenn ich das soll
mit ansehn... Wie sehn die Mädel aus!? Kee Blutt haben se bald
nimehr in sich. An Farbe haben se wie de Leintiecher. Das geht doch
immer egal fort mit dem Schemeltreten, ob's aso an Mädel dient oder
nich. Was hab'n die fer a bißl Leben. 's ganze Jahr kommen se nich
vom Bänkl runter. Ni amal a paar Klunkern hab'n se sich der-

schind't, daß se sich kennten d'rmite bedeck'n und kennten sich amal vor a Leuten sehn lassen oder an Schritt in die Kirche machen und kennten sich amal 'ne Erquickung holen. Aussehn tun se wie de Galgengeschlinke, junge Mädel von funfzehn und zwanzig.

BERTHA, *am Ofen.* Nu das raucht wieder aso a bißl!

DER ALTE BAUMERT. Nu, da sieh ock den Rauch. Na, da nimm amal an, kann woll hier Wandel wern? A sterzt heilig bald ein, d'r Owen. Mir missen 'n sterzen lassen, und a Ruß, den missen m'r schlucken. Mir husten alle, eener mehr wie d'r andre. Was hust't, hust't, und wenn's uns derwischt und wenn gleich de Plautze mitegeht, da frägt uns ooch noch kee Mensch dernach.

JÄGER. Das is doch Ansorchens Sache, das muß a doch ausbessern.

BERTHA. Der wird uns woll ansehn. A mukscht aso mehr wie genug.

MUTTER BAUMERT. Dem nehmen m'r aso schonn zu viel Platz weg.

DER ALTE BAUMERT. Und wemm'r erscht uffmucken, da fliegen m'r naus. A hat bald a halb Jahr keene Mietzinse ni besehn.

MUTTER BAUMERT. Aso a eelitzicher Mann, der kennte doch umgänglich sein.

DER ALTE BAUMERT. A hat au nischt, Mutter, 's geht 'n o beese genug, wenn a ooch keen'n Staat macht mit seiner Not.

MUTTER BAUMERT. A hat doch sei Haus.

DER ALTE BAUMERT. Nee, Mutter, was redst 'n. An dem Hause dahier, da is ooch noch nich a klee Splitterle seine.

JÄGER *hat sich gesetzt und eine kurze Pfeife mit schönen Quasten aus der einen, eine Quartflasche Branntwein aus der andern Rocktasche geholt.* Das kann auch hier bald nimehr aso weitergehn. Ich hab mei Wunder gesehn, wie das hierum aso aussieht under a Leuten. Da leben ja in a Städten de Hunde noch besser wie ihr.

DER ALTE BAUMERT, *eifrig.* Gelt, gelt ock? Du weeßt's auch!? Und sagt man a Wort, da heeßt's bloß, 's sein schlechte Zeiten.

ANSORGE *kommt, ein irdenes Näpfchen mit Suppe in der einen, in der andern Hand einen halbfertig geflochtenen Viertelkorb.* Willkommen, Moritz! Bist du auch wieder da?

JÄGER. Scheen Dank, Vater Ansorge.

ANSORGE, *sein Näpfchen ins Röhr schiebend.* Nu sag m'r ock an: du siehst ja bald aus wie a Graf.

DER ALTE BAUMERT. Zeich amal dei scheen Uhrla. A hat 'n neuen Anzug mitbracht und zehn Taler baar Geld.

ANSORGE, *kopfschüttelnd.* Nu ja ja! — Nu nee nee!

EMMA, *die Kartoffelschalen in ein Säckchen füllend.* Nu will ich ock gehn mit a Schal'n. Vielleicht wird's langen uf a Neegl Abgelassene *Sie entfernt sich.*

JÄGER, *während alle mit Spannung und Hingebung auf ihn achten.* Na

nu nehmt amal an: wie oft habt ihr m'r nich de Helle heiß gemacht.
Dir wern se Moritz lehr'n, hieß 's immer, wart ock, wenn de wirscht
zum Militär kommen. Na nu seht ersch, mir is gar gutt gegangen.
A halb Jahr da hatt ich de Kneppe. Willig muß man sein, das is 's
Haupt. Ich ha 'n Wachtmeister die Stieweln geputzt; ich ha 'n 's
Ferd gestriegelt, Bier geholt. Ich war aso gefirre wie a Wieslichen.
Und uf 'n Posten war ich: Schwerkanon ja, mei Zeug, das mußt ock
immer aso finkeln. Ich war d'r erschte im Stalle, d'r erschte beim
Appell, d'r erschte im Sattel; und wenn's zur Attacke ging — marsch
marsch! heiliges Kanonrohr, Kreuzdonnerschlag, Herrrdumeine-
gitte!! Und ufgepaßt hab ich wie a Schießhund. Ich dacht halt
immer: hier hilft's nischt, hier mußt de dran glooben; und da rafft
ich m'r halt a Kopp zusammen, und da ging's ooch; und da kam's
aso weit, daß d'r Rittmeester und sagte vor d'r ganzen Schwadron
ieber mich: das is ein Husar, wie a sein muß. *Stille. Er setzt die Pfeife
in Brand.*

ANSORGE, *kopfschüttelnd.* Da hast du aso a Glicke gehabt?! Nu ja ja! —
nu nee nee! *Er setzt sich auf den Boden, die Weidenruten neben sich,
und flicht, ihn zwischen den Beinen haltend, an seinem Korbe weiter.*

DER ALTE BAUMERT. Da woll'n m'r hoffen, daß de uns dei Glicke mite-
bringst. — Nu soll mer woll amal mittrinken?

JÄGER. Nu ganz natierlich, Vater Baumert, und wenn's alle is, kommt
mehr. *Er schlägt ein Geldstück auf den Tisch.*

ANSORGE, *mit blödem, grinsendem Erstaunen.* O mei, mei, das gieht ja
hier zu ... da kreescht a Braten, da steht a Quart Branntwein —
er trinkt aus der Flasche — sollst laba, Moritz! Nu ja ja! nu nee nee!
Von jetzt an wandert die Schnapsflasche.

DER ALTE BAUMERT. Kennten m'r nich zum wenigsten zu allen heiligen
Zeiten aso a Stickl Gebratnes hab'n, stats daß ma kee Fleisch zu
sehn kriecht ieber Jahr und Tag? — Aso muß ma warten, bis een
wieder amal aso a Hundl zulauft wie das hier vor vier Wochen: und
das kommt ni ofte vor im Leben.

ANSORGE. Hast du Ami'n schlachten lassen?

DER ALTE BAUMERT. Ob a m'r vollens ooch noch derhungern tat ...

ANSORGE. Nu ja ja — nu nee nee.

MUTTER BAUMERT. Und war aso a nette, betulich Hundl.

JÄGER. Seid ihr hierum immer noch aso happich uf Hundebraten?

DER ALTE BAUMERT. O Jes's, Jes's, wenn m'r ock und hätt'n 'n genug.

MUTTER BAUMERT. Nu da da, aso a Stickl Fleesch is gar ratlich.

DER ALTE BAUMERT. Hast du keen Geschmack nimehr uf so was? Nu
da bleib ock bei uns hier, Moritz, da werd a sich bald wieder einfinden.

ANSORGE, *schnüffelnd.* Nu ja ja — nu nee nee, das is ooch noch 'ne
Guttschmecke, das macht gar a lieblich Gerichl.

DER ALTE BAUMERT, *schnüffelnd.* D'r reene Zimt, mecht man sprechen.

ANSORGE. Nu sag uns amal deine Meinung, Moritz. Du weißt doch, wie's in d'r Welt draußen zugeht. Werd das nu hier amal andersch werden mit uns Webern, oder wie?

JÄGER. Ma sollt's wirklich hoffen.

ANSORGE. Mir kenn d'r nich leben und nich sterben hier oben. Uns geht's leider beese, kannst's glooben. Eener wehrt sich bis ufs Blutt. Zuletzt muß man sich drein geb'n. De Not frißt een 's Dach ieberm Koppe und a Boden unter a Fießen. Frieher, da man noch am Stuhle arbeiten konnte, da hat man sich halbwegens mit Kummer und Not doch kunnt aso durchschlag'n. Heute kann ich m'r schonn ieber Jahr und Tag kee Stickl Arbeit mehr erobern. Mit der Korbflechterei is ooch ock, daß man sei bißl Leben aso hinfristen tutt. Ich flechte bis in de Nacht nein, und wenn ich ins Bette falle, da hab ich an Beehmen und sechs Fenniche derschindt't. Du hast doch Bildung, nu da sag amal selber, kann da woll a Auskommen sein bei der Teurung? Drei Taler muß ich hinschmeißen uf Haussteuer, een'n Taler uf Grundabgaben, drei Taler uf Hauszinse. Vierzehn Taler kann ich Verdienst rechnen. Bleib'n fer mich sieben Taler ufs ganze Jahr. Da dervon soll ma sich nu bekochen, beheizen, bekleiden, beschuhn, ma soll sich bestricken und beflicken, a Quartier muß ma hab'n und was da noch alles kommt. — Is's da a Wunder, wenn ma de Zinse ni zahl'n kann?

DER ALTE BAUMERT. 's mißt amal eener hingehn nach Berlin, und mißt's 'n Keeniche vorstell'n, wie's uns aso geht.

JÄGER. Ooch nich aso viel nutzt das, Vater Baumert. 's sein er schonn genug in a Zeitungen druf zu sprechen gekommen. Aber die Reichen, die drehn und die wenden an Sache aso . . . die ieberteifeln a besten Christen.

DER ALTE BAUMERT, *kopfschüttelnd.* Daß se in Berlin den Pli nich hab'n!

ANSORGE. Sag du amal, Moritz, kann das woll meeglich sein? Is da gar kee Gesetze d'rfor? Wenn eens nu und schind't sich 's Bast von a Händen und kann doch seine Zinse ni ufbringen, kann m'r d'r Pauer mei Häusl da wegnehmen? 's is halt a Pauer, der will sei Geld hab'n. Nu weeß ich gar nich, was de noch wern soll. — Wenn ich halt und ich muß aus dem Häusl nausgehn . . . *Durch Tränen hervorwürgend:* Hier bin ich geborn, hier hat mei Vater am Webstuhle gesessen, mehr wie virzig Jahr. Wie oft hat a zu Muttern gesagt: Mutter, wenn's mit mir amal a Ende nimmt, das Häusl halt feste. Das Häusl hab ich erobert, meent a iebersche. Hie is jeder Nagel an durchwachte Nacht, a jeder Balken a Jahr trocken Brot. Da mißt ma doch denken . . .

JÄGER. Die nehmen een 's Letzte, die sein's kumpabel.

ANSORGE. Nu ja ja! — nu nee nee! Kommt's aber aso weit, da wär
  mirsch schonn lieber, se triegen mich naus, stats daß ich uf meine
  alten Tage noch nauslaufen mißte. Das bißl Sterben da! Mei Vater
  starb ooch gerne genug. — Ock ganz um de Letzte, da wollt'n a bißl
  angst wern. Wie ich aber zu'n ins Bette kroch, da wurd a ooch
  wieder stille. — Wenn ma's aso bedenkt: dazemal war ich a Jungl
  von dreizehn Jahr'n. Miede war ich, und da schlief ich halt ein, bei
  dem kranken Manne — ich verstand's doch nich besser — und da ich
  halt ufwachte, war a schonn kalt.
MUTTER BAUMERT, *nach einer Pause.* Greif amal ins Röhr, Bertha, und
  reich Ansorgen de Suppe.
BERTHA. Dahier eßt, Vater Ansorge!
ANSORGE, *unter Tränen essend.* Nu nee nee — nu ja ja!
  Der alte Baumert hat angefangen, das Fleisch aus der Pfanne zu essen.
MUTTER BAUMERT. Nu, Vater, Vater, du wirscht dich doch gedulden
  kenn'n. Laß ock Berthan vor richtig vorschirr'n.
DER ALTE BAUMERT, *kauend.* Vor zwee Jahren war ich's letzte Mal zum
  Abendmahle. Gleich dernach verkooft ich a Gottstischrock. Dad'rvon
  kooften m'r a Stickl Schweinernes. Seitdem da hab ich kee Fleesch
  nimehr gessen bis heut abend.
JÄGER. Mir brauchen o erscht kee Fleesch, fer uns essen's de Fabrikan-
  ten. Die waten im Fette rum bis hieher. Wer das ni gloobt, der
  brauch ock nuntergehn nach Bielau und nach Peterschwalde. Da
  kann ma sei Wunder sehn: immer e Fabrikantenschloß hintern
  andern. Immer e Palast hintern andern. Mit Spiegelscheiben und
  Türmeln und eisernen Zäunen. Nee, nee, da spiert keener nischt von
  schlechten Zeiten. Da langt's uf Gebratnes und Gebacknes, uf
  Eklipaschen und Kutschen, uf Guvernanten und wer weeß was. Die
  sticht d'r Haber aso sehr! Die wissen gar nich, was se schnell an-
  stell'n vor Reechtum und Iebermut.
ANSORGE. In a alten Zeiten da war das ganz a ander Ding. Da ließen
  de Fabrikanten a Weber mitleben. Heute da bringen se alles alleene
  durch. Das kommt aber daher, sprech ich: d'r hohe Stand gloobt
  nimehr a keen Herrgott und keen Teiwel ooch nich. Da wissen se
  nischt von Geboten und Strafen. Da stehl'n se uns halt a letzten
  Bissen Brot und schwächen und untergraben uns das bißl Nahrung,
  wo se kenn'n. Von den Leuten kommt's ganze Unglicke. Wenn
  unsere Fabrikanten und wär'n gute Menschen, da wär'n ooch fer uns
  keene schlechten Zeiten sein.
JÄGER. Da paßt amal uf, da wer ich euch amal was Scheenes vorlesen.
  Er zieht einige Papierblättchen aus der Tasche. Komm, August, renn
  in de Schölzerei und hol noch a Quart. Nu, August, du lachst ja in
  een Biegen fort.

MUTTER BAUMERT. Ich weeß nich, was mit dem Jungen is, dem geht's immer gutt. Der lacht sich de Hucke voll, mag's kommen wie's will. Na, feder, feder! *August ab mit der leeren Schnapsflasche.* Gelt ock, Alter, du weeßt, was gutt schmeckt?

DER ALTE BAUMERT, *kauend, vom Essen und Trinken mutig erregt.* Moritz, du bist unser Mann. Du kannst lesen und schreiben. Du weeßt's, wie's um de Weberei bestellt is. Du hast a Herze fer de arme Weberbevelkerung. Du sollt'st unsere Sache amal in de Hand nehmen dahier.

JÄGER. Wenn's mehr ni is. Das sollte mir ni druf ankommen; dahier! den alten Fabrikantenräudeln, den wollt ich viel zu gerne amal a Liedl ufspiel'n. Ich tät m'r nischt draus machen. Ich bin a umgänglicher Kerl, aber wenn ich amal falsch wer und ich krieg's mit der Wut, da nehm ich Dreißichern in de eene, Dittrichen in de andre Hand und schlag se mit a Keppen an'nander, daß 'n 's Feuer aus a Augen springt. — Wenn mir und m'r kennten's ufbringen, daß m'r zusammenhielten, da kennt m'r a Fabrikanten amal an solchen Krach machen . . . Da braucht m'r keen'n Keenich derzu und keene Regierung, da kennten m'r eenfach sagen: mir woll'n das und das und aso und aso ni, und da werd's bald aus een'n ganz andern Loche feifen dahier. Wenn die ock sehn, daß ma Krien hat, da ziehn se bald Leine. Die Betbrieder kenn ich! Das sein gar feige Luder.

MUTTER BAUMERT. 's is wirklich bald wahr. Ich bin gewiß ni schlecht. Ich bin gewiß immer diejenige gewest, die gesagt hat, die reichen Leute missen ooch sein. Aber wenn's aso kommt . . .

JÄGER. Vor mir kennte d'r Teiwel alle hol'n, der Rasse vergennt ich's.

BERTHA. Wo is denn der Vater? *Der alte Baumert hat sich stillschweigend entfernt.*

MUTTER BAUMERT. Ich weeß nich, wo a mag hin sein.

BERTHA. Is etwan, daß er das Fleescherne nimehr gewehnt is?!

MUTTER BAUMERT, *außer sich, weinend.* Nu da seht ihrsch, nu da seht ihrsch! Da bleibt's 'n noch ni amal. Da wird a das ganze bissel scheenes Essen wieder von sich geben.

DER ALTE BAUMERT *kommt wieder, weinend vor Ingrimm.* Nee, nee! mit mir is bald gar alle. Mich hab'n se bald aso weit! Hat man sich amal was Guttes dergattert, da kann ma's nich amal mehr bei sich behalt'n. *Er sitzt weinend nieder auf die Ofenbank.*

JÄGER, *in plötzlicher Aufwallung, fanatisch.* Und dad'rbei gibt's Leute, Gerichtsschulzen, gar nicht weit von hier, Schmärwampen, die de's ganze Jahr nischt weiter zu tun haben, wie unsern Herrgott im Himmel a Tag abstehl'n. Die woll'n behaupten, de Weber kennten gutt und gerne auskommen, se wär'n bloß zu faul.

ANSORGE. Das sein gar keene Mensche. Das sein Unmensche, sein das.

JÄGER. Nu laß ock gutt sein, a hat sei Fett. Ich und d'r rote Bäcker, mir hab'n 's 'n eingetränkt, und bevor m'r abzogen zu guter Letzte, sangen m'r noch's Bluttgerichte.

ANSORGE. O Jes's, Jes's, is das das Lied?

JÄGER. Ja, ja, hie hab ich's.

ANSORGE. 's heeßt doch, gloob ich, 's Dreißicherlied oder wie.

JÄGER. Ich wersch amal vorlesen.

MUTTER BAUMERT. Wer hat denn das Lied derfund'n?

JÄGER. Das weeß kee Mensch nich. Nu heert amal druf.

Er liest, schülerhaft buchstabierend, schlecht betonend, aber mit unverkennbar starkem Gefühl. Alles klingt heraus: Verzweiflung, Schmerz, Wut, Haß, Rachedurst.

> Hier im Ort ist ein Gericht,
> noch schlimmer als die Vehmen,
> wo man nicht erst ein Urteil spricht,
> das Leben schnell zu nehmen.
>
> Hier wird der Mensch langsam gequält,
> hier ist die Folterkammer,
> hier werden Seufzer viel gezählt
> als Zeugen von dem Jammer.

DER ALTE BAUMERT *hat, von den Worten des Liedes gepackt und im Tiefsten aufgerüttelt, mehrmals nur mühsam der Versuchung widerstanden, Jäger zu unterbrechen. Nun geht alles mit ihm durch; stammelnd, unter Lachen und Weinen, zu seiner Frau.* Hier ist die Folterkammer. Der das geschrieben, Mutter, der sagt die Wahrheet. Das kannst du bezeugen... Wie heeßt's? Hier werden Seufzer... wie? hie wern se viel gezählt...

JÄGER. Als Zeugen von dem Jammer.

DER ALTE BAUMERT. Du weeßt's, was mir aso seufz'n een Tag um a andern, ob m'r stehn oder liegen.

JÄGER, *während Ansorge, ohne weiterzuarbeiten, in tiefer Erschütterung zusammengesunken dasitzt, Mutter Baumert und Bertha fortwährend die Augen wischen, fährt fort zu lesen.*

> Die Herren Dreißiger die Henker sind,
> die Diener ihre Schergen,
> davon ein jeder tapfer schind't,
> anstatt was zu verbergen.
>
> Ihr Schurken all, ihr Satansbrut...

DER ALTE BAUMERT, *mit zitternder Wut den Boden stampfend.* Ja.
　Satansbrut!!
JÄGER *liest.*

> Ihr höllischen Kujone,
> ihr freßt der Armen Hab und Gut,
> und Fluch wird euch zum Lohne.

ANSORGE. Nu ja ja, das is auch an Fluch wert.
DER ALTE BAUMERT, *die Faust ballend, drohend.* Ihr freßt der Armen
　Hab und Gut! —
JÄGER *liest.*

> Hier hilft kein Bitten und kein Flehn,
> umsonst ist alles Klagen.
> »Gefällt's euch nicht, so könnt ihr gehn
> am Hungertuche nagen.«

DER ALTE BAUMERT. Wie steht's? Umsonst ist alles Klagen? Jedes
　Wort... jedes Wort... da is all's aso richtig wie in d'r Bibel. Hier
　hilft kein Bitten und kein Flehn!
ANSORGE. Nu ja ja! nu nee nee! da tutt schonn nischt helfen.
JÄGER *liest.*

> Nun denke man sich diese Not
> und Elend dieser Armen,
> zu Haus oft keinen Bissen Brot,
> ist das nicht zum Erbarmen?
>
> Erbarmen, ha! ein schön Gefühl,
> euch Kannibalen fremde,
> ein jedes kennt schon euer Ziel,
> 's ist der Armen Haut und Hemde.

DER ALTE BAUMERT *springt auf, hingerissen zu deliranter Raserei.* Haut
　und Hemde. All's richtig, 's is der Armut Haut und Hemde. Hier
　steh ich, Robert Baumert, Webermeister von Kaschbach. Wer kann
　vortreten und sag'n... Ich bin ein braver Mensch gewest mei lebe-
　lang, und nu seht mich an! Was hab ich davon? Wie seh ich aus?
　Was hab'n se aus mir gemacht? Hier wird der Mensch langsam
　gequält. *Er reckt seine Arme hin.* Dahier, greift amal an, Haut und
　Knochen. Ihr Schurken all, ihr Satansbrut!! *Er bricht weinend vor
　verzweifeltem Ingrimm auf einem Stuhl zusammen.*
ANSORGE *schleudert den Korb in die Ecke, erhebt sich, am ganzen Leibe
　zitternd vor Wut, stammelt hervor.* Und das muß anderscher wern,
　sprech ich, jetzt uf der Stelle. Mir leiden's nimehr! Mir leiden's
　nimehr, mag kommen, was will.

DRITTER AKT

*Die Schenkstube im Mittelkretscham zu Peterswaldau, ein großer Raum,
dessen Balkendecke durch einen hölzernen Mittelpfeiler, um den ein Tisch
läuft, gestützt ist. Rechts von dem Pfeiler, so daß nur der Pfosten verdeckt
wird, liegt die Eingangstür in der Hinterwand. Man sieht durch sie in den
großen Hausraum, der Fässer und Brauergerät enthält. Im Innern, rechts
von der Tür in der Ecke, befindet sich das Schenksims: eine hölzerne
Scheidewand von Mannshöhe mit Fächern für Schankutensilien; dahinter
ein Wandschrank, enthaltend Reihen von Schnapsflaschen; zwischen
Scheidewand und Likörschrank ein kleiner Platz für den Schenkwirt. Vor
dem Schenksims steht ein mit bunter Decke gezierter Tisch. Eine hübsche
Lampe hängt darüber, mehrere Rohrstühle stehen darum. Unweit davon
an der rechten Wand führt eine Tür mit der Aufschrift »Weinstube« ins
Honoratiorenstübchen. Noch weiter vorn rechts tickt die alte Standuhr.
Links von der Eingangstür, an der Hinterwand, steht ein Tisch mit
Flaschen und Gläsern und weiterhin in der Ecke der große Kachelofen.
Die linke Seitenwand hat drei kleine Fenster, darunter hinlaufend eine
Bank, davor je einen großen hölzernen Tisch, die schmale Seite der Wand
zugekehrt. An den Breitseiten der Tische stehen Bänke mit Lehnen, an
den inneren Schmalseiten je ein einzelner Holzstuhl. Das große Lokal ist
blau getüncht, mit Plakaten, Bilderbogen und Buntdrucken behängt,
darunter das Porträt Friedrich Wilhelms IV.
Scholz Welzel, ein gutmütiger Koloß von über fünfzig Jahren, läßt hinter
dem Schenksims Bier aus einem Fasse in ein Glas laufen. Frau Welzel
plättet am Ofen. Sie ist eine stattliche, sauber gekleidete Frau von noch
nicht fünfunddreißig Jahren. Anna Welzel, eine siebzehnjährige, hübsche
Person mit prachtvollen, rotblonden Haaren, sitzt, propre gekleidet und
mit einer Stickarbeit beschäftigt, hinter dem gedeckten Tisch. Einen Augen-
blick blickt sie von der Arbeit auf und lauscht, denn aus der Ferne kommen
Töne eines von Schulkindern gesungenen Grabchorals. Meister Wiegand,
der Tischler, sitzt an dem gleichen Tisch in seiner Arbeitstracht hinter
einem Glase bayrischen Bieres. Er ist ein Mann, dem man anmerkt: er
weiß, worauf es in der Welt ankommt, wenn man ein Ziel erreichen will,
nämlich auf Pfiffigkeit, Schnelligkeit und rücksichtsloses Fortschreiten.
Ein Reisender am Säulentisch kaut mit Eifer an einem deutschen Beef-
steak. Er ist mittelgroß, wohlgenährt, wohlaufgeschwemmt, aufgelegt zur
Heiterkeit, lebhaft und frech. Er trägt sich modern. Seine Reiseeffekten,
Tasche, Musterkoffer, Schirm, Überzieher und Plüschdecke, liegen neben
ihm auf Stühlen.*

WELZEL, *dem Reisenden ein Glas Bier zutragend, seitwärts zu Wiegand.*
's is ja heute d'r Teifel los in dem Peterschwalde.

WIEGAND, *mit einer scharfen, trompetenden Stimme.* Nu, 's ist halt doch Liefertag bei Dreißichern oben.

FRAU WELZEL. 's ging aber doch sonste nich aso lebhaft zu.

WIEGAND. Nu, 's kennte vielleicht sein, 's wär wegen da zweehundert neuen Webern, die a will noch annehmen jetzte.

FRAU WELZEL, *immer plättend.* Ja, ja, das wird's sein. Will a zweehundert, da wern er woll sechshundert kommen sein. M'r habn 'r ja genug von der Sorte.

WIEGAND. O Jes's, Jes's, die langen zu. Und wenn's den ooch schlecht geht, die sterben ni aus. Die setzen mehr Kinder in de Welt, wie m'r gebrauchen kenn'n. *Der Choral wird einen Augenblick stärker hörbar.* Nu kommt au noch das Begräbnis d'rzu. D'r Fabich Weber is doch gestorben.

WELZEL. Der hat lange genug gemacht. Der lief doch schonn ieber Jahr und Tag ooch bloß rum wie a Gespenste.

WIEGAND. Kannst's glooben, Welzel, aso a klee numpern Sargl, a so a rasnich klee, winzig Dingl, das hab ich doch noch keemal ni zusammengeleimt. Das war d'r a Leichl, das wog noch nich neunzig Fund.

DER REISENDE, *kauend.* Ich verstehe bloß nich... wo man hinblickt, in irgend'ne Zeitung, da liest man die schauerlichsten Geschichten von der Webernot, da kriegt man einen Begriff von der Sache, als wenn hier die Leute alle schon dreiviertel verhungert wären. Und wenn man dann so'n Begräbnis sieht. Ich kam grade im Dorfe rein. Blechmusik, Schullehrer, Schulkinder, der Pastor und ein Zopp Menschen hinterdrein, Herrgott, als wenn der Kaiser von China begraben würde. Ja, wenn die Leute das noch bezahlen können...! *Er trinkt Bier. Nachdem er das Glas wieder hingestellt, plötzlich mit frivoler Leichtigkeit.* Nich wahr, Fräulein? Hab' ich nich recht?

ANNA *lächelt verlegen und stickt eifrig weiter.*

DER REISENDE. Gewiß 'n Paar Morgenschuhe für'n Herrn Papa.

WELZEL. Oh, ich mag solche Dinger erscht nich an a Fuß ziehn.

DER REISENDE. Na hör'n Sie mal an! Mein halbes Vermögen gäb' ich, wenn die Pantoffel für mich wär'n.

FRAU WELZEL. Fer sowas, da hat er ee'mal kee Verständnis nich.

WIEGAND, *nachdem er mehrmals gehüstelt, mit dem Stuhle gerückt und einen Anlauf zum Reden genommen hat.* Der Herr haben sich ieber das Begräbnis wunderlich ausgedrückt. Nu sagen Sie mal, junge Frau, das is doch 'n kleines Leichenbegängnis?

DER REISENDE. Ja, da frag' ich mich aber... Das muß doch barbarisch Geld kosten. Wo kriegen die Leute das Geld nu her?

WIEGAND. Se werden ergebenst entschuldigen, mein Herr, das is so'ne Unverständlichkeit unter der hiesigen armen Bevölkerungsklasse.

Mit Erlaubnis zu sagen, die machen sich so'ne iebertriebliche Vor- stelligkeit von wegen der schuldigen Ehrfurcht und pflichtmäßigen Schuldigkeit gegen selig entschlafene Hinterbliebene. Wenn das und sind gar verstorbene Eltern, da is das nu so ein Aberglaube, da wird von den nächsten Nachkommen und Erblassern das Letzte zusam- mengekratzt, und was die Kinder nich auftreiben, das wird von den nächsten Magnaten geborgt. Und da kommen die Schulden bis ieber die Ohren; Hochwürden der Pastor wird verschuldet, der Küster und was da alles fer Leute herumstehn. Und das Getränk und das Essen und dergleichen Notdurft. Nee, nee, ich lobe mir respektive Kindlichkeit, aber nich, daß die Leidtragenden ihr ganzes Leben unter Verpflichtungen davor gedrückt werden.

DER REISENDE. Erlauben Sie mal, das müßte doch der Pastor den Leuten ausreden.

WIEGAND. Se werden ergebenst entschuldigen, mein Herr, ich muß hier befürworten, daß jede kleine Gemeinde ihr kirchliches Gotteshaus hat und ihren Seelenhirten Hochwürden erhalten muß. An so'nem großen Begräbnisfest, da hat die hohe Geistlichkeit ihre scheene Iebervorteilung. Desto zahlreicher so eine Grablegung gehandhabt wird, je umfänglicher auch die Offertorien fließen. Wer die hiesigen arbeitenden Verhältnisse kennt, der kann mit unmaßgeblicher Be- stimmtheit behaupten, die Herren Farrer dulden bloß widerstreblich die stillen Begräbnisse.

HORNIG *kommt. Kleiner, o-beiniger Alter, ein Ziehband um Schulter und Brust. Er ist Lumpensammler.* Scheen gu'n Tag ooch. An eefache mecht ich bitten. Na, junge Frau, hab'n Se was Lumpiges? Jungfer Anna! Scheene Zoppbändl, Hemdbändl, Strumpfbändl hab ich im Wägl, scheene Stecknadeln, Haarnadeln, Häkel und Esel. Alles geb ich fer a paar Lumpen. *In verändertem Tone.* Von den Lumpen da wird a scheen weiß Papierl gemacht, und da schreibt der liebe Schatz a hibsch Briefl druf.

ANNA. Oh, ich bedank mich, ich mag keen'n Schatz.

FRAU WELZEL, *einen Bolzen einlegend.* Aso is das Mädel. Vom Heiraten will se nischt wissen.

DER REISENDE *springt auf, scheinbar freudig überrascht, tritt an den gedeckten Tisch und streckt Anna die Hand hinüber.* Das ist gescheit, Fräulein, machen Sie's wie ich. Topp! Geben Sie mir die Patsch! Wir beide bleiben ledig.

ANNA, *puterrot, gibt ihm die Hand.* Nun, Sie sein doch schon verheiratet?!

DER REISENDE. I Gott bewahre, ich tu' bloß so. Sie denken wohl, weil ich den Ring trage?! Ach, den habe ich bloß an den Finger gesteckt, um meine bestrickende Persönlichkeit vor unlauteren Angriffen zu schützen. Vor Ihnen fürchte ich mich nicht. *Er steckt den Ring in die*

Tasche. — Sagen Sie mal im Ernst, Fräulein, wollen Sie sich niemals auch nur so'n ganz kleenes bissel verheiraten!

ANNA, *kopfschüttelnd.* O wärsch doch!

FRAU WELZEL. Die bleibt Ihn ledig odersch muß was sehr Rares sein.

DER REISENDE. Nu warum auch nich? 'n reicher schlesischer Magnat hat die Kammerjungfer seiner Mutter geheiratet, und der reiche Fabrikant Dreißiger hat ja auch 'ne Scholzentochter genommen. Die ist nich halb so hübsch wie Sie, Fräulein, und fährt jetzt fein in Equipage mit Livreediener. Warum d'nn nicht? *Er geht umher, sich dehnend und die Beine vertretend.* Eine Tasse Kaffee werd' ich trinken. *Ansorge und der alte Baumert kommen, jeder mit einem Pack, und setzen sich still und demütig zu Hornig an den vordersten Tisch links.*

WELZEL. Willkommen! Vater Ansorge, sieht man dich wieder amal?!

HORNIG. Kommst du ooch noch amal aus dei'n verräucherten Geniste gekrochen?

ANSORGE, *unbeholfen und sichtlich verlegen.* Ich hab m'r wieder amal 'ne Werfte geholt.

DER ALTE BAUMERT. A will fer zehn Beehmen arbeiten.

ANSORGE. Ich hätt's ni gemacht, aber mit der Korbflechterei hat's auch a Ende genommen.

WIEGAND. 's is immer besser wie nischt. A tut's ja ock, daß 'r 'ne Beschäftigung hat. Ich bin sehr gut bekannt mit Dreißigern. Vor acht Tagen nahm ich 'n de Doppelfenster raus. Da red'ten m'r drieber. A tut's bloß aus Barmherzigkeit.

ANSORGE. Nu ja ja — nu nee nee.

WELZEL, *den Webern je einen Schnaps vorsetzend.* Hie wird sein. Nu sag amal, Ansorge. Wie lange hast du dich ni mehr rasieren lassen? — Der Herr mecht's gerne wissen.

DER REISENDE *ruft herüber.* Ach, Herr Wirt, das hab' ich doch nicht gesagt. Der Herr Webermeister ist mir nur aufgefallen durch sein ehrwürdiges Aussehen. Solche Hünengestalten bekommt man nicht oft zu sehen.

ANSORGE *kraut sich verlegen den Kopf.* Nu ja ja — nu nee nee.

DER REISENDE. Solche urkräftige Naturmenschen sind heutzutage sehr selten. Wir sind von der Kultur so beleckt...aber ich hab' noch Freude an der Urwüchsigkeit. Buschige Augenbrauen! So'n wilder Bart...

HORNIG. Nu sehn S' ock, werter Herr, ich wer Ihn amal was sag'n: bei da Leuten da langt's halt ni uf a Balbier, und a Rasiermesser kenn se sich schonn lange ni derschwingen. Was wächst, wächst. Uf a äußern Menschen kenn die nischt verwenden.

DER REISENDE. Aber ich bitte Sie, lieber Mann, wo werd' ich denn... *Leise zum Wirt.* Darf man dem Haarmenschen 'n Glas Bier anbieten?

WELZEL. I beileibe, der nimmt nischt. Der hat gar kom'sche Mucken.

DER REISENDE. Na, dann nicht. Erlauben Sie, Fräulein? *Er nimmt an dem gedeckten Tische Platz.* Ich kann Sie versichern, Ihr Haar sticht mir schon, seit ich reinkam, derart in die Augen, dieser matte Glanz, diese Weichheit, diese Fülle! *Er küßt gleichsam entzückt seine Fingerspitzen.* Und diese Farbe... wie reifer Weizen. Wenn Sie mit dem Haar nach Berlin kommen, Sie machen Furore. Parole d'honneur, mit dem Haar können Sie an den Hof gehen... *Zurückgelehnt das Haar betrachtend.* Prachtvoll, einfach prachtvoll.

WIEGAND. Derwegen hat se ja auch eine schöne Benennung erfahren.

DER REISENDE. Wie heißt sie denn da?

ANNA *lacht immerfort in sich hinein.* Oh, heer'n Se nich drauf!

HORNIG. Das is doch d'r Fuchs, ni wahr?

WELZEL. Nu heert aber uf! Macht m'r das Mädel ni noch vollends gar verdreht! Se hab'n 'r schonn Raupen genug in a Kopp gesetzt, Heut will se an Grawen, morgen soll's schonn a Firscht sein.

FRAU WELZEL. Mach du das Mädel ni schlecht, Mann! Das is kee Verbrechen, wenn d'r Mensch will vorwärtskommen. Aso wie du freilich denkst, aso denken ni alle. Das wär auch ni gutt, da käm keener vom Flecke, da blieben se alle sitzen. Wenn Dreißigers Großvater aso hätte gedacht, da wär a woll sein a armer Weber geblieben. Itzt sein se steinreich. D'r alte Tromtra war o nich mehr wie a armer Weber, nu hat a zwelf Rittergieter und is obendruf adlig gewor'n.

WIEGAND. Alles, was de recht is, Welzel. In der Sache da is deine Frau uf'm rechtlichen Wege. Das kann ich underfertigen. Hätt ich aso wie du gedacht, wo wär'n ock itzt meine sieben Gesellen?

HORNIG. Du weeßt druf zu laufen, das muß dir d'r Neid lassen. Wenn d'r Weber noch uf zwee Been rumlauft, da machst du'n schonn a Sarg fertig.

WIEGAND. Wer de will mitkummen, muß sich derzu halten.

HORNIG. Ja, ja, du hältst dich o noch derzu. Du weeßt besser wie a Doktor, wenn d'r Tod um a Weberkindl kommt.

WIEGAND, *kaum noch lächelnd, plötzlich wütend.* Und du weeßt's besser wie de Pol'zei, wo de Nipper sitzen unter a Webern und die de sich jede Woche a hibsch Neegl Spul'n iebrig machen. Du kommst nach Lumpen und nimmst o a Feifl Schußgarn, wenn's druf ankommt.

HORNIG. Und dei Weizen blieht uf'm Kirchhowe. Je mehr daß uf de Hobelspäne schlafen gehn, um desto besser fer dich. Wenn du die vielen Kindergräbl ansiehst, da kloppst du d'r uf a Bauch und sagst: 's war heuer wieder a gudes Jahr; de kleen'n Kreppe sein wieder gefall'n wie de Maikäwer von a Bäumen. Da kann ich m'r wieder a Quart zulegen de Woche.

WIEGAND. Derwegen, da wär ich noch lange kee Hehler.

HORNIG. Du machst heechstens amal an reichen Parchentfabrikanten
an toppelte Rechnung oder holst a paar iebrige Brettl von Drei-
ßichersch Bau, wenn d'r Mond amal grade ni scheint.

WIEGAND, *ihm den Rücken wendend.* Oh, red du, mit wem de willst.
ock mit mir nich. *Plötzlich wieder.* Lügenhornig!!

HORNIG. Totentischler!

WIEGAND, *zu den Anwesenden.* A kann's Vieh behexen.

HORNIG. Sieh dich vor, sag ich d'r bloß, sonst mach ich amal mei Zei-
chen. *Wiegand wird bleich.*

FRAU WELZEL *war hinausgegangen und setzt nun dem Reisenden Kaffee
vor.* Soll ich Ihn'n a Kaffee lieber ins Stiebl tragen?

DER REISENDE. I, was denken Sie! *Mit einem schmachtenden Blick auf
Anna.* Hier will ich sitzen, bis ich sterbe.

EIN JUNGER FÖRSTER UND EIN BAUER, *der letztere mit einer Peitsche,
kommen. Beide.* Gu'n Mittag! *Sie bleiben am Schenksims stehen.*

DER BAUER. Zwee Ingwer mechten mir hab'n.

WELZEL. Willkommen mitnander! *Er gießt das Verlangte ein; die beiden
ergreifen die Gläschen, stoßen damit an, trinken davon und stellen sie
auf den Schenksims.*

DER REISENDE. Nun, Herr Förster, tüchtigen Marsch gemacht?

DER FÖRSTER. 's geht. Ich komme von Steinseifferschdorf. *Erster und
zweiter alter Weber kommen und setzen sich zu Ansorge, Baumert und
Hornig.*

DER REISENDE. Entschuldigen Sie, sind Sie Gräflich Hochheimscher
Förster?

DER FÖRSTER. Gräflich Keilsch bin ich.

DER REISENDE. Freilich, freilich, das wollt' ich ja auch sagen. Es ist
hier zu schlimm mit den vielen Grafen und Baronen und Freiherr-
lichen Gnaden. Man muß'n Riesengedächtnis hab'n. Zu was haben
Sie denn die Axt, Herr Förster?

DER FÖRSTER. Die hab' ich Holzdieben weggenommen.

DER ALTE BAUMERT. Unse Herrschaft, die nimmt's gar sehr genau mit
a paar Scheiten Brennholz.

DER REISENDE. Nu erlauben Sie, das geht doch auch nicht, wenn da
jeder holen wollte...

DER ALTE BAUMERT. Mit Verlaub zu reden, hie is das wie ieberall mit a
kleen'n und a großen Dieben; hier sein welche, die treiben Holz-
handel im großen und wern reich von gestohlenen Holze. Wenn aber
a armer Weber...

ERSTER ALTER WEBER *unterbricht Baumert.* Mir derfen kee Zweigl
nehmen, aber de Herrschaft, die greift uns desto forscher an, die
zieht uns 's Leder egelganz ieber de Ohren runter. Da sein zu ent-

richten Schutzgelder, Spinngelder, Naturalleistungen, da muß ma umsonste Gänge laufen und Howearbeit tun, ob ma will oder nich.

ANSORGE. 's is halt aso: was uns d'r Fabrikante iebrich läßt, das holt uns d'r Edelmann vollens aus d'r Tasche.

ZWEITER ALTER WEBER *hat am Nebentisch Platz genommen.* Ich hab's o 'n gnädijen Herrn selber gesagt. Se werd'n gittigst verzeihn, Herr Graf, meent ich ieber'n, das Jahr kann ich aso viel Howetage eemal ni leisten. Ich streit's eemal nich! Denn warum? Se wern entschuldijen, mir hat's Wasser alles zuschanden gemacht. Mei bissel Acker hat's weggeschwemmt. Ich muß Tag und Nacht schaffen, wenn ich leben will. Aso a Unwetter. Ihr Leute, ihr Leute! Ich stand ock immer und rang de Hände. Der scheene Boden, der kam ock immer aso über a Berg rundergewellt und ins Häusl nein; und der scheene, teure Samen! ... O Jes's, o Jes's, da hab ich ock immer aso in de Wolken neingeprillt, und acht Tage lang hab ich geflennt, daß ich bald keene Straße ni mehr sah... Und dernach konnt ich mich mit achzig schweren Radwern Boden über a Berg wieder nufquäl'n.

DER BAUER, *roh.* Ihr macht ja a schauderhaftiges Gelammetiere dahier. Was de d'r Himmel schickt, das mißt mir uns alle gefall'n lass'n. Und wenn's euch sonst nich zum besten geht, wer is denn schuld wie ihr selber? Wie's Geschäft gutt ging, was habt'r gemacht? All's verspielt und versoffen habt'r. Hätt ihr euch dazemal was derspart, da wär jetzt a Notpfennig da sein, da braucht'r kee Garn und kee Holz stehl'n.

ERSTER JUNGER WEBER, *mit einigen Kameraden im »Hause«, der Diele, spricht laut zur Tür herein.* A Pauer bleibt a Pauer, und wenn a schläft bis um neune.

ERSTER ALTER WEBER. Das is jetzt aso: d'r Pauer und d'r Edelmann, die ziehn a een'n Strange. Will a Weber an Wohnung hab'n, da sagt d'r Pauer: ich geb d'r a klee Lechl zum drinne wohn. Du zahlst m'r scheene Zinse und hilfst m'r mei Heu und mei Getreide reinbringen, und wenn de ni willst, da sieh, wo de bleibst. Kommt eener zum zweeten, der macht's wie d'r erschte.

DER ALTE BAUMERT, *grimmig.* Ma is wie a Griebsch, an dem alle rumfressen.

DER BAUER, *aufgebracht.* Oh, ihr verhungerten Luder, zu was wärt ihr zu gebrauchen? Kennt ihr an Flug in a Acker dricken? Kennt ihr woll 'ne gleiche Furche ziehn oder 'ne Mandel Habergarben uf a Wag'n reechen? Ihr seid ja zu nischt nutze wie zum Faulenzen und bei a Weibern liegen. Ihr wärt Scheißkerle! Ihr kennt een was nitzen. *Er hat indes gezahlt und geht ab. Der Förster folgt ihm lachend. Welzel, der Tischler und Frau Welzel lachen laut, der Reisende für sich. Als das Gelächter verstummt, tritt Stille ein.*

HORNIG. Aso a Pauer, der is wie a Bremmerochse... Wenn ich ni

wißte, was hie fir 'ne Not is. In den Derfern hie nuff, was hat man
da alles zu sehn kriegt! Zu viern und fünfen lagen se nackt uf en'n
eenzichen Strohsack.

DER REISENDE, *in milde verweisendem Ton.* Erlauben Sie mal, lieber
Mann. Über die Not im Gebirge sind doch die Ansichten recht ver-
schieden, wenn Sie lesen können...

HORNIG. Oh, ich les' all's vom Blatte runder, aso gutt wie Sie. Nee, nee,
ich wersch wissen, ich bin genug rumkommen bei da Leuten. Wenn
man's Kupsel Sticka vierzig Jahr uf'n Puckel hehabt hat, da wird
ma woll was wissen zuguderletzt. Wie warsch denn mit Fullern?
Die Kinder, die klaubten mit Nachbarsch Gänsen im Miste rum.
Gestorben sein de Leute — nackend — uf a Fliesen im Hause.
Stinkende Schlichte hab'n se gefressen vor Himmelsangst. Hinge-
rafft hat se d'r Hunger zu Hunderten und aber Hunderten.

DER REISENDE. Wenn Sie lesen können, müssen Sie doch auch wissen,
daß die Regierung genaue Nachforschungen hat anstell'n lassen
und daß...

HORNIG. Das kennt man, das kennt man: da kommt so a Herr von der
Regierung, der alles schon besser weeß, wie wenn a's gesehn hätte.
Der geht aso a bissel im Dorfe rum, wo de Bache ausfließt und de
scheensten Häuser sein. De scheen'n blanken Schuhe, die will a sich
weiter ni beschmutzen. Da denkt a halt, 's wird woll ieberall aso
scheen aussehn, und steigt in de Kutsche und fährt wieder heem.
Und da schreibt a nach Berlin, 's wär und wär eemal keene Not nich.
Wenn a aber und hätte a bissel Geduld gehabt und wär in da Derfern
nufgestiegen, bis wo de Bache eintritt, und ieber de Bache nieber uf
de kleene Seite oder gar abseit, wo de klee'n eenzelnen Klitschen
stehn, die alten Schaubennester an a Bergen, die de manchmal aso
schwarz und hinfällig sein, daß 's 'n Streichhelzl ni verlohnt, um
aso a Ding anzustecken, da wär a woll andersch hab'n nach Berlin
bericht't. Zu mir hätten se soll'n kommen, de Herrn von d'r Regie-
rung, die's nich haben glooben wollen, daß hier 'ne Not wär. Ich
hätt'n amal was ufgezeicht. Ich wollt'n amal de Augon ufkneppen in
allen den Hungernestern hier nein.

Man hört draußen das Weberlied singen.

WELZEL. Da singen se schonn wieder das Teifelslied.

WIEGAND. Die stell'n ja 's ganze Dorf uf a Kopp.

FRAU WELZEL, 's is reen, als wenn was in d'r Luft läg.

*Jäger und Bäcker, Arm in Arm, an der Spitze einer Schar junger
Weberburschen, betreten lärmend das »Haus« und von da die Wirtsstube.*

JÄGER. Schwadron halt! Abgesessen! *Die Angekommenen begeben sich
zu den verschiedenen Tischen, an denen bereits Weber sitzen, mit ihnen
Gespräche anknüpfend.*

HORNIG, *Bäcker zurufend.* Nu sag ock bloß, was geht denn vor, daß 'r
   aso ei hellen Haufen beinander seid?
BÄCKER, *bedeutsam.* Vielleichte wird amal was vorgehn. Gelt ock,
   Moritz?!
HORNIG. Nu wärsch doch! Macht ock ni Dinge.
BÄCKER. 's is o schonn Blut geflossen. Willst's sehn?
   *Er streift seinen Ärmel herauf und zeigt ihm blutende Impfstellen am
   nackten Oberarm. Wie er, so tun auch viele der jungen Weber an den
   übrigen Tischen.*
BÄCKER. Beim Bader Schmidt war'n mir, impfen lassen.
HORNIG. Na nu wird's Tag. Da kann man sich ni wundern, daß aso a
   Teeps is uf allen Gassen. Wenn solche Leubel im Dorfe rum-
   schwuchtern...!
JÄGER, *sich protzenhaft aufspielend, mit lauter Stimme.* Gleich zwee
   Quart, Welzel! Ich zahl's. Denkst etwan, ich hab kee Puttputt? Nu
   harr ock sachte! Wenn mir sonst wollten, da kennten mir Scheps
   trinken und Kaffee lappern bis morgen frieh, aso gutt wie a Rei-
   sender. *Gelächter unter den jungen Webern.*
DER REISENDE, *mit komischem Erstaunen.* Meinen Sie mir, oder meinen
   Sie mich? *Der Wirt, die Wirtin und ihre Tochter, Tischler Wiegand
   und der Reisende lachen.*
JÄGER. Immer den, der fragt.
DER REISENDE. Erlauben Sie mal, junger Mensch, Ihr Geschäft
   scheint recht gut zu gehen.
JÄGER. Ich kann ni klag'n. Ich bin Konfektionsreisender. Ich mach
   mit'n Fabrikanten Halbpart. Je mehr d'r Weber hungert, um desto
   fetter speis ich. Je größer de Not, desto größer mei Brot.
BÄCKER. Das haste gutt gemacht, sollst laba, Moritz!
WELZEL *hat den Kornschnaps gebracht. Auf dem Rückwege zum Schenk-
   sims bleibt er stehn und wendet sich langsam in all seinem Phlegma
   und seiner Massigkeit wieder den Webern zu. Mit ebensoviel Ruhe wie
   Nachdruck.* Laßt ihr den Herrn zufrieden, der hat euch nischt nich
   getan.
STIMMEN JUNGER WEBER. Mir tun 'n ja auch nischt.
   *Frau Welzel hat mit dem Reisenden einige Worte gewechselt. Sie nimmt
   die Tasse mit dem Kaffeerest und bringt sie in das Nebenstübchen. Der
   Reisende folgt ihr dahin unter dem Gelächter der Weber.*
STIMMEN JUNGER WEBER, *singend.*

   Die Herren Dreißiger die Henker sind,
   die Diener ihre Schergen...

WELZEL. Pscht, pscht! Das Lied singt, wo 'r wollt. Ei mein Hause duld
   ich's nich.

ERSTER ALTER WEBER. A hat ganz recht; laßt ihr das Singen.

BÄCKER *schreit.* Aber bei Dreißigern miß mer noch amal vorbeiziehn. Der muß unser Lied noch amal zu heer'n kriegen.

WIEGAND. Treibt's ock ni gar zu tolle, daß a ni etwa amal falsch versteht! *Gelächter und Hoho!!*

DER ALTE WITTIG, *ein grauhaariger Schmied, ohne Mütze, in Schurzfell und Holzpantinen, rußig, wie er aus der Werkstatt kommt, ist eingetreten und wartet am Schenksims stehend auf ein Glas Branntwein.* Laß ock du die geruhig a bissel a Theater machen. Die Hunde, die de viel kläffen, beißen nich.

STIMMEN ALTER WEBER. Wittig, Wittig!

WITTIG. Hie hängt a. Was gibbt's denn?

STIMMEN ALTER WEBER. Wittig ist da. – Wittig, Wittig! – Komm her, Wittig, setz dich zu uns! – Komm her zu uns, Wittig!

WITTIG. Ich wer mich in Obacht nehmen und wer mich zu solchen Goten setzen.

JÄGER. Komm, trink amal mit.

WITTIG. O behalt dir den'n Branntwein. Will ich trinken, zahl ich 'n selber. *Er setzt sich mit seinem Schnapsglas zu Baumert und Ansorge. Dem letzteren auf den Bauch klopfend.* Was haben die Weber fer eine Speis? Sauerkraut und Läusefleisch.

DER ALTE BAUMERT, *ekstatisch.* Nu aber wie d'nn da, wenn se nu und sein nimehr zufriede dermit?

WITTIG, *mit gemachtem Staunen den Weber dumm anglotzend.* Nu, nu, nu, sag mer ock, Heinerle, bist du's? *Unbändig herauslachend.* Ihr Leute, ihr Leute, ich lach mich tot. Der ale Baumert will Rebellion machen. Nu wern mersch hab'n: itzt fangen de Schneider ooch an, dann wern de Bälämmel rebellisch, dann de Mäuse und Ratten. O du meine Gitte, das werd a Tanz werden! *Er will sich ausschütten vor Lachen.*

DER ALTE BAUMERT. Nu sieh ock, Wittig, ich bin no immer derselbigte wie frieher. Ich sag u itzt noch: wenn's im guten ging, wärsch besser.

WITTIG. Dreck werd's gehn, aber nich im guden. Wo wär aso was im guden gangen? Is's etwa ei Frankreich im guden gangen? Hat etwa d'r Robspier a Reichen de Patschel gestreechelt? Da hieß's bloß: Allee, schaff fort! Immer nuf uf de Giljotine! Das muß gehn, allong sangfang. De gebratnen Gänse kommen een ni ins Maul geflog'n.

DER ALTE BAUMERT. Wenn ich ock und hätte hallwäge mein Auskommen...

ERSTER ALTER WEBER. Uns steht halt 's Wasser bis hierum, Wittig.

ZWEITER ALTER WEBER. Ma mag bald gar nimehr heem gehn. Ob ma nu schachtert, oder ma legt sich schlafen, ma hungert uf beede Arten.

ERSTER ALTER WEBER. D'rheeme verliert man vollens ganz a Verstand.

ANSORGE. Mir is jetzt schonn eegal, 's kommt aso oder aso.

STIMMEN ALTER WEBER, *mit steigender Erregung.* Nirgend hat ma Ruh.—
O ken'n Geist nich zur Arbeit hat man. — Oben bei uns in Steen-
kunzendorf sitzt eener schonn a ganzen Tag an d'r Bache und
wäscht sich, nackt, wie'n Gott gemacht hat. Dem hat's gar a Kopp
verwirrt.

DRITTER ALTER WEBER *erhebt sich, vom Geiste getrieben, und fängt an,
mit »Zungen« zu reden, den Finger drohend erhoben.* Es ist ein Gericht
in der Luft! Gesellet euch nicht zu den Reichen und Vornehmen!
Es ist ein Gericht in der Luft! Der Herr Zebaoth... *Einige lachen.
Er wird auf den Sitz niedergedrückt.*

WELZEL. Der derf ock a eenzichtes Gläsl trinken, da wirrt's 'n gleich
aus'n Koppe.

DRITTER ALTER WEBER *fährt wieder auf.* Doch ha! sie glauben an keinen
Gott, noch weder Hell noch Himmel. Religion ist nur ihr Spott...

ERSTER ALTER WEBER. Laß gutt sein, laß!

BÄCKER. Laß du den Mann sei Gesetzl beten. Das kann sich manch
eens zu Herzen nehmen.

VIELE STIMMEN, *tumultuarisch.* Laßt 'n reden! — Laßt 'n!

DRITTER ALTER WEBER, *mit gehobener Stimme.* Daher die Helle die Seele
weit aufgesperrt und den Rachen aufgetan, ohn alle Maße, daß
hinunterfahren alle die, so die Sache der Armen beugen und Gewalt
üben im Recht der Elenden, spricht der Herr. *Tumult. Der alte
Weber, plötzlich schülerhaft deklamierend.*

> Und doch wie wunderlich geht's,
> wenn man es recht will betrachten,
> wenn man des Leinewebers Arbeit will verachten!

BÄCKER. Mir sein aber Parchentweber. *Gelächter.*

HORNIG. A Leinwebern geht's noch viel elender. Die schleichen ock
bloßich noch wie de Gespenster zwischen a Bergen rum. Ihr dahier
habt doch noch Krien zum ufmucken.

WITTIG. Denkst du etwan, hie is schon 's Schlimmste vorieber? Das
bißl Forsche, was die noch im Leibe hab'n, das werd'n 'r de Fabri-
kante schon ooch vollens austreiben.

BÄCKER. A hat ja gesagt: de Weber werden noch fer 'ne Quarkschnitte
arbeiten. *Tumult.*

VERSCHIEDENE ALTE UND JUNGE WEBER. Wer hat das gesagt?

BÄCKER. Das hat Dreißiger ieber Weber gesagt.

EIN JUNGER WEBER. Das Aas sollt man ärschlich ufknippen.

JÄGER. Heer amal uf mich, Wittig, du hast immer aso viel derzählt von
d'r franzeschen Revolution. Du hast immer 's Maul aso voll genom-

men. Nu kennte vielleicht bald Gelegenheit wern, daß eener und
kennte zeigen, wie's mit'm beschaffen is: ob a a Großmaul is oder
a Ehrenmann.

WITTIG, *jähzornig aufbrausend.* Sag noch ee Wort, Junge! Hast du
geheert Kugeln pfeifen? Hast du uf Vorposten gestanden ei Fein-
desland?

JÄGER. Nu, bis ock ni falsch. Mir sein ja Kamraden. Ich hab's ja ni
schlimm gemeent.

WITTIG. Uf die Kamradschaft plamp ich. Du Laps, ufgeblasener!
Gendarm Kutsche kommt.

MEHRERE STIMMEN. Pscht, pscht, Pol'zei!
*Es wird eine unverhältnismäßig lange Zeit gezischt, bis völlige Ruhe
eingetreten ist.*

KUTSCHE, *unter tiefem Schweigen aller übrigen seinen Platz an der
Mittelsäule einnehmend.* An kleen Korn mecht ich bitten. *Wiederum
völlige Ruhe.*

WITTIG. Nu, Kutsche, sollst woll amal zum Rechten sehn hier bei uns?

KUTSCHE, *ohne auf Wittig zu hören.* Gu'n Tak o, Meister Wiegand.

WIEGAND, *noch immer in der Ecke vor dem Schenksims.* Scheen Dank,
Kutsche.

KUTSCHE. Wie geht's Geschäft?

WIEGAND. Dank fer de Nachfrage.

BÄCKER. D'r Verwalter hat Angst, m'r kennten uns a Magen verderben
von dem vielen Lohn, das m'r kriegen. — *Gelächter.*

JÄGER. Gell ock, Welzel, mir hab'n alle Schweinernes gegessen und Fett-
tunke und Kleeßl und Sauerkraut, und itzt trink m'r erscht noch
Schlampanjerwein. — *Gelächter.*

WELZEL. Hinten rum scheint die Sonne.

KUTSCHE. Und wenn ihr und hätt gleich Schlampanjer und Gebratnes,
derwegen werd ihr noch lange ni zufrieden sein. Ich hab o keen'n
Schlampanjer, und 's muß halt auch gehn.

BÄCKER, *mit Dezug auf Kutsches Nase.* Der begißt seine kohlrote Gurke
mit Branntwein und Schepsbier. Dad'ivon wird se ooch reif. —
Gelächter.

WITTIG. Aso a Schandarm hat a schweres Leben: eemal muß a an ver-
hungerten Betteljungen ins Loch stecken, dann muß a wieder amal
a hibsch Webermädel verfihrn, dann muß a sich wieder amal stern-
hagelsmäßig bekreeschen und 's Weib durchpriegeln, daß se vor
Himmelangst zu a Nachbarn gelaufen kommt; und aso uf'n Ferde
rumschappern, in a Federn liegen bis um neune, das is gar kee leichte
Ding dahie!

KUTSCHE. Schwatz du immerzu! Du wirscht dich schonn noch beizeiten
um a Hals räden. Ma weeß ja längst, was du fer a Briederle bist. Dei

ufrihrerisch Maulwerk das is längst bekannt bis nauf zum Landrat. Ich kenn een'n, der bringt ieber Jahr und Tag Weib und Kind eis Armenhaus mit Saufen und Kretschamhocken und sich selber ins Gefängnis, der wird ufhetzen und ufhetzen, bis 's wird a Ende mit Schrecken nehmen.

WITTIG *lacht bitter heraus.* Wer weeß ooch, was kommt?! Uf de Letzte kannste gar recht haben. *Jähzornig hervorbrechend.* Kommt's aber aso weit, dann weeß ich ooch, wem ich's zu verdanken hab, wer mich verklatscht hat bei a Fabrikanten und uf d'r Herrschaft und ver- schänd't und verleumd't, daß ich keen'n Schlag Arbeit mehr beseh — wer mir de Pauern hat uf a Hals gehetzt und de Miller, daß ich de ganze Woche kee Pferd zum Beschlagen kriege oder an Reefen um a Rad zu machen. Ich weeß, wer das is. Ich hab die infame Karnalje emal vom Ferde gezogen, weil se an kleen'n tummen Jungen wägen a paar unreifen Birnen mit'n Ochsenziemer hat durchgewalkt. Und ich sag dir, du kennst mich, bringst du mich ins Gefängnis, da mach du ooch gleich dei Testament. Heer ich ock was von weiter Ferne läuten, da nehm ich, was ich kriege, 's is nu a Hufeisen oder Hammer, 'ne Radspeiche oder a Wassereimer, und da such ich dich uf, und wenn ich dich soll aus'n Bette holen von deinem Mensche weg, ich reiß dich raus und schlag d'r a Schädel ein, so wahr wie ich Wittig heeße. *Er ist aufgesprungen und will auf Kutsche losgehn.*

ALTE UND JUNGE WEBER, *ihn zurückhaltend.* Wittig, Wittig, bleib bei Verstande.

KUTSCHE *hat sich unwillkürlich erhoben; sein Gesicht ist blaß. Während des Folgenden retiriert er. Je näher der Tür, desto mutiger wird er. Die letzten Worte spricht er schon auf der Türschwelle, um im nächsten Augenblick zu verschwinden.* Was willst du von mir? Mit dir hab ich nischt nich zu schaffen. Ich hab mit a hiesichten Webern zu reden. Dir hab ich nischt nich getan. Du gehst mich nischt an. Euch Webern aber soll ich's ausrichten: d'r Herr Polizeiverwalter läßt euch ver- bieten, das Lied zu singen — das Dreißicherlied, oder wie sich's ge- nennt. Und wenn das Gesinge uf d'r Gasse ni gleich ufheert, da wird a d'rfire sorgen, daß ihr im Stockhause mehr Zeit und Ruhe kriegt. Da kennt 'r dann singen bei Wasser und Brot, aso lange wie d'r lustig seid. *Ab.*

WITTIG *schreit ihm nach.* Gar nischt hat a uns zu verbieten, und wenn wir prill'n, daß de Fenster schwirr'n, und wenn ma uns heert bis in Reechenbach, und wenn wir singen, daß allen Fabrikanten de Häuser ieberm Koppe zusammenstirzen und allen Verwaltern de Helme uf'm Schädel tanzen. Das geht niemanden nischt an.

BÄCKER *ist inzwischen aufgestanden, hat pantomimisch das Zeichen zum Singen gegeben und beginnt nun selbst mit allen gemeinschaftlich.*

> Hier im Ort ist ein Gericht,
> noch schlimmer als die Vehmen,
> wo man nicht erst ein Urteil spricht,
> das Leben schnell zu nehmen.

*Der Wirt sucht zu beruhigen, wird aber nicht gehört. Wiegand hält sich
die Ohren zu und läuft fort. Die Weber erheben sich und ziehen unter
dem Gesang der folgenden Verse Wittig und Bäcker nach, die durch
Winke usw. das Zeichen zum allgemeinen Aufbruch gegeben haben.*

> Hier wird der Mensch langsam gequält,
> hier ist die Folterkammer,
> hier werden Seufzer viel gezählt
> als Zeugen von dem Jammer.

*Der größte Teil der Weber singt den folgenden Vers schon auf der Straße,
nur einige junge Burschen noch im Innern der Stube, während sie zah-
len. Am Schluß der nächsten Strophe ist das Zimmer leer bis auf Welzel,
seine Frau, seine Tochter, Hornig und den alten Baumert.*

> Ihr Schurken all, ihr Satansbrut,
> ihr höllischen Kujone,
> ihr freßt der Armen Hab und Gut,
> und Fluch wird euch zum Lohne.

WELZEL *räumt mit Gleichmut Gläser zusammen.* Die sein ja heute gar
  tälsch.
  Der alte Baumert ist im Begriff zu gehn.
HORNIG. Nu sag bloß, Baumert, was is denn im Gange?
DER ALTE BAUMERT. Zu Dreißichern gehn woll'n se halt, sehn, daß a
  was zulegt zum Lohne dahier.
WELZEL. Machst du ooch noch mit bei solchen Tollheeten?!
DER ALTE BAUMERT. Nu sieh ock, Welzel, an mir liegt's nich. A Junges
  kann manchmal, und a Altes muß. *Ein wenig verlegen ab.*
HORNIG *erhebt sich.* Das sollt mich doch wundern, wenn's hie ni amal
  beese käm.
WELZEL. Daß die alten Krepper a vollens a Verstand verliern!?
HORNIG. A jeder Mensch hat halt 'ne Sehnsucht.

VIERTER AKT

*Peterswaldau. — Privatzimmer des Parchentfabrikanten Dreißiger. Ein
im frostigen Geschmack der ersten Hälfte unseres Jahrhunderts luxuriös
ausgestatteter Raum. Die Decke, der Ofen, die Türen sind weiß: die Tapete*

gradlinig kleingeblümt und von einem kalten, bleigrauen Ton. Dazu kommen rotüberzogene Polstermöbel aus Mahagoniholz, reich geziert und geschnitzt, Schränke und Stühle von gleichem Material und wie folgt verteilt: rechts, zwischen zwei Fenstern mit kirschroten Damastgardinen, steht der Schreibsekretär, ein Schrank, dessen vordere Wand sich herabklappen läßt; ihm gerade gegenüber das Sofa, unweit davon ein eiserner Geldschrank, vor dem Sofa der Tisch, Sessel und Stühle; an der Hinterwand ein Gewehrschrank. Diese sowie die andern Wände sind durch schlechte Bilder in Goldrahmen teilweise verdeckt. Über dem Sofa hängt ein Spiegel mit stark vergoldetem Rokokorahmen. Eine einfache Tür links führt in den Flur, eine offene Flügeltür der Hinterwand in einen mit dem gleichen ungemütlichen Prunk überladenen Salon. Im Salon bemerkt man zwei Damen, Frau Dreißiger und Frau Pastor Kittelhaus, damit beschäftigt, Bilder zu besehen — ferner den Pastor Kittelhaus im Gespräch mit dem Kandidaten und Hauslehrer Weinhold.

KITTELHAUS, *ein kleines, freundliches Männchen, tritt gemütlich plaudernd und rauchend mit dem ebenfalls rauchenden Kandidaten in das Vorzimmer; dort sieht er sich um und schüttelt, da er niemand bemerkt, verwundert den Kopf.* Es ist ja durchaus nicht zu verwundern, Herr Kandidat: Sie sind jung. In Ihrem Alter hatten wir Alten — ich will nicht sagen dieselben Ansichten, aber doch ähnliche. Ähnliche jedenfalls. Und es ist ja auch was Schönes um die Jugend — um alle die schönen Ideale, Herr Kandidat. Leider nur sind sie flüchtig, flüchtig wie Aprilsonnenschein. Kommen Sie erst in meine Jahre! Wenn man erst mal dreißig Jahre das Jahr zweiundfünfzigmal — ohne die Feiertage — von der Kanzel herunter den Leuten sein Wort gesagt hat, dann ist man notwendigerweise ruhiger geworden. Denken Sie an mich, wenn es mit Ihnen so weit sein wird, Herr Kandidat.

WEINHOLD, *neunzehnjährig, bleich, mager, hochaufgeschossen, mit schlichtem, langem Blondhaar. Er ist sehr unruhig und nervös in seinen Bewegungen.* Bei aller Ehrerbietung, Herr Pastor... Ich weiß doch nicht... Es existiert doch eine große Verschiedenheit in den Naturen.

KITTELHAUS. Lieber Herr Kandidat, Sie mögen ein noch so unruhiger Geist sein — *im Tone eines Verweises.* Und das sind Sie — Sie mögen noch so heftig und ungebärdig gegen die bestehenden Verhältnisse angehen, das legt sich alles. Ja, ja, ich gebe ja zu, wir haben ja Amtsbrüder, die in ziemlich vorgeschrittenem Alter noch recht jugendliche Streiche machen. Der eine predigt gegen die Branntweinpest und gründet Mäßigkeitsvereine, der andere verfaßt Aufrufe, die sich unleugbar recht ergreifend lesen. Aber was erreicht er damit? Die Not unter den Webern wird, wo sie vorhanden ist, nicht gemildert. Der soziale Frieden dagegen wird untergraben. Nein, nein, da möchte

man wirklich fast sagen: Schuster, bleib bei deinem Leisten! Seel-
sorger, werde kein Wanstsorger! Predige dein reines Gotteswort, und
im übrigen laß den sorgen, der den Vögeln ihr Bett und ihr Futter
bereitet hat und die Lilie auf dem Felde nicht läßt verderben. — Nun
aber möcht' ich doch wirklich wissen, wo unser liebenswürdiger Wirt
so plötzlich hingekommen ist.

FRAU DREISSIGER *kommt mit der Pastorin nach vorn. Sie ist eine dreißig-
jährige, hübsche Frau von einem kernigen und robusten Schlage. Ein
gewisses Mißverhältnis zwischen ihrer Art zu reden oder sich zu be-
wegen und ihrer vornehm reichen Toilette ist auffällig.* Se haben ganz
recht, Herr Pastor. Wilhelm macht's immer so. Wenn 'n was einfällt,
da rennt er fort und läßt mich sitzen. Da hab' ich schon so drüber
gered't, aber da mag man sagen, was man will.

KITTELHAUS. Liebe, gnädige Frau, dafür ist er Geschäftsmann.

WEINHOLD. Wenn ich nicht irre, ist unten etwas vorgefallen.

DREISSIGER *kommt. Echauffiert, aufgeregt.* Nun, Rosa, ist der Kaffee
serviert?

FRAU DREISSIGER *schmollt.* Ach, daß du ooch immer fortlaufen mußt.

DREISSIGER, *leichthin.* Ach, was weißt du!

KITTELHAUS. Um Vergebung! Haben Sie Ärger gehabt, Herr Dreißiger?

DREISSIGER. Den hab' ich alle Tage, die Gott der Herr werden läßt,
lieber Herr Pastor. Daran bin ich gewöhnt. Nun, Rosa?! Du sorgst
wohl dafür.

FRAU DREISSIGER *geht mißlaunig und zieht mehrmals heftig an dem brei-
ten gestickten Klingelzug.*

DREISSIGER. Jetzt eben — *nach einigen Umgängen* — Herr Kandidat,
hätte ich Ihnen gewünscht, dabei zu sein. Da hätten Sie was erleben
können. Übrigens... Kommen Sie, fangen wir unsern Whist an!

KITTELHAUS. Ja, ja, ja und nochmals ja! Schütteln Sie des Tages Staub
und Last von den Schultern, und gehören Sie uns!

DREISSIGER *ist ans Fenster getreten, schiebt eine Gardine beiseite und blickt
hinaus. Unwillkürlich:* Bande!!! — Komm doch mal her, Rosa! *Sie
kommt.* Sag doch mal: dieser lange, rothaarige Mensch dort!

KITTELHAUS. Das ist der sogenannte rote Bäcker.

DREISSIGER. Nu sag mal, ist das vielleicht derselbe, der dich vor zwei
Tagen insultiert hat? Du weißt ja, was du mir erzähltest, als dir
Johann in den Wagen half.

FRAU DREISSIGER *macht einen schiefen Mund, gedehnt.* Ich wöß nich
mehr.

DREISSIGER. Aber so laß doch jetzt das Beleidigttun. Ich muß das näm-
lich wissen. Ich habe die Frechheiten nun nachgerade satt. Wenn es
der ist, so zieh' ich ihn nämlich zur Verantwortung. *Man hört das
Weberlied singen.* Nun hören Sie bloß, hören Sie bloß!

KITTELHAUS, *überaus entrüstet.* Will denn dieser Unfug wirklich immer noch kein Ende nehmen? Nun muß ich aber wirklich auch sagen: es ist Zeit, daß die Polizei einschreitet. Gestatten Sie mir doch mal! *Er tritt ans Fenster.* Nun sehen Sie an, Herr Weinhold! Das sind nun nicht bloß junge Leute, da laufen auch alte, gesetzte Weber in Masse mit. Menschen, die ich lange Jahre für höchst ehrenwert und gottesfürchtig gehalten habe, sie laufen mit. Sie nehmen teil an diesem unerhörten Unfug. Sie treten Gottes Gesetz mit Füßen. Wollen Sie diese Leute vielleicht nun noch in Schutz nehmen?

WEINHOLD. Gewiß nicht, Herr Pastor. Das heißt, Herr Pastor, cum grano salis. Es sind eben hungrige,·unwissende Menschen. Sie geben halt ihre Unzufriedenheit kund, wie sie's verstehen. Ich erwarte gar nicht, daß solche Leute...

FRAU KITTELHAUS, *klein, mager, verblüht, gleicht mehr einer alten Jungfer als einer alten Frau.* Herr Weinhold, Herr Weinhold! aber ich bitte Sie!

DREISSIGER. Herr Kandidat, ich bedaure sehr... Ich habe Sie nicht in mein Haus genommen, damit Sie mir Vorlesungen über Humanität halten. Ich muß Sie ersuchen, sich auf die Erziehung meiner Knaben zu beschränken, im übrigen aber meine Angelegenheiten mir zu überlassen, mir ganz allein! Verstehen Sie mich?

WEINHOLD *steht einen Augenblick starr und totenblaß und verbeugt sich dann mit einem fremden Lächeln. Leise.* Gewiß, gewiß, ich habe Sie verstanden. Ich sah es kommen; es·entspricht meinen Wünschen. *Ab.*

DREISSIGER, *brutal.* Dann aber doch möglichst bald, wir brauchen das Zimmer.

FRAU DREISSIGER. Aber Wilhelm, Wilhelm!

DREISSIGER. Bist du wohl bei Sinnen? Du willst einen Menschen in Schutz nehmen, der solche Pöbeleien und Schurkereien wie dieses Schmählied da verteidigt?!

FRAU DREISSIGER. Aber Männdel, Männdel, er hat's ja gar nich...

DREISSIGER. Herr Pastor, hat er's verteidigt, oder hat er's nicht verteidigt?

KITTELHAUS. Herr Dreißiger, man muß es seiner Jugend zugute halten.

FRAU KITTELHAUS. Ich weiß nicht, der junge Mensch ist aus einer so guten und achtbaren Familie. Vierzig Jahr' war sein Vater als Beamter tätig und hat sich nie auch nur das geringste zuschulden kommen lassen. Die Mutter war so überglücklich, daß er hier ein so schönes Unterkommen gefunden hatte. Und nun, nun weiß er sich das so wenig wahrzunehmen.

PFEIFER *reißt die Flurtür auf, schreit herein.* Herr Dreißicher, Herr Dreißicher! se hab'n 'n feste. Se mechten kommen. Se haben een'n gefangen.

DREISSIGER, *hastig.* Ist jemand zur Polizei gelaufen?

PFEIFER. D'r Herr Verwalter kommt schonn die Treppe ruf.

DREISSIGER, *in der Tür.* Ergebener Diener, Herr Verwalter! Es freut mich, daß Sie gekommen sind.

KITTELHAUS *macht den Damen pantomimisch begreiflich, daß es besser sei, sich zurückzuziehen. Er, seine Frau und Frau Dreißiger verschwinden in den Salon.*

DREISSIGER, *im höchsten Grade aufgebracht, zu dem inzwischen eingetretenen Polizeiverwalter.* Herr Verwalter, ich habe nun endlich einen der Hauptsänger von meinen Färbereiarbeitern festnehmen lassen. Ich konnte das nicht mehr weiter mit ansehen. Die Frechheit geht einfach ins Grenzenlose. Es ist empörend. Ich habe Gäste, und diese Schufte erdreisten sich... sie insultieren meine Frau, wenn sie sich zeigt; meine Knaben sind ihres Lebens nicht sicher. Ich riskiere, daß sie meine Gäste mit Püffen traktieren. Ich gebe Ihnen die Versicherung, wenn es in einem geordneten Gemeinwesen ungestraft möglich sein sollte, unbescholtene Leute, wie ich und meine Familie, fortgesetzt öffentlich zu beschimpfen... ja dann... dann müßte ich bedauern, andere Begriffe von Recht und Gesittung zu haben.

POLIZEIVERWALTER, *etwa fünfzigjähriger Mann, mittelgroß, korpulent, vollblütig. Er trägt Kavallerieuniform mit Schleppsäbel und Sporen.* Gewiß nicht... Nein, gewiß nicht, Herr Dreißiger! Verfügen Sie über mich. Beruhigen Sie sich nur, ich stehe ganz zu Ihrer Verfügung. Es ist ganz in der Ordnung... Es ist mir sogar sehr lieb, daß Sie einen der Hauptschreier haben festnehmen lassen. Es ist mir sehr recht, daß die Sache nun endlich mal zum Klappen kommt. Es sind so'n paar Friedensstörer hier, die ich schon lange auf der Pike habe.

DREISSIGER. So'n paar grüne Burschen, ganz recht, arbeitsscheues Gesindel, faule Lümmels, die ein Luderleben führen, Tag für Tag in den Schenken rumhocken, bis der letzte Pfennig durch die Gurgel gejagt ist. Aber nun bin ich entschlossen, ich werde diesen berufsmäßigen Schandmäulern das Handwerk legen, gründlich. Es ist im allgemeinen Interesse, nicht nur im eigenen Interesse.

POLIZEIVERWALTER. Unbedingt! ganz unbedingt, Herr Dreißiger. Das kann Ihnen kein Mensch verdenken. Und soviel in meinen Kräften steht...

DREISSIGER. Mit dem Kantschu müßte man hineinfahren in das Lumpengesindel.

POLIZEIVERWALTER. Ganz recht, ganz recht. Es muß ein Exempel statuiert werden.

GENDARM KUTSCHE *kommt und nimmt Stellung. Man hört, da die Flurtür offen ist, das Geräusch von schweren Füßen, welche die Treppe herauf-*

poltern. Herr Verwalter, ich melde gehorsamst: m'r hab'n einen Menschen festgenommen.

DREISSIGER. Wollen Sie den Menschen sehen, Herr Polizeiverwalter?

POLIZEIVERWALTER. Ganz gewiß, ganz gewiß. Wir wollen ihn zuallererst mal aus nächster Nähe betrachten. Tun Sie mir den Gefallen, Herr Dreißiger, und bleiben Sie ganz ruhig. Ich verschaffe Ihnen Genugtuung, oder ich will nicht Heide heißen.

DREISSIGER. Damit kann ich mich nicht zufrieden geben, der Mensch kommt unweigerlich vor den Staatsanwalt.

JÄGER *wird von fünf Färbereiarbeitern hereingeführt, die, an Gesicht, Händen und Kleidern mit Farbe befleckt, direkt von der Arbeit herkommen. Der Gefangene hat die Mütze schief sitzen, trägt eine freche Heiterkeit zur Schau und befindet sich infolge des vorherigen Branntweingenusses in gehobenem Zustand.* O ihr älenden Kerle! Arbeiter wollt 'r sein? Kamraden wollt 'r sein? Eh ich das machte — eh ich mich vergreifen tät a mein'n Genossen, da tät ich denken, die Hand mißt m'r verfaul'n dahier! *Auf einen Wink des Verwalters hin veranlaßt Kutsche, daß die Färber ihre Hände von dem Opfer nehmen. Jäger steht nun frei und frech da, während um ihn alle Türen verstellt werden.*

POLIZEIVERWALTER *schreit Jäger an.* Mütze ab, Flegel! *Jäger nimmt sie ab, aber sehr langsam, ohne sein ironisches Lächeln aufzugeben.* Wie heißt du?

JÄGER. Hab ich mit dir schonn die Schweine gehit't?
Unter dem Eindruck der Worte entsteht eine Bewegung unter den Anwesenden.

DREISSIGER. Das ist stark.

POLIZEIVERWALTER *wechselt die Farbe, will aufbrausen, kämpft den Zorn nieder.* Das übrige wird sich finden. Wie du heißt, frage ich dich! *Als keine Antwort erfolgt, rasend.* Kerl, sprich, oder ich lasse dir fünfundzwanzig überreißen.

JÄGER, *mit vollkommener Heiterkeit und ohne auch nur durch ein Wimperzucken auf die wütende Einrede zu reagieren, über die Köpfe der Anwesenden hinweg zu einem hübschen Dienstmädchen, das, im Begriff, den Kaffee zu servieren, durch den unerwarteten Anblick betroffen, mit offenem Munde stehengeblieben ist.* Nu sag m'r ock, Plättbrettl-Emilie, bist du jetzt bei der Gesellschaft?! Na da sieh ock, daß de hier nausfind'st. Hie kann amal d'r Wind gehn, und der bläst alles weg ieber Nacht. *Das Mädchen starrt Jäger an, wird, als sie begreift, daß die Rede ihr gilt, rot vor Scham, schlägt sich die Hände vor die Augen und läuft hinaus, das Geschirr zurücklassend, wie es gerade steht und liegt. Wiederum entsteht eine Bewegung unter den Anwesenden.*

POLIZEIVERWALTER, *nahezu fassungslos zu Dreißiger*. So alt wie ich bin, eine solche unerhörte Frechheit ist mir doch...

JÄGER *spuckt aus*.

DREISSIGER. Kerl, du bist in keinem Viehstall, verstanden?!

POLIZEIVERWALTER. Nun bin ich am Ende mit meiner Geduld. Zum letztenmal: wie heißt du?

KITTELHAUS, *der während der letzten Szene hinter der ein wenig geöffneten Salontür hervorgeblickt und gehorcht hat, kommt nun, durch die Geschehnisse hingerissen, um, bebend vor Erregung, zu intervenieren. Er* heißt Jäger, Herr Verwalter. Moritz... nicht? Moritz Jäger. *Zu Jäger.* Nu sag bloß, Jäger, kennst du mich nich mehr?

JÄGER, *ernst*. Sie sein Pastor Kittelhaus.

KITTELHAUS. Ja, dein Seelsorger, Jäger! Derselbe, der dich als kleines Wickelkind in die Gemeinschaft der Heiligen aufgenommen hat. Derselbe, aus dessen Händen du zum erstenmal den Leib des Herrn empfangen hast. Erinnerst du dich noch? Da hab' ich mich nun gemüht und gemüht und dir das Wort Gottes ans Herz gelegt. Ist das nun die Dankbarkeit?

JÄGER, *finster, wie ein geduckter Schuljunge*. Ich hab' ja een Taler Geld ufgelegt.

KITTELHAUS. Geld, Geld... Glaubst du vielleicht, daß das schnöde, erbärmliche Geld... Behalt dir dein Geld, das ist mir viel lieber. Was das für ein Unsinn ist! Sei brav, sei ein Christ! Denk an das, was du gelobt hast. Halt Gottes Gebote, sei gut und sei fromm. Geld, Geld...

JÄGER. Ich bin Quäker, Herr Pastor, ich gloob an nischt mehr.

KITTELHAUS. Was, Quäker, ach rede doch nicht! Mach, daß du dich besserst, und laß unverdaute Worte aus dem Spiel! Das sind fromme Leute, nicht Heiden wie du. Quäker! was Quäker!

POLIZEIVERWALTER. Mit Erlaubnis, Herr Pastor. *Er tritt zwischen ihn und Jäger.* Kutsche! binden Sie ihm die Hände! *Wüstes Gebrüll von draußen:* Jäger! Jäger soll rauskommen!

DREISSIGER, *gelinde erschrocken wie die übrigen Anwesenden, ist unwillkürlich ans Fenster getreten.* Was heißt denn das nun wieder?

POLIZEIVERWALTER. Oh, das versteh' ich. Das heißt, daß sie den Lumpen wieder raushaben wollen. Den Gefallen werden wir ihnen nun aber mal nicht tun. Verstanden, Kutsche? Er kommt ins Stockhaus.

KUTSCHE, *mit dem Strick in der Hand, zögernd*. Mit Respekt zu vermelden, Herr Verwalter, wir werden woll unsere Not haben. Es ist eine ganz verfluchte Hetze Menschen. De richt'ge Schwefelbande, Herr Verwalter. Da is der Bäcker, da is der Schmied...

KITTELHAUS. Mit gütiger Erlaubnis — um nicht noch mehr böses Blut zu machen, würde es nicht angemessener sein, Herr Verwalter, wir

versuchten es friedlich? Vielleicht verpflichtet sich der Jäger, gut-
willig mitzugehen oder so...

POLIZEIVERWALTER. Wo denken Sie hin!! Meine Verantwortung! Auf
so etwas kann ich mich unmöglich einlassen. Vorwärts, Kutsche!
nich lange gefackelt!

JÄGER, *die Hände zusammenlegend und lachend hinhaltend.* Immer feste,
feste, aso feste, wie 'r kennt. 's is ja doch nich uf lange. *Er wird
gebunden von Kutsche mit Hilfe der Kameraden.*

POLIZEIVERWALTER. Nu vorwärts, marsch! *Zu Dreißiger.* Wenn Sie
Sorge haben, dann lassen Sie sechs Mann von den Färbern mitgehen.
Die können ihn in die Mitte nehmen. Ich reite voran, Kutsche folgt.
Wer sich entgegenstellt, wird niedergehauen.
Geschrei von unten: Kikeriki—i!! Wau wau, wau!

POLIZEIVERWALTER, *nach dem Fenster drohend.* Kanaillen! ich werde
euch bekikerikien und bewauwauen. Marsch, vorwärts! *Er schreitet
voran hinaus mit gezogenem Säbel, die andern folgen mit Jäger.*

JÄGER *schreit im Abgehen.* Und wenn sich de gnäd'ge Frau Dreißichern
o noch aso stolz macht, die is deshalb ni mehr wie unsereens. Die
hat mein Vater viel hundertmal fer drei Fennige Schnaps vorgesetzt.
Schwadron links schwenkt, marsch, marsch! *Ab mit Gelächter.*

DREISSIGER, *nach einer Pause, scheinbar gelassen.* Wie denken Sie, Herr
Pastor? Wollen wir nun nicht unsern Whist machen? Ich denke, der
Sache steht nun nichts mehr im Wege. *Er zündet sich eine Zigarre an,
dabei lacht er mehrmals kurz, sobald sie brennt, laut heraus:* Nu fang'
ich an, die Geschichte komisch zu finden. Dieser Kerl! *In einem ner-
vösen Lachausbruch:* Es ist aber auch unbeschreiblich lächerlich. Erst
der Krakeel bei Tisch mit dem Kandidaten. Fünf Minuten darauf
empfiehlt er sich. Fort über alle Berge! Dann diese Geschichte. Und
nun spielen wir unsern Whist weiter.

KITTELHAUS. Ja aber... *Gebrüll von unten.* Ja, aber... Wissen Sie: die
Leute machen einen so schrecklichen Skandal.

DREISSIGER. Ziehen wir uns einfach in das andere Zimmer zurück. Da
sind wir ganz ungestört.

KITTELHAUS, *unter Kopfschütteln.* Wenn ich nur wüßte, was in diese
Menschen gefahren ist! Ich muß dem Kandidaten darin recht geben,
wenigstens war ich bis vor kurzem auch der Ansicht, die Webers-
leute wären ein demütiger, geduldiger und lenksamer Menschen-
schlag. Geht es Ihnen nicht auch so, Herr Dreißiger?

DREISSIGER. Freilich waren sie geduldig und lenksam, freilich waren es
früher gesittete und ordentliche Leute. Solange nämlich die Huma-
nitätsdusler ihre Hand aus dem Spiele ließen. Da ist ja den Leuten
lange genug klargemacht worden, in welchem entsetzlichen Elend
sie drinstecken. Bedenken Sie doch: all die Vereine und Komitees

zur Abhilfe der Webernot. Schließlich glaubt es der Weber, und nun hat er den Vogel. Nun komme einer her und rücke ihnen den Kopf wieder zurecht. Jetzt ist er im Zuge. Jetzt murrt er ohne aufzuhören. Jetzt paßt ihm das nicht und jen's nicht. Jetzt möchte alles gemalt und gebraten sein.

Plötzlich ein vielstimmiges, aufschwellendes Hurragebrüll.

KITTELHAUS. So haben sie denn mit all ihrer Humanität nichts weiter zuwege gebracht, als daß aus Lämmern über Nacht buchstäblich Wölfe geworden sind.

DREISSIGER. Ach was! bei kühlem Verstande, Herr Paster, kann man der Sache vielleicht sogar noch 'ne gute Seite abgewinnen. Solche Vorkommnisse werden vielleicht in den leitenden Kreisen nicht unbemerkt bleiben. Möglicherweise kommt man dort doch mal zu der Überzeugung, daß es so nicht mehr lange weitergehen kann, daß etwas geschehen muß, wenn unsre heimische Industrie nicht völlig zugrunde gehen soll.

KITTELHAUS. Ja, woran liegt aber dieser enorme Rückgang, sagen Sie bloß?

DREISSIGER. Das Ausland hat sich gegen uns durch Zölle verbarrikadiert. Dort sind uns die besten Märkte abgeschnitten, und im Inland müssen wir ebenfalls auf Tod und Leben konkurrieren, denn wir sind preisgegeben, völlig preisgegeben.

PFEIFER *kommt atemlos und blaß hereingewankt.* Herr Dreißicher, Herr Dreißicher!

DREISSIGER, *bereits in der Salontür, im Begriff zu gehen, wendet sich geärgert.* Nu, Pfeifer, was gibt's schon wieder?

PFEIFER. Nee, nee... nu laßt mich zufriede!

DREISSIGER. Was ist denn nu los?

KITTELHAUS. Sie machen einem ja Angst; reden Sie doch!

PFEIFER, *immer noch nicht bei sich.* Na, da laßt mich zufriede! nee so was! nee so was aber ooch! Die Obrigkeit... na, den wird's gutt gehn.

DREISSIGER. In's Teufels Namen, was is Ihnen denn in die Glieder geschlagen? Hat jemand den Hals gebrochen?

PFEIFER, *fast weinend vor Angst, schreit heraus.* Se hab'n a Jäger Moritz befreit, a Verwalter gepriegelt und fortgejagt, a Schandarm gepriegelt und fortgejagt. Ohne Helm... a Säbel zerbrochen... nee, nee!

DREISSIGER. Pfeifer, Sie sind wohl übergeschnappt.

KITTELHAUS. Das wäre ja Revolution.

PFEIFER, *auf einem Stuhl sitzend, am ganzen Leibe zitternd, wimmernd.* Herr Dreißicher, 's wird ernst! Herr Dreißicher, 's wird ernst!

DREISSIGER. Na, dann kann mir aber die ganze Polizei...

PFEIFER. Herr Dreißicher, 's wird ernst!

DREISSIGER. Ach, halten Sie's Maul, Pfeifer! Zum Donnerwetter!

FRAU DREISSIGER, *mit der Pastorin aus dem Salon.* Ach, das ist aber wirklich empörend, Wilhelm. Der ganze schöne Abend wird uns verdorben. Nu hast du's, nu will die Frau Pastern am liebsten zu Hause gehn.

KITTELHAUS. Liebe, gnädige Frau Dreißiger, es ist doch vielleicht heute wirklich das beste...

FRAU DREISSIGER. Aber Wilhelm, du solltest doch auch mal gründlich dazwischen fahren.

DREISSIGER. Geh du doch und sag's 'n! Geh du doch! Geh du doch! *Vor dem Pastor stillstehend, unvermittelt.* Bin ich denn ein Tyrann? Bin ich denn ein Menschenschinder?

KUTSCHER JOHANN *kommt.* Gnäd'ge Frau, ich hab de Pferde derweile angeschirrt. A Jorgel und 's Karlchen hat d'r Herr Kandedate schon in a Wagen gesetzt. Kommt's gar schlimm, da fahr m'r los.

FRAU DREISSIGER. Ja, was soll denn schlimm kommen?

JOHANN. Nu ich weeß halt au ni. Ich meen halt aso! 's wern halt immer mehr Leute. Se hab'n halt doch a Verwalter mit samst'n Schandarme fortgejagt.

PFEIFER. 's wird ernst, Herr Dreißiger! 's wird ernst!

FRAU DREISSIGER, *mit steigender Angst.* Ja, was soll denn werden? Was wollen die Leute? Se könn uns doch nich ieberfallen, Johann?

JOHANN. Frau Madame, 's sein riede Hunde drunter.

PFEIFER. 's wird ernst, bittrer Ernst.

DREISSIGER. Maul halten, Esel! Sind die Türen verrammelt?

KITTELHAUS. Tun Sie mir den Gefallen... Tun Sie mir den Gefallen... Ich habe einen Entschluß gefaßt... Tun Sie mir den Gefallen... *Zu Johann:* Was verlangen denn die Leute?

JOHANN, *verlegen.* Mehr Lohn woll'n se halt hab'n, die tummen Luder.

KITTELHAUS. Gut, schön! — Ich werde hinausgehen und meine Pflicht tun. Ich werde mit den Leuten mal ernstlich reden.

JOHANN. Herr Paster, Herr Paster! das lassen Se ock unterwegens. Hie is jedes Wort umsonste.

KITTELHAUS. Lieber Herr Dreißiger, noch ein Wörtchen. Ich möchte Sie bitten: stellen Sie Leute hinter die Tür, und lassen Sie sogleich hinter mir abschließen.

FRAU KITTELHAUS. Ach, willst du das wirklich, Joseph?

KITTELHAUS. Ich will es. Ich will es. Ich weiß, was ich tue. Hab keine Sorge, der Herr wird mich schützen.

FRAU KITTELHAUS *drückt ihm die Hand, tritt zurück und wischt sich Tränen aus den Augen.*

KITTELHAUS, *indes von unten herauf ununterbrochen das dumpfe Geräusch einer großen, versammelten Menschenmenge heraufdringt.* Ich werde

mich stellen... Ich werde mich stellen, als ob ich ruhig nach Hause
ginge. Ich will doch sehen, ob mein geistliches Amt... ob nicht mehr
so viel Respekt bei diesen Leuten... Ich will doch sehen... *Er nimmt
Hut und Stock.* Vorwärts also, in Gottes Namen. *Ab, begleitet von
Dreißiger, Pfeifer und Johann.*

FRAU KITTELHAUS. Liebe Frau Dreißiger — *sie bricht in Tränen aus und
umhalst sie* — wenn ihm nur nicht ein Unglück zustößt!

FRAU DREISSIGER, *wie abwesend.* Ich weeß gar nich, Frau Pastern, mir
is aso... Ich weeß gar nich, wie mir zumute is. So was kann doch reen
gar nich menschenmeeglich sein. Wenn das aso is... das is ja grade,
als wie wenn's Reichtum a Verbrechen wär. Sehn S' ock, wenn mir
das hätte jemand gesagt, ich weeß gar nich, Frau Pastern, am Ende
wär ich lieber in mein kleenlichen Verhältnissen drinnegeblieben.

FRAU KITTELHAUS. Liebe Frau Dreißiger, es gibt in allen Verhältnissen
Enttäuschungen und Ärger genug.

FRAU DREISSIGER. Nu freilich, nu freilich, das denk ich mir doch ooch
eben. Und daß mir mehr haben als andere Leute... nu Jes's, mir
haben's doch ooch nich gestohlen. 's is doch Heller fer Fennig uf
rechtlichem Wege erworben. So was kann doch reen gar nich meeg-
lich sein, daß die Leute ieber een herfallen. Is denn mein Mann
schuld, wenn's Geschäfte schlecht geht?
*Von unten herauf dringt tumultuarisches Gebrüll. Während die beiden
Frauen noch bleich und erschrocken einander anblicken, stürzt Dreißiger
herein.*

DREISSIGER. Rosa, wirf dir was über und spring in den Wagen, ich
komme gleich nach! *Er stürzt nach dem Geldschrank, schließt ihn auf
und entnimmt ihm verschiedene Wertsachen.*

JOHANN *kommt.* Alles bereit! Aber nu schnell, eh's Hintertor ooch
besetzt is!

FRAU DREISSIGER, *in panischem Schrecken den Kutscher umhalsend.*
Johann, liebster Johann! Rett' uns, allerallerallerbester Johann!
Rette meine Jungen, ach, ach...

DREISSIGER. Sei doch vernünftig! Laß doch den Johann los!

JOHANN. Madam, Madam! Sein S' ock ganz ruhig. Unse Rappen sein
gutt im Stande. Die holt keener ein. Wer de ni beiseite geht, wird
iebergefahr'n. *Ab.*

FRAU KITTELHAUS, *in ratloser Angst.* Aber mein Mann? Aber, aber mein
Mann? Aber, Herr Dreißiger, mein Mann?

DREISSIGER. Frau Pastor, Frau Pastor, er ist ja gesund. Beruhigen Sie
sich doch nur, er ist ja gesund.

FRAU KITTELHAUS. Es ist ihm was Schlimmes zugestoßen. Sie sagen's
bloß nicht. Sie sagen's bloß nicht.

DREISSIGER. O lassen Sie's gut sein, die werden's bereun. Ich weiß

ganz genau, wessen Hände dabei waren. Eine so namenlose, scham-
lose Frechheit bleibt nicht ungerochen. Eine Gemeinde, die ihren
Seelsorger mißhandelt, pfui Teufel! Tolle Hunde, nichts weiter, toll
gewordene Bestien, die man demgemäß behandeln wird. *Zu Frau
Dreißiger, die wie betäubt dasteht:* Nu so geh doch und rühr dich. *Man
hört gegen die Haustür schlagen.* Hörst du denn nicht? Das Gesindel
ist wahnsinnig geworden. *Man hört Klimpern von zerbrechenden
Scheiben, die im Parterre eingeworfen werden.* Das Gesindel hat den
Sonnenkoller. Da bleibt nichts übrig, wir müssen machen, daß wir
fortkommen.
Man hört vereint rufen. Expedient Feifer soll rauskommen! – Expe-
dient Feifer soll rauskommen!

FRAU DREISSIGER. Feifer, Feifer, sie wollen Feifer raushaben.

PFEIFER *stürzt herein.* Herr Dreißicher, am Hintertor stehn o schonn
Leute. De Haustier hält keene drei Minuten mehr. D'r Wittigschmied
haut mit an Ferdeeimer drauf nei wie a Unsinniger.
Von unten Gebrüll lauter und deutlicher. Expedient Feifer soll raus-
kommen! – Expedient Feifer soll rauskommen!

FRAU DREISSIGER *rennt davon, wie gejagt; ihr nach Frau Kittelhaus.
Beide ab.*

PFEIFER *horcht auf, wechselt die Farbe, versteht den Ruf und ist im näch-
sten Moment von wahnsinniger Angst erfaßt. Das Folgende weint,
wimmert, bettelt, winselt er in rasender Schnelligkeit durcheinander.
Dabei überhäuft er Dreißiger mit kindischen Liebkosungen, streichelt
ihm Wangen und Arme, küßt seine Hände und umklammert ihn schließ-
lich wie ein Ertrinkender, ihn dadurch hemmend und fesselnd und nicht
von ihm loslassend.* Ach liebster, scheenster, allergnädigster Herr
Dreißicher, lassen Sie mich nich zuricke, ich hab Ihn immer treu
gedient; ich hab ooch de Leute immer gutt behandelt. Mehr Lohn,
wie festgesetzt war, konnt ich'n doch nich geben. Verlassen Se mich
nich, se machen mich kalt. Wenn se mich finden, schlagen se mich
tot. Ach Gott im Himmel, ach Gott im Himmel! Meine Frau, meine
Kinder...

DREISSIGER, *indem er abgeht, vergeblich bemüht, sich von Pfeifer los-
zumachen.* Lassen Sie mich doch wenigstens los, Mensch! Das wird
sich ja finden; das wird sich ja alles finden. *Ab mit Pfeifer.*
*Einige Sekunden bleibt der Raum leer. Im Salon zerklirren Fenster. Ein
starker Krach durchschallt das Haus, hierauf brausendes Hurra, danach
Stille. Einige Sekunden vergehen, dann hört man leises und vorsichtiges
Trappen die Stufen zum ersten Stock empor, dazu nüchterne und
schüchterne Ausrufe:*
links! – oben nuf! – pscht! – langsam! langsam! – schipp ock
nich! – hilf schirjen! – praatz, hab ich a Ding! – macht fort, ihr

Wirgebänder! — mir gehn zur Hochzeit! — geh du nei! — o geh du!
*Es erscheinen nun junge Weber und Webermädchen in der Flurtür, die
nicht wagen einzutreten und eines das andere hereinzustoßen suchen.
Nach einigen Sekunden ist die Schüchternheit überwunden, und die
ärmlichen, magern, teils kränklichen, zerlumpten oder geflickten Ge-
stalten verteilen sich in Dreißigers Zimmer und im Salon, alles zunächst
neugierig und scheu betrachtend, dann betastend. Mädchen versuchen
die Sofas; es bilden sich Gruppen, die ihr Bild im Spiegel bewundern.
Es steigen einzelne auf Stühle, um die Bilder zu betrachten und herab-
zunehmen, und dazwischen strömen immer neue Jammergestalten vom
Flur herein.*

EIN ALTER WEBER *kommt.* Nee, nee, da laßt mich aber doch zufriede!
Unten da fangen se gar schonn an und richten an Sache zugrunde.
Nu die Tollheet! Da is doch kee Sinn und kee Verstand o nich drinne.
Ums Ende wird das noch gar sehr a beese Ding. Wer hie an hellen
Kopp behält, der macht ni mit. Ich wer mich in Obacht nehmen und
wer mich an solchen Untaten beteiligen!
*Jäger, Bäcker, Wittig mit einem hölzernen Eimer, der alte Baumert
und eine Anzahl junger und alter Weber kommen wie auf der Jagd
nach etwas hereingestürmt, mit heiseren Stimmen durcheinanderrufend.*

JÄGER. Wo is a hin?

BÄCKER. Wo is der Menschenschinder?

DER ALTE BAUMERT. Kenn mir Gras fressen, friß du Sägespäne.

WITTIG. Wenn m'r 'n kriegen, knippen mer 'n uf.

ERSTER JUNGER WEBER. Mir nehmen 'n bei a Been'n und schmeißen 'n
zum Fenster naus, uf de Steene, daß a bald fer immer liegenbleibt.

ZWEITER JUNGER WEBER *kommt.* A is fort ieber alle Berge.

ALLE. Wer denn?

ZWEITER JUNGER WEBER. Dreißicher.

BÄCKER. Feifer o?

STIMMEN. Sucht Feifern! sucht Feifern!

DER ALTE BAUMERT. Such, such, Feiferla, 's is a Weberschmann aus-
zuhungern. *Gelächter.*

JÄGER. Wenn mersch o ni kriegen, das Dreißicherviech... arm soll a
wern.

DER ALTE BAUMERT. Arm soll a wern wie 'ne Kirchenmaus. Arm soll
a wern.
Alle stürmen in der Absicht zu demolieren auf die Salontür zu.

BÄCKER, *der voraneilt, macht eine Wendung und hält die andern auf.* Halt,
heert uf mich! Sei·mer hier fertig, da fang m'r erscht recht an. Von
hier aus geh mer nach Bielau nieder, zu Dittrichen, der de mechan'-
schen Webstihle hat. Das ganze Elend kommt von a Fabriken.

ANSORGE *kommt vom Flur herein. Nachdem er einige Schritte gemacht,*

*bleibt er stehen, sieht sich ungläubig um, schüttelt den Kopf, schlägt sich
vor die Stirn und sagt:* Wer bin ich? D'r Weber Anton Ansorge. Is a
verruckt gewor'n, Ansorge? 's is wahr, mit mir dreht sich's ums
Kreisel rum wie 'ne Bremse. Was macht a hier? Was a lustig is, wird
a woll machen. Wo is a hier, Ansorge? *Er schlägt sich wiederholt
vor den Kopf.* Ich bin ni gescheut! Ich steh fer nischt. Ich bin ni recht
richtig. Geht weg, geht weg! Geht weg, ihr Rebeller! Kopp weg,
Beene weg, Hände weg! Nimmst du m'r mei Häusl, nehm ich d'r
dei Häusl. Immer druf! *Mit Geheul ab in den Salon. Die Anwesenden
folgen ihm mit Gejohl und Gelächter.*

FÜNFTER AKT

*Langenbielau. — Das Weberstübchen des alten Hilse. Links ein Fenster-
chen, davor ein Webstuhl, rechts ein Bett, dicht daran gerückt ein Tisch.
Im Winkel rechts der Ofen mit Bank. Um den Tisch, auf Ritsche, Bett-
kante und Holzschemel sitzend: der alte Hilse, seine ebenfalls alte, blinde
und fast taube Frau, sein Sohn Gottlieb und dessen Frau Luise bei der
Morgenandacht. Ein Spulrad mit Garnwinde steht zwischen Tisch und
Webstuhl. Auf den gebräunten Deckbalken ist allerhand altes Spinn-,
Spul- und Webegerät untergebracht. Lange Garnsträhnen hängen herunter.
Vielerlei Prast liegt überall im Zimmer umher. Der sehr enge, niedrige und
flache Raum hat eine Tür nach dem »Hause«, in der Hinterwand. Dieser
Tür gegenüber im »Hause« steht eine andere Tür offen, die den Einblick
gewährt in ein zweites, dem ersten ähnliches Weberstübchen. Das »Haus«
ist mit Steinen gepflastert, hat schadhaften Putz und eine baufällige Holz-
treppe hinauf zur Dachwohnung. Ein Waschfaß auf einem Schemel ist
teilweise sichtbar; ärmliche Wäschestücke, Hausrat armer Leute steht und
liegt durcheinander. Das Licht fällt von der linken Seite in alle Räum-
lichkeiten.*

DER ALTE HILSE, *ein bärtiger, starkknochiger, aber nun von Alter, Arbeit,
Krankheit und Strapazen gebeugter und verfallener Mann. Veteran,
einarmig. Er ist spitznasig, von fahler Gesichtsfarbe, zittrig, scheinbar
nur Haut, Knochen und Sehnen und hat die tiefliegenden, charakteristi-
schen, gleichsam wunden Weberaugen. — Nachdem er sich mit Sohn und
Schwiegertochter erhoben, betet er:* Du lieber Herrgott, mir kenn dir
gar nich genug Dank bezeigen, daß du uns auch diese Nacht in deiner
Gnade und Giete und hast dich unser erbarmt. Daß mir auch diese
Nacht nich han keen'n Schaden genommen, Herr, deine Giete reicht
so weit, und mir sein arme, beese, sindhafte Menschenkinder, ni wert,
daß dei Fuß uns zertritt, aso sindhaftich und ganz verderbt sein mir.

Aber du, lieber Vater, willst uns ansehn und annehmen um deines
teuren Sohnes, unsers Herrn und Heilands Jesus Christus willen.
Jesu Blut und Gerechtigkeit, das is mein Schmuck und Ehrenkleid.
Und wenn auch mir und mer wern manchmal kleenmietig under
deiner Zuchtrute — wenn und der Owen d'r Läutrung und brennt gar
zu rasnich heiß — da rech's uns ni zu hoch an, vergib uns unsre
Schuld. Gib uns Geduld, himmlischer Vater, daß mir nach diesem
Leeden und wern teilhaftig deiner ewigen Seligkeit. Amen.

MUTTER HILSE, *welche vorgebeugt mit Anstrengung gelauscht hat, weinend:*
Nee, Vaterle, du machst a zu a scheenes Gebete machst du immer.
Luise begibt sich ans Waschfaß, Gottlieb ins gegenüberliegende Zimmer

DER ALTE HILSE. Wo is denn's Madel?

LUISE. Nieber nach Peterschwalde — zu Dreißichern. Se hat wieder a
paar Strähne verspult nächt'n Abend.

DER ALTE HILSE, *sehr laut sprechend.* Na, Mutter, nu wer ich dersch
Rädla bringen.

MUTTER HILSE. Nu bring's, bring's, Aaler.

DER ALTE HILSE, *das Spulrad vor sie hinstellend.* Sieh ock, ich wollt
dersch ja zu gerne abnehmen.

MUTTER HILSE. Nee... nee... was tät ock ich anfangen mit der vielen
Zeit!?

DER ALTE HILSE. Ich wer d'r de Finger a bissel abwischen, daß nich
etwa 's Garn und wird fettig, heerscht de? *Er wischt ihr mit einem
Lappen die Hände ab.*

LUISE, *vom Waschfaß.* Wo hätt mir ock Fettes gegessen?!

DER ALTE HILSE. Hab'n mer kee Fett, eß mirsch Brot trocken — hab'n
mer kee Brot, eß mer Kartoffeln — hab'n mer keene Kartoffeln ooch
nich, da eß mer trockne Kleie.

LUISE, *batzig.* Und hab'n mer kee Schwarzmehl, da machen mersch wie
Wenglersch unten, da sehn m'r dernach, wo d'r Schinder a verreckt
Ferd hat verscharrt. Das graben m'r aus, und da leben m'r amal a
paar Wochen von Luder. aso mach mersch! nich wahr?

GOTTLIEB, *aus dem Hinterzimmer.* Was Geier hast du fer a Geschwatze!?

DER ALTE HILSE. Du sollt'st dich mehr vorsehn mit gottlosen Reden!
Er begibt sich an den Webstuhl, ruft: Wollt'st m'r ni helfen, Gottlieb —
's sein ock a paar Fädel zum Durchziehn.

LUISE, *vom Waschfaß aus.* Gottlieb, sollst Vatern zureechen. *Gottlieb
kommt. Der Alte und sein Sohn beginnen nun die mühsame Arbeit des
Kammstechens. Fäden der Werfte werden durch die Augen der Kämme
oder Schäfte am Webstuhl gezogen. Kaum haben sie begonnen, so er-
scheint im »Hause« Hornig.*

HORNIG, *in der Stubentür.* Viel Glick zum Handwerk!

DER ALTE HILSE UND SEIN SOHN. Scheen Dank, Hornig!

DER ALTE HILSE. Nu sag amal, wenn schläfst du d'nn eegentlich? Bei
Tage gehst uf a Handel, in d'r Nacht stehst de uf Wache.
HORNIG. Ich hab doch gar keen'n Schlaf ni mehr!?
LUISE. Willkommen, Hornig!
DER ALTE HILSE. Na was bringst du Gudes?
HORNIG. Scheene Neuigkeeten, Meester. De Peterschwalder hab'n amal
'n Teiwel riskiert und haben a Fabrikant Dreißicher mitsamst der
ganzen Familie zum Loche nausgejagt.
LUISE, *mit Spuren von Erregung.* Hornig liejt wieder amal in a hellen
Morgen nein.
HORNIG. Dasmal nich, junge Frau! dasmal nich. — Scheene Kinder-
schirzl hätt ich im Wagen. Nee, nee, ich sag reene Wahrheet. Se
haben 'n heilig fortgejagt. Gestern abend is a nach Reechenbach
kommen. Na Gott zu dir! Da han s'n doch ni erscht amal woll'n
behalt'n — aus Furcht vor a Webern —, da hat er doch plutze wieder
fortgemußt uf Schweidnitz nein. —
DER ALTE HILSE; *er nimmt Fäden der Werfte vorsichtig auf und bringt
sie in die Nähe des Kammes, durch dessen eines Auge der Sohn von der
andern Seite mit einem Drahthäkchen greift, um die Fäden hindurch-
zuziehen.* Nu hast aber Zeit, daß de ufheerscht, Hornig!
HORNIG. Ich will ni mit heilen Knochen von d'r Stelle gehn. Nee, nee,
das weeß ja bald jedes Kind.
DER ALTE HILSE. Nu sag amal, bin ich nu verwirrt, oder bist du verwirrt?
HORNIG. Nu das heeßt. Was ich dir erzählt hab, das is aso wahr wie
Amen in d'r Kirche. Ich wollte ja nischt sagen, wenn ich und ich
hätte nich d'rbei gestanden, aber aso hab ich's doch gesehn. Mit
eegnen Augen, wie ich dich hier sehn tu, Gottlieb. Gedemoliert haben
se 'n Fabrikanten sei Haus, unten vom Keller uf bis oben ruf unter
de Dachreiter. Aus a Dachfenstern haben se 's Porzlan geschmissen
— immer iebersch Dach nunter. Wie viel hundert Schock Parchent
liegen bloß in d'r Bache?! 's Wasser kann ni mehr fort, kannst's
glooben; 's kam immer ieber a Rand riebergewellt; 's sah orntlich
schwefelblau aus von dem vielen Indigo, den se haben aus a Fenstern
geschitt't. Die himmelblauen Staubwolken, die kamen bloß immer
aso gepulwert. Nee, nee, dort haben se schonn firchterlich geäschert.
Ni ock etwa im Wohnhause, in d'r Färberei, uf a Speichern...!
's Treppengeländer zerschlagen, de Dielen ufgerissen und Spiegel zer-
trimmert, Sofa, Sessel, alles zerrissen und zerschlissen, zerschnitten
und zerschmissen, zertreten und zerhackt — nee verpucht! kannst's
glooben, schlimmer wie im Kriege.
DER ALTE HILSE. Und das sollten hiesige Weber gewest sein? *Er schüt-
telt langsam und ungläubig den Kopf. An der Tür haben sich neugierige
Hausbewohner gesammelt.*

HORNIG. Nu, was denn sonste? Ich kennte ja alle mit Namen genenn'n.
Ich fihrt a Landrat durchs Haus. Da hab ich ja mit vielen gered't.
Se war'n aso umgänglich wie sonste. Se machten ihre Sache aso
sachte weg, aber se machten's grindlich. D'r Landrat red'te mit
vielen. Da war'n se aso demietig wie sonste. Aber abhalt'n ließen se
sich nich. Die scheensten Meebelsticke, die wurden zerhackt, ganz
wie fersch Lohn.

DER ALTE HILSE. A Landrat hätt'st du durchs Haus gefihrt?

HORNIG. Nu, ich wer mich doch ni firchten. Ich bin doch bekannt bei
den Leuten wie a beese Greschl. Ich hab doch mit keen nischt. Ich
steh doch mit allen gut. Aso gewiß wie ich Hornig heeße, so wahr
bin ich durchgegangen. Und ihr kennt's dreiste glooben: mir is
orntlich weech wor'n hie rum — und 'n Landrat, dem sah ich's wohl
ooch an — 's ging 'n nahe genug. Denn warum? Ma heerte ooch noch
nich amal a eenzichtes Wort, aso schweigsam ging's her. Orntlich
feierlich wurd een zumutte, wie die armen Hungerleider und nahmen
amal ihre Rache dahier.

LUISE, *mit ausbrechender, zitternder Erregung, zugleich die Augen mit der
Schürze reibend.* Aso is ganz recht, aso muß kommen!

STIMMEN DER HAUSBEWOHNER. Hier gäb's o Menschenschinder genug. —
Da drieben wohnt glei eener. — Der hat vier Pferde und sechs Kutsch-
wagen im Stalle und läßt seine Weber d'rfiere hungern.

DER ALTE HILSE, *immer noch ungläubig.* Wie sollte das aso rauskommen
sein, dort drieben?

HORNIG. Wer weeß nu!? Wer weeß ooch!? Eener spricht so, d'r andre so.

DER ALTE HILSE. Was sprechen se denn?

HORNIG. Na Gott zu dir, Dreißiger sollte gesagt hab'n: de Weber
kennten ja Gras fressen, wenn se hungern täten. Ich weeß nu weiter
nich.
*Bewegung auch unter den Hausbewohnern, die es einer dem andern
unter Zeichen der Entrüstung weitererzählen.*

DER ALTE HILSE. Nu heer amal, Hornig. Du kennt'st mir meinsweg'n
sagen: Vater Hilse, morgen mußt du sterben. Das kann schonn
meeglich sein, werd ich sprechen, warum denn ni? — Du kennt'st mir
sagen: Vater Hilse, morgen besucht dich d'r Keenig von Preußen.
Aber daß Weber, Menschen wie ich und mei Sohn, und sollten solche
Sachen haben vorgehabt — nimmermehr! Nie und nimmer wer ich
das glooben.

MIELCHEN, *siebenjähriges, hübsches Mädchen mit langen offenen Flachs-
haaren, ein Körbchen am Arm, kommt hereingesprungen. Der Mutter
einen silbernen Eßlöffel entgegenhaltend.* Mutterle! sieh ock, was ich
hab! Da sollst mer a Kleedl d'rfier koofen.

LUISE. Was kommst 'n du aso gejähdert, Mädel? *Mit gesteigerter Auf-*

regung und Spannung. Was bringst 'n da wieder geschleppt, sag emal. Du bist ja ganz hinter a Oden gekommen. Und de Feifel sein noch im Kerbel. Was soll denn das heeßen, Mädel?

DER ALTE HILSE. Mädel, wo hast du den Leffel her?

LUISE. Kann sein, se hat'n gefunden.

HORNIG. Seine zwee, drei Taler is der gutt wert.

DER ALTE HILSE, *außer sich.* Naus, Mädel! naus! Glei machst, daß d' naus kommst. Wirscht du glei folgen, oder soll ich a Priegel nehmen?! Und den Leffel trägst hin, wo d'n her hast. Naus! Willst du uns alle mitsammen zu Dieben machen, hä? Dare, dir wer ich's Mausen austreiben. — *Er sucht etwas zum Hauen.*

MIELCHEN, *sich an der Mutter Röcke klammernd, weint.* Großvaterle, hau mich nich, mer haben's doch ge—gefunden. De Spul...Spulkinder haben alle welche.

LUISE, *zwischen Angst und Spannung hervorstoßend.* Nu da siehst's doch, gefunden hat sie's. Wo hast's denn gefunden?

MIELCHEN, *schluchzend.* In Peterschwalde haben mersch gefunden, vor Dreißigersch Hause.

DER ALTE HILSE. Nu da hätt m'r ja de Bescheerung. Nu mach aber lang, sonster wer ich d'r uf a Trab helfen.

MUTTER HILSE. Was geht denn vor?

HORNIG. Itz will ich d'r was sag'n, Vater Hilse. Laß Gottlieben a Rock anziehn, a Leffel nehmen und ufs Amt tragen.

DER ALTE HILSE. Gottlieb, zieh d'r a Rock an!

GOTTLIEB, *schon im Anziehen begriffen, eifrig.* Und da wer ich uf de Kanzlei gehn und sprechen: se sollten's nich iebel nehmen, aso a Kind hätte halt doch ho nich aso 's Verständnis dervon. Und da brächt ich den Leffel. Heer uf zu flen'n, Mädel!
Das weinende Kind wird von der Mutter ins Hinterzimmer gebracht, dessen Tür sie schließt. Sie selbst kommt zurück.

HORNIG. Seine drei Taler kann der gutt Wert haben.

GOTTLIEB. Gib ock a Tiechl, Luise, daß a nich zu Schaden kommt. Nee, nee, aso, aso a teuer Dingl. *Er hat Tränen in den Augen, während er den Löffel einwickelt.*

LUISE. Wenn mir a hätt'n, kennt m'r viele Wochen leben.

DER ALTE HILSE. Mach, mach, feder dich! Feder dich aso sehr, wie de kannst! Das wär aso was! Das fehlt mir noch grade. Mach, daß mir den Satansleffel vom Halse kriegen.
Gottlieb ab mit dem Löffel.

HORNIG. Na nu wer ich ooch sehn, daß ich weiterkomme. *Er geht, unterhält sich im »Haus« noch einige Sekunden, dann ab.*

CHIRURGUS SCHMIDT, *ein quecksilbriges, kugliges Männchen mit weinrotem, pfiffigem Gesicht kommt ins »Haus«.* Gu'n Morgen, Leute! Na, das sind m'r scheene Geschichten. Kommt mir nur! *Mit dem Finger drohend:* Ihr habt's dick hintern Ohren. *In der Stubentür, ohne hereinzukommen:* Gu'n Morgen, Vater Hilse! *Zu einer Frau im »Hause«:* Nu, Mutterle, wie steht's mit'n Reißen? Besser, wie? Na säht Ihr woll! Vater Hilse, ich muß doch ooch mal schaun, wie's bei Euch aussieht. Was Teuwel is denn dem Mutterle?

LUISE. Herr Dokter, de Lichtadern sein 'r vertrockn't, se sieht gar gar nich mehr.

CHIRURGUS SCHMIDT. Das macht der Staub und das Weben bei Licht. Na sagt amal, kennt ihr euch darieber 'n Versch machen? Ganz Peterschwaldau is ja auf'n Beinen hierrieber. Ich setz mich heut frieh in meinen Wagen, denke nischt Iebels, nicht mit einer Faser. Höre da fermlich Wunderdinge. Was in drei Teiwels Namen ist denn in die Menschen gefahren, Hilse? Wüten da wie 'n Rudel Welfe. Machen Revolution, Rebellion; werden renitent, plündern und marodieren... Mielchen! wo is denn Mielchen? *Mielchen, noch rot vom Weinen, wird von der Mutter hereingeschoben.* Da, Mielchen, greif mal in meine Rockschöße. *Mielchen tut es.* Die Feffernisse sind deine. Na, na; nich alle auf einmal. Schwernotsmädel! Erst singen! Fuchs, du hast die... na? Fuchs, du hast die... Gans... Wart nur du, was du gemacht hast: du hast ja die Sperlinge uf'n Pfarrzaune Stengelscheißer genannt. Die haben's angezeigt beim Herr Kanter. Na nu sag bloß ein Mensch. An finfzehnhundert Menschen sind auf der Achse. *Fernes Glockenläuten.* Hört mal: in Reichenbach läuten sie Sturm. Finfzehnhundert Menschen. Der reine Weltuntergang. Unheimlich!

DER ALTE HILSE. Da kommen sie wirklich hierieber nach Bielau?

CHIRURGUS SCHMIDT. Nu freilich, freilich, ich bin ja durchgefahren. Mitten durch a ganzen Schwarm. Am liebsten wär ich abgestiegen und hätte glei jed'm a Pulwerle gegeben. Da trottelt eener hinterm andern her wie's graue Elend und verfiehren ein Gesinge, daß een fermlich a Magen umwend't, daß een richtig zu wirgen anfängt. Mei Friedrich uf'm Bocke, der hat genatscht wie a alt Weib. Mir mußten uns glei d'rhinterher 'n tichtichen Bittern koofen. Ich meechte kee Fabrikante sein, und wenn ich gleich uf Gummirädern fahr'n kennte. *Fernes Singen.* Horcht mal! Wie wenn man mit a Knecheln 'n alten, zersprungenen Bunzeltopp bearbeit. Kinder, das dauert nich fünf Minuten, da haben mer se hier. Adje, Leute. Macht keene Tummheiten. Militär kommt gleich dahinterher. Bleibt bei Verstande. Die Peterswaldauer hab'n a Verstand verloren. *Nahes Glockenläuten.* Himmel, nu fangen unsre Glocken auch noch an, da müssen ja die Leute vollens ganz verrickt wer'n. *Ab in den Oberstock.*

GOTTLIEB *kommt wieder. Noch im »Hause«, mit fliegendem Atem.* Ich hab se gesehn, ich hab se gesehn. *Zu einer Frau im »Hause«:* Se sein da,

Muhme, se sein da! *In der Tür:* Se sein da, Vater, se sein da! Se haben Bohnenstangen und Stichliche und Hacken. Se stehn schonn beim oberschten Dittriche und machen Randal. Se kriegen gloob ich Geld ausgezahlt. O Jes's, was wird ock noch werden dahier? Ich seh nich hin. Aso viel Leute, nee aso viel Leute! Wenn die erscht und nehmen an Anlauf — o verpucht, o verpucht! da sein unsere Fabrikanten o beese dran.

DER ALTE HILSE. Was bist denn so gelaufen! Du wirscht aso lange jächen, biste wirscht wieder amal dei altes Leiden haben, biste wirscht wieder amal uf'n Ricken liegen und um dich schlagen.

GOTTLIEB, *halb und halb freudig erregt.* Nu, ich mußte doch laufen, sonste hätten die mich ja feste gehalten. Se prillten ja schon alle: ich sollte de Hand auch hinrecken. Pate Baumert war ooch d'rbei. Der meent ieber mich, hol d'r ock ooch an Finfbeehmer, du bist o a armer Hungerleider. A sagte gar: sag du's dein'n Vater... Ich sollt's Ihn sagen, Vater, Se sollten kommen und sollten mithelfen, a Fabrikanten de Schinderei heemzahlen. *Mit Leidenschaft:* 's kämen jetzt andre Zeiten, meent a. Jetzt tät a ganz andre Ding werden mit uns Webern. M'r sollten alle kommen und 's mit helfen durchsetzen. Mir wollten alle jetzt o unser Halbfindl Fleesch zum Sonntage haben und an allen heiligen Tagen amal an Bluttwurscht und Kraut. Das tät jetzt alles a ganz andre Gesichte kriegen, meent' er ieber mich.

DER ALTE HILSE, *mit unterdrückter Entrüstung.* Und das will dei Pate sein?! Und heeßt dich a an solchen sträflichen Werke mit teelnehmen?! Laß du dich nich in solche Sachen ein, Gottlieb. Da hat d'r Teifel seine Hand im Spiele. Das is Satansarbeit, was die machen.

LUISE, *übermannt von leidenschaftlicher Aufregung, heftig.* Ja, ja, Gottlieb, kaffer du dich hinter a Owen, in de Helle, nimm d'r an Kochleffel in de Hand und 'ne Schissel voll Puttermilch uf de Knie, zieh d'r a Reckel an und sprich Gebetl, so bist'n Vater recht. — Und das will a Mann sein?

Lachen der Leute im »Hause«.

DER ALTE HILSE, *bebend, mit unterdrückter Wut.* Und du willst 'ne richtige Frau sein, hä? Da wer ich dirsch amal orntlich sagen. Du willst 'ne Mutter sein und hast so a meschantes Maulwerk dahier? Du willst dein'n Mädel Lehren geben und hetzt dein'n Mann uf zu Verbrechen und Ruchlosigkeiten?!

LUISE, *maßlos.* Mit Euren bigotten Räden... dad'rvon da is mir o noch nich amal a Kind satt gewor'n. Derwegen han se gelegen alle viere in Unflat und Lumpen. Da wurd ooch noch nich amal a eenzichtes Winderle trocken. Ich will 'ne Mutter sein, daß d's weeßt! und deswegen, daß d's weeßt, winsch ich a Fabrikanten de Helle und de Pest in a Rachen nein. Ich bin ebens 'ne Mutter. — Erhält ma woll

so a Wirml?! Ich hab mehr geflennt wie Oden geholt von dem
Augenblicke an, wo aso a Hiperle uf de Welt kam, bis d'r Tod und
erbarmte sich drieber. Ihr habt Euch an Teiwel gescheert. Ihr habt
gebet't und gesungen, und ich hab m'r de Fieße bluttich gelaufen
nach een'n eenzichten Neegl Puttermilch. Wie viel hundert Nächte
hab ich mir a Kopp zerklaubt, wie ich ock und ich kennte so a Kindl
ock a eenzich Mal um a Kirchhoof rumpaschen. Was hat so a Kindl
verbrochen, hä? und muß so a elendigliches Ende nehmen — und
drieben bei Dittrichen, da wern se in Wein gebad't und mit Milch
gewaschen. Nee, nee: wenn's hie losgeht — ni zehn Pferde soll'n mich
zurickehalten. Und das sag ich: stirmen se Dittrichens Gebäude —
ich bin de erschte, und Gnade jeden, der mich will abhalten. Ich
hab's satt, aso viel steht feste.

DER ALTE HILSE. Du bist gar verfallen; dir is ni zu helfen.

LUISE, *in Raserei*. Euch is nich zu helfen. Lappärsche seid ihr. Hader-
lumpe, aber keene Manne. Gattschliche zum Anspucken. Weech-
quarkgesichter, die vor Kinderklappern Reißaus nehmen. Kerle, die
dreimal »scheen Dank« sagen fer 'ne Tracht Priegel. Euch haben se
de Adern so leer gemacht, daß ihr ni amal mehr kennt rot anlaufen
im Gesichte. An Peitsche sollt ma nehmen und euch a Krien einbläun
in eure faulen Knochen. *Schnell ab.*

Verlegenheitspause.

MUTTER HILSE. Was is denn mit Liesln, Vater?

DER ALTE HILSE. Nischte, Mutterle. Was soll denn sein?

MUTTER HILSE. Sag amal, Vater, macht mirsch bloß aso was vor, oder
läuten de Glocken?

DER ALTE HILSE. Se wern een'n begraben, Mutter.

MUTTER HILSE. Und mit mir will's halt immer noch kee Ende nehmen.
Warum sterb ich ock gar nich, Mann?

Pause.

DER ALTE HILSE *läßt die Arbeit liegen, richtet sich auf, mit Feierlichkeit.*
Gottlieb! — Dei Weib hat uns solche Sachen gesagt. Gottlieb, sieh
amal her! *Er entblößt seine Brust.* Dahier saß a Ding, aso groß wie a
Fingerhutt. Und wo ich men'n Arm hab gelassen, das weeß d'r
Keenig. De Mäuse haben mern nich abgefressen. *Er geht hin und her.*
Dei Weib — an die dachte noch gar kee Mensch, da hab ich schonn
mein Blutt quartweise fersch Vaterland verspritzt. Und deshalb mag
se plärr'n, soviel wie se Lust hat. Das soll mir recht sein. Das is mir
Schißkojenne. — Ferchten? Ich und mich ferchten? Vor was denn
ferchten, sag m'r a eenzigtes Mal. Vor den paar Soldaten, die de
vielleicht und kommen hinter a Rebellern her? O Jeckerle! wärsch
doch! Das wär halb schlimm. Nee, nee, wenn ich schonn a bissel
morsch bin uf a Rickgrat, wenn's druf ankommt, hab ich Knochen

wie Elfenbeen. Da nehm ich's schonn noch uf mit a paar lumpigten Bajonettern. — Na und wenn's gar schlimm käm!? O viel zu gerne, viel zu gerne tät ich Feierabend machen. Zum Sterben ließ ich mich gewiß ni lange bitten. Lieber heut wie morgen. Nee, nee. Und's wär o gar! Denn was verläßt eens denn? Den alten Marterkasten wird ma doch ni etwa beweinen. Das Häufel Himmelsangst und Schinderei da, das ma Leben nennt, das ließ man gerne genug im Stiche. — Aber dann, Gottlieb! dann kommt was — und wenn man sich das auch noch verscherzt, dernachert is's erscht ganz alle.

GOTTLIEB. Wer weeß, was kommt, wenn eens tot is? Gesehn hat's keener.

DER ALTE HILSE. Ich sag dirsch, Gottlieb! zweifle nich an dem eenzigten, was mir armen Menschen haben. Fer was hätt ich denn hier gesessen — und Schemel getreten uf Mord vierzig und mehr Jahr? und hätte ruhig zugesehn, wie der dort drieben in Hoffahrt und Schwelgerei lebt und Gold macht aus mein'n Hunger und Kummer. Fer was denn? Weil ich 'ne Hoffnung hab. Ich hab was in aller der Not. *Durchs Fenster weisend:* Du hast hier deine Parte, ich drieben in jener Welt: das hab ich gedacht. Und ich laß mich vierteeln — ich hab 'ne Gewißheet. Es ist uns verheißen. Gericht wird gehalten; aber nich mir sein Richter, sondern: mein is die Rache, spricht der Herr, unser Gott.

EINE STIMME, *durchs Fenster.* Weber raus!

DER ALTE HILSE. Vor mir macht, was d'r lustig seid! *Er steigt in den Webstuhl.* Mich werd'r woll missen drinnelassen.

GOTTLIEB, *nach kurzem Kampf.* Ich wer gehn und wer arbeiten. Mag kommen, was will. *Ab. Man hört das Weberlied vielhundertstimmig und in nächster Nähe gesungen; es klingt wie ein dumpfes, monotones Wehklagen.*

STIMMEN DER HAUSBEWOHNER, *im »Hause«.* O jemersch, jemersch, nu kommen se aber wie de Ameisen. — Wo sein ock die vielen Weber her? — Schipp ock nich, ich will ooch was sehn. — Nu sieh ock die lange Latte, die de vorneweg geht. — Ach! ach! nu kommen se knippeldicke!

ORNIG *tritt unter die Leute im »Hause«.* Gelt, das is amal aso a Theater? So was sieht man nich alle Tage. Ihr sollt't ock rufkommen zum oberschten Dittriche. Da haben se schonn wieder a Ding gemacht, das an Art hat. Der hat kee Haus nimehr, keene Fabricke nimehr — keen Weinkeller nimehr, kee garnischte mehr. Die Flaschen, die saufen se aus... da nehmen se sich gar nich erscht amal Zeit, de Froppen rauszureißen, Eens, zwee, drei sein de Hälse runter, ob se sich's Maul ufschneiden mit a Scherben oder nich. Manche laufen rum und blutten wie de Schweine. — Nu wern se den hiesigen Dittrich ooch noch hochnehmen. *Der Massengesang ist verstummt.*

STIMMEN DER HAUSBEWOHNER. Die sehn doch reen gar nich aso beese aus.

HORNIG. Nu laßt's gutt sein! wart's ock ab! Jetzt nehmen se de Gelegenheit erschte richtig in Augenschein. Sieh ock, wie se den Palast von allen Seiten ufs Korn nehmen. Seht ock den kleenen, dicken Mann — a hat'n Ferdeeimer mite. Das is a Schmied von Peterschwalde, a gar a sehr gefirre Männdl. Der haut de dicksten Tieren ein wie Schaumprezeln, das kennt 'r glooben. Wenn der amal an Fabrikanten in de Mache kriegt, der hat aber verspielt dahier!

STIMMEN DER HAUSBEWOHNER. Praatz, hast a Ding! — Da flog a Stein ins Fenster! — Nu kriegt's d'r alte Dittrich mit d'r Angst. — A hängt an Tafel raus, — An Tafel hängt a raus? — Was steht's denn druf? — Kannst du ni lesen? — Was sollte ock aus mir wern, wenn ich ni lesen kennte! — Na, lies amal! — Ihr sollt alle befriedigt werden, ihr sollt alle befriedigt werden. —

HORNIG. Das konnt a underwegens lassen. Helfen tutt's ooch nich aso viel. Die Brieder haben eegne Mucken. Hier is uf de Fabricke abgesehn. De mechan'schen Stihle, die woll'n se doch aus d'r Welt schaffen. Die sein's doch halt eemal, die a Handweber zugrunderichten: das sieht doch a Blinder. Nee, nee! die Christen sein heut eemal im Zuge. Die bringt kee Landrat und kee Verwalter zu Verstande — und keene Tafel schonn lange nich. Wer die hat sehn wirtschaften, der weeß, was' s geschlagen hat.

STIMMEN DER HAUSBEWOHNER. Ihr Leute, ihr Leute, aso 'ne Menschheet! — Was woll'n denn die? — *Hastig*: Die kommen ja ieber die Bricke rieber!? — *Ängstlich*: Die kommen woll uf de kleene Seite? *In höchster Überraschung und Angst*: Die kommen zu uns, die kommen zu uns. — Se hol'n de Weber aus a Häusern raus.

Alle flüchten, das »Haus« ist leer. Ein Schwarm Aufständischer, beschmutzt, bestaubt, mit von Schnaps und Anstrengung geröteten Gesichtern, wüst, übernächtig, abgerissen, dringt mit dem Ruf: Wober raus! ins »Haus« und zerstreut sich von da in die einzelnen Zimmer. Ins Zimmer des alten Hilse kommen Bäcker und einige junge Weber, mit Knütteln und Stangen bewaffnet. Als sie den alten Hilse erkennen, stutzen sie, leicht abgekühlt.

BÄCKER. Vater Hilse, heert uf mit der Exterei. Laßt Ihr das Bänkl dricken, wer Lust hat. Ihr braucht Euch keen'n Schaden nich mehr antreten. Davor wird gesorgt wern.

ERSTER JUNGER WEBER. Ihr sollt ooch keen'n Tag nich mehr hungrig schlafen gehn.

ZWEITER JUNGER WEBER. D'r Weber soll wieder a Dach ieber a Kopp und a Hemde uf a Leib kriegen.

DER ALTE HILSE. Wo bringt euch d'r Teiwel her mit Stangen und Äxten?

BÄCKER. Die schlag mer inzwee uf Dittrichens Puckel.

ZWEITER JUNGER WEBER. Die mach m'r gliehend und stoppen se a Fabrikanten in a Rachen, daß se auch amal merken, wie Hunger brennt.

DRITTER JUNGER WEBER. Kommt mit, Vater Hilse! mir geben kee Pardon.

ZWEITER JUNGER WEBER. Mit uns hat o keener Erbarmen gehabt. Weder Gott noch Mensch. Jetzt schaffen wir uns selber Recht.

DER ALTE BAUMERT *kommt herein, schon etwas unsicher auf den Füßen, einen geschlachteten Hahn unterm Arm. Er breitet die Arme aus.* Briederle — mir sein alle Brieder! Kommt an mei Herze, Brieder! *Gelächter.*

DER ALTE HILSE. Aso siehst du aus, Willem!?

DER ALTE BAUMERT. Gustav, du!? Gustav, armer Hungerleider, komm an mei Herze. *Gerührt.*

DER ALTE HILSE *brummt.* Laß mich zufriede.

DER ALTE BAUMERT. Gustav, aso is's. Glick muß d'r Mensch hab'n Gustav, schmeiß amal a Auge uf mich. Wie seh ich aus? Glick muß d'r Mensch haben! Seh ich nich aus wie a Graf? *Sich auf den Bauch schlagend.* Rat amal, was in dem Bauche steckt? A Edelmanns-fressen steckt in dem Bauche. Glick muß d'r Mensch haben, da kriegt a Schlampancher und Hasengebratnes. — Ich wer euch was sagen: mir haben halt an Fehler gemacht: zulangen miß m'r.

ALLE, *durcheinander.* Zulangen miß m'r, hurra!

DER ALTE BAUMERT. Und wenn ma de erschten gutten Bissen verdrickt hat, da spiert ma's woll balde in d'r Natur. H—uchjesus, da kriegt man 'ne Forsche, aso stark wie a Bremmer. Da treibt's een de Stärke aus a Gliedmaßen ock aso raus, daß man gar nimehr sieht, wo man hinhaut. Verflugasich die Lust aber ooch!

JÄGER, *in der Tür, bewaffnet mit einem alten Kavalleriesäbel.* Mir hab'n a paar famoste Attacken gemacht.

BÄCKER. Mir hab'n die Sache schonn sehr gutt begriffen. Eens, zwee, drei, sind m'r drinne in a Häusern. Da geht's aber o schonn wie helles Feuer. Daß's ock aso prasselt und zittert. Daß de Funken spritzen wie in d'r Feueresse.

ERSTER JUNGER WEBER. Mir sollten gar amal a klee Feuerle machen.

ZWEITER JUNGER WEBER. Mir ziehn nach Reechenbach und zinden a Reichen de Häuser ieberm Koppe an.

JÄGER. Das wär den a Gestrichnes. Da kriegten se erscht gar viel Feuerkasse. *Gelächter.*

BÄCKER. Von hier ziehn m'r na Freiburg zu Tromtra'n.

JÄGER. M'r sollten amal de Beamten hochnehmen. Ich hab's gelesen, von a Birokratern kommt alles Unglicke.

ZWEITER JUNGER WEBER. Mir ziehn balde nach Breslau. Mir kriegen ja immer mehr Zulauf.

DER ALTE BAUMERT, *zu Hilse.* Nu trink amal, Gustav!

DER ALTE HILSE. Ich trink nie keen'n Schnaps.

DER ALTE BAUMERT. Das war in d'r alten Welt, heut sind mir in eener andern Welt, Gustav!

ERSTER JUNGER WEBER. Alle Tage is nich Kirm's. *Gelächter.*

DER ALTE HILSE, *ungeduldig.* Ihr Hellenbrände, was wollt ihr bei mir?!

DER ALTE BAUMERT, *ein wenig verschüchtert, überfreundlich.* Nu sieh ock, ich wollt d'r a Hähndl bringen. Sollst Muttern dervon an Suppe kochen.

DER ALTE HILSE, *betroffen, halb freundlich.* O geh und sag's Muttern.

MUTTER HILSE *hat, die Hand am Ohr, mit Anstrengung hingehorcht, nun wehrt sie mit den Händen ab.* Laßt mich zufriede. Ich mag keene Hiehndlsuppe.

DER ALTE HILSE. Hast recht, Mutter. Ich ooch nich. Aso eene schonn gar nich. Und dir, Baumert! dir will ich a Wort sag'n. Wenn de Alten schwatzen wie de kleen'n Kinder, da steht d'r Teiwel uf'm Koppe vor Freiden. Und daß ihrsch wißt! Daß ihrsch alle wißt: ich und ihr, mir haben nischt nich gemeen. Mit mein'n Willen seit'r nich hier. Ihr habt hier nach Recht und Gerechtigkeit nischt nich zu suchen!

STIMME. Wer nich mit uns is, der is wider uns.

JÄGER, *brutal drohend.* Du bist gar sehr schief gewickelt. Heer amal, Aaler, mir sind keene Diebe.

STIMME. Mir haben Hunger, weiter nischt.

ERSTER JUNGER WEBER. Mir woll'n leben und weiter nischt. Und deshalb haben m'r a Strick durchgeschnitten, an dem m'r hingen.

JÄGER. Und das war ganz recht! *Dem Alten die Faust vors Gesicht haltend:* Sag du noch ee Wort! Da setzt's a Ding nein — mitten ins Zifferblatt.

BÄCKER. Gebt Ruhe, gebt Ruhe! Laß du den alten Mann. Vater Hilse: aso denken mir eemal: eher tot, wie aso a Leben noch eemal anfangen.

DER ALTE HILSE. Hab ich's nich gelebt sechzig und mehr Jahr?

BÄCKER. Das is egal; anderscher muß's doch werden.

DER ALTE HILSE. Am Nimmermehrschtage.

BÄCKER. Was mir nich gutwillig kriegen, das nehmen mir mit Gewalt.

DER ALTE HILSE. Mit Gewalt? *Lacht.* Nu da laßt euch bald begraben dahier. Se wern's euch beweisen, wo de Gewalt steckt. Nu wart ock, Pirschl!

JÄGER. Etwa wegen a Soldaten? Mir sein auch Soldat gewest. Mit a paar Kompanien wern mir schonn fertig werden.

DER ALTE HILSE. Mid'n Maule, da gloob ich's. Und wenn ooch: zwee jagt'r naus, zehne kommen wieder rein.

STIMMEN, *durchs Fenster.* Militär kommt. Seht euch vor! *Allgemeines, plötzliches Verstummen. Man hört einen Moment schwach Querpfeifen und Trommeln. In die Stille hinein ein kurzer, unwillkürlicher Ruf:* O verpucht! ich mach lang! — *Allgemeines Gelächter.*

BÄCKER. Wer red't hier von ausreißen? Wer ist das gewest?

JÄGER. Wer tutt sich hier firchten vor a paar lumpichten Pickelhauben? Ich wer' euch kommandieren. Ich bin beim Kommiß gewest. Ich kenne den Schwindel.

DER ALTE HILSE. Mit was wollt er'n schissen? Woll mit a Priegeln, hä?

ERSTER JUNGER WEBER. Den alten Kropp laßt zufriede, a is ni recht richtig im Oberstiebel.

ZWEITER JUNGER WEBER. A bissel iebertrabt is a schonn.

GOTTLIEB *ist unbemerkt unter die Aufständischen getreten, packt den Sprecher.* Sollst du an alten Manne so fläm'sch kommen?

ERSTER JUNGER WEBER. Laß mich zufriede, ich hab nischt Beeses gesagt.

DER ALTE HILSE, *sich ins Mittel legend.* O laß du 'n labern. Vergreif dich nich, Gottlieb. A wird balde genug einsehn, wer de heute verwirrt is, ich oder er.

BÄCKER. Gehst mit uns, Gottlieb?

DER ALTE HILSE. Das wird a woll bleiben lassen.

LUISE *kommt ins Haus, ruft hinein.* O halt euch ni uf erscht. Mit solchen Gebetbichl-Hengsten verliert erscht keene Zeit. Kommt uf a Platz! Uf a Platz sollt'r kommen. Pate Baumert, kommt aso schnell, wie 'r kennt! D'r Major spricht mit a Leuten vom Ferde runter. Se sollten heemgehn. Wenn ihr ni schnell kommt, haben m'r verspielt.

JÄGER, *im Abgehen.* Du hast'n scheen'n tapfern Mann.

LUISE. Wo hätt ich an Mann? Ich hab gar kee'n Mann!

Im »Hause« singen einige:

's war amal a kleener Mann,
he, juchhe!
Der wollt a groß Weibl han.
He didel didel dim dim dim heirassassa!

WITTIG *ist, einen Pferdeeimer in der Faust, vom Oberstock gekommen, will hinaus, bleibt im »Hause« einen Augenblick stehen.* Druf! wer de

kee Hundsfott sein will, hurra! *Er stürmt hinaus. Eine Gruppe,
darunter Luise und Jäger, folgen ihm mit Hurra.*

BÄCKER. Lebt g'sund, Vater Hilse, wir sprechen uns wieder. *Will ab.*

DER ALTE HILSE. Das gloob ich woll schwerlich. Finf Jahr leb ich
nimehr. Und eher kommste ni wieder raus.

BÄCKER, *verwundert stehenbleibend.* Wo denn her, Vater Hilse?

DER ALTE HILSE. Aus'n Zuchthause; woher denn sonste?

BÄCKER, *wild herauslachend.* Das wär mir schonn lange recht. Da kriegt
ma wenigstens satt Brot, Vater Hilse! *Ab.*

DER ALTE BAUMERT *war in stumpfsinniges Grübeln, auf einem Schemel
hockend, verfallen; nun steht er auf.* 's is wahr, Gustav, an kleene
Schleuder hab ich. Aber derwegen bin ich noch klar genug im Kopfe
dahier. Du hast deine Meinung von der Sache, ich hab meine: Ich
sag: Bäcker hat recht, nimmt's a Ende in Ketten und Stricken: im
Zuchthause is immer noch besser wie derheeme. Da is mer versorgt;
da braucht ma nich darben. Ich wollte ja gerne nich mitmachen.
Aber sieh ock, Gustav, d'r Mensch muß doch a eenziges Mal an
Augenblick Luft kriegen. *Langsam nach der Tür.* Leb gesund,
Gustav. Sollte was vorfall'n, sprich a Gebetl fer mich mit, heerscht!
Ab.
*Von den Aufständischen ist nun keiner mehr auf dem Schauplatz. Das
»Haus« füllt sich allmählich wieder mit neugierigen Bewohnern. Der
alte Hilse knüpft an der Werfte herum. Gottlieb hat eine Axt hinterm
Ofen hervorgeholt und prüft unbewußt die Schneide. Beide, der Alte und
Gottlieb, stumm bewegt. Von draußen dringt das Summen und Brausen
einer großen Menschenmenge.*

MUTTER HILSE. Nu sag ock, Mann, de Dielen zittern ja aso sehr — was
geht denn vor? Was soll denn hier werd'n? *Pause.*

DER ALTE HILSE. Gottlieb!

GOTTLIEB. Was soll ich denn?

DER ALTE HILSE. Laß du die Axt liegen.

GOTTLIEB. Wer soll denn Holz kleene machen? *Er lehnt die Axt an den
Ofen. — Pause. —*

MUTTER HILSE. Gottlieb, heer du uf das, was d'r Vater sagt.

STIMME, *vor dem Fenster singend:*

> Kleener Mann, blei ock d'rheem,
> he, juchhe!
> Mach Schissel und Teller reen.
> Hei didel didel, dim dim dim. *Vorüber.*

GOTTLIEB *springt auf, gegen das Fenster mit geballter Faust.* Aas, mach
mich ni wilde!
Es kracht eine Salve.

MUTTER HILSE *ist zusammengeschrocken.* O Jesus Christus, nu donnert's
woll wieder!?

DER ALTE HILSE, *die Hand auf der Brust, betend.* Nu, lieber Herrgott
im Himmel! schitze die armen Weber, schitz meine armen Brieder!
Es entsteht eine kurze Stille.

DER ALTE HILSE, *für sich hin, erschüttert.* Jetzt fließt Blutt.

GOTTLIEB *ist im Moment, wo die Salve kracht, aufgesprungen und hält
die Axt mit festem Griff in der Hand, verfärbt, kaum seiner mächtig
vor tiefer innerer Aufregung.* Na, soll man sich etwa jetzt o noch
kuschen?

EIN WEBERMÄDCHEN, *vom »Haus« aus ins Zimmer rufend.* Vater Hilse,
Vater Hilse, geh vom Fenster weg. Bei uns oben ins Oberstiebl is 'ne
Kugel durchs Fenster geflogen. *Verschwindet.*

MIELCHEN *steckt den lachenden Kopf zum Fenster herein.* Großvaterle,
Großvaterle, se haben mit a Flinten geschossen. A paare sind hin-
gefall'n. Eener, der dreht sich so ums Kringl rum, immer ums Rädl
rum. Eener, der tat so zappeln wie a Sperling, dem man a Kopp
wegreißt. Ach, ach und aso viel Blut kam getreescht —! *Sie ver-
schwindet.*

EINE WEBERFRAU. A paar hab'n se kaltgemacht.

EIN ALTER WEBER, *im »Hause«.* Paßt ock uf, nu nehmen sie's Militär
hoch.

EIN ZWEITER WEBER, *fassungslos.* Nee, nu seht bloß de Weiber, seht
bloß de Weiber! Wern se nich de Recke hochheben! Wern se ni's
Militär anspucken!

EINE WEBERFRAU *ruft herein.* Gottlieb, sieh dir amal dei Weib an, die
hat mehr Krien wie du, die springt vor a Bajonettern rum, wie wenn
se zur Musicke tanzen tät.
*Vier Männer tragen einen Verwundeten durchs Haus. Man hört deut-
lich eine Stimme sagen* 's is d'r Ulbrichs Weber. *Die Stimme nach
wenigen Sekunden abermals:* 's wird woll Feierabend sein mit'n; a hat
'ne Prellkugel ins Ohr gekriegt. *Man hört die Männer eine Holz-
treppe hinaufgehen. Draußen plötzlich:* Hurra, hurra!

STIMMEN IM HAUSE. Wo haben s'n de Steene her? — Nu zieht aber
Leine! — Vom Chausseebau. — Nu hattjee, Soldaten. — Nu regnet's
Flastersteene.
*Draußen Angstgekreisch und Gebrüll sich fortpflanzend bis in den
Hausflur. Mit einem Angstruf wird die Haustür zugeschlagen.*

STIMMEN IM »HAUSE«. Se laden wieder. — Se wern glei wieder 'ne Salve
geb'n. — Vater Hilse, geht weg vom Fenster.

GOTTLIEB *rennt nach der Axt.* Was, was, was! Sein mir tolle Hunde!?
Soll'n mir Pulver und Blei fressen stats Brot? *Mit der Axt in der
Hand einen Moment lang zögernd, zum Alten:* Soll mir mei Weib

derschossen werd'n? Das soll nich geschehen! *Im Fortstürmen*: Uf-
gepaßt, jetzt komm ich! *Ab.*
DER ALTE HILSE, Gottlieb, Gottlieb!
MUTTER HILSE. Wo ist denn Gottlieb?
DER ALTE HILSE. Beim Teiwel is a.
STIMME, *vom »Hause«.* Geht vom Fenster weg, Vater Hilse!
DER ALTE HILSE. Ich nich! Und wenn ihr alle vollens drehnig werd! *Zu Mutter Hilse mit wachsender Ekstase*: Hie hat mich mei himm-
lischer Vater hergesetzt. Gell, Mutter? Hie bleiben m'r sitzen und
tun, was mer schuldig sein, und wenn d'r ganze Schnee verbrennt.
*Er fängt an zu weben. Eine Salve kracht. Zu Tode getroffen, richtet sich
der alte Hilse hoch auf und plumpt vornüber auf den Webstuhl. Zu-
gleich erschallt verstärktes Hurra-Rufen. Mit Hurra stürmen die Leute,
die bisher im Hausflur gestanden, ebenfalls hinaus. Die alte Frau
sagt mehrmals fragend*: Vater, Vater, was is denn mit dir? *Das un-
unterbrochene Hurra-Rufen entfernt sich mehr und mehr. Plötzlich und
hastig kommt Mielchen ins Zimmer gerannt.*
MIELCHEN. Großvaterle, Großvaterle, se treiben de Soldaten zum Dorfe
naus, se haben Dittrichens Haus gestirmt, se machen's aso wie drie-
ben bei Dreißichern. Großvaterle!? *Das Kind erschrickt, wird auf-
merksam, steckt den Finger in den Mund und tritt vorsichtig dem
Toten näher.* Großvaterle!?
MUTTER HILSE. Nu mach ock, Mann, und sprich a Wort, 's kann een'n
ja orntlich angst werd'n.

역자

손 은주

전남 광주 출생

고려대학교 독문과 졸업 (학사, 석사, 박사)

한국 외국어대학교 통역대학원 영어과 졸업 (석사)

독일 뮌헨 대학교 수학

현재 목원대학교 독문과 교수

논문 마담 스타엘의 "독일론"
　　　타키투스의 "게르마니아"와 독일 민족의식 등등.
역서 단톤의 죽음(게오르크 뷔히너 작)
　　　해리모피 (게르하르트 하우프트만 작)
　　　한넬레의 승천 (게르하르트 하우프트만 작)
　　　마리아 슈트아르트 (프리드리히 실러 작) / 서문문고 304번

직 조 공   〈서문문고 314〉

초판 인쇄 / 1999년 7월 10일
초판 발행 / 1999년 7월 15일
옮긴이 / 손 은 주
펴낸이 / 최 석 도
펴낸곳 / 서 문 당
주 소 / 서울시 마포구 동교동 103-7호
전 화 / 322—4916~8 팩스 / 322-9154
등록일자 / 1973. 10. 10
등록번호 / 제13-16

* 잘못된 책은 바꾸어 드립니다

서문문고 목록

001~303
◆ 번호 1의 단위는 국학
◆ 번호 홀수는 명저
◆ 번호 짝수는 문학

075 수호지 (1) / 김광주 역	115 세계발행금지도서100선 /안춘근
076 수호지 (2) / 김광주 역	116 춘향전 / 이민수 역주
077 수호지 (3) / 김광주 역	117 형이상학이란 무엇인가
078 수호지 (4) / 김광주 역	/ 하이데거
079 수호지 (5) / 김광주 역	118 어머니의 비밀 / 모파상
080 수호지 (6) / 김광주 역	119 프랑스 문학의 이해 / 송면
081 근대 한국 경제사 / 최호진	120 사랑의 핵심 / 그린
082 사랑은 죽음보다 / 모파상	121 한국 근대문학 사상 / 김윤식
083 퇴계의 생애와 학문 / 이상은	122 어느 여인의 경우 / 콜드웰
084 사랑의 승리 / 모옴	123 현대문학의 지표 외/ 사르트르
085 백범일지 / 김구	124 무서운 아이들 / 장콕토
086 결혼의 생태 / 펄벅	125 대학·중용 / 권태익
087 서양 고사 일화 / 홍윤기	126 사씨 남정기 / 김만중
088 대위의 딸 / 푸시킨	127 행복은 지금도 가능한가
089 독일사 (상) / 텐브록	/ B. 러셀
090 독일사 (하) / 텐브록	128 검찰관 / 고골리
091 한국의 수수께끼 / 최상수	129 현대 중국 문학사 / 윤영춘
092 결혼의 행복 / 톨스토이	130 펄벅 단편 10선 / 펄벅
093 율곡의 생애와 사상 / 이병도	131 한국 화폐 소사 / 최호진
094 나심 / 보들레르	132 시형수 최후의 날 / 위고
095 에머슨 수상록 / 에머슨	133 사르트르 평전/ 프랑시스 장송
096 소아나의 이단자 / 하우프트만	134 독일인의 사랑 / 막스 뮐러
097 숲속의 생활 / 소로우	135 사서삼경 입문 / 이민수
098 마을의 로미오와 줄리엣 / 켈러	136 로미오와 줄리엣 /셰익스피어
099 참회록 / 톨스토이	137 햄릿 / 셰익스피어
100 한국 판소리 전집 /신재효,강한영	138 오델로 / 셰익스피어
101 한국의 사상 / 최창규	139 리어왕 / 셰익스피어
102 결산 / 하인리히 빌	140 맥베스 / 셰익스피어
103 대학의 이념 / 야스퍼스	141 한국 고시조 500선/ 강한영 편
104 무덤없는 주검 / 사르트르	142 오색의 베일 / 서머셋 모옴
105 손자 병법 / 우현민 역주	143 인간 수송 / P.H. 시몽
106 바이런 시집 / 바이런	144 불의 강 외 1편 / 모리악
107 종교록,국민교육론 / 톨스토이	145 논어 /남만성 역주
108 더러운 손 / 사르트르	146 한여름밤의 꿈 / 셰익스피어
109 신역 맹자 (상) / 이민수 역주	147 베니스의 상인 / 셰익스피어
110 신역 맹자 (하) / 이민수 역주	148 태풍 / 셰익스피어
111 한국 기술 교육사 / 이원호	149 말괄량이 길들이기/셰익스피어
112 가시 돋친 백합/ 어스킨콜드웰	150 뜻대로 하셔요 / 셰익스피어
113 나의 연극 교실 / 김경옥	151 한국의 기후와 식생 / 차종환
114 목녀의 로맨스 / 하디	152 공원묘지 / 이블린

228 굿바이 미스터 칩스 (외) / 힐튼
229 도연명 시전집 (상) / 우현민 역주
230 도연명 시전집 (하) / 우현민 역주
231 한국 현대 문학사 (상) / 전규태
232 한국 현대 문학사 (하) / 전규태
233 말테의 수기 / R.H. 릴케
234 박경리 단편선 / 박경리
235 대학과 학문 / 최호진
236 김유정 단편선 / 김유정
237 고려 인물 열전 / 이민수 역주
238 에밀리 디킨슨 시선 / 디킨슨
239 역사와 문명 / 스트로스
240 인형의 집 / 입센
241 한국 골동 입문 / 유병서
242 토마스 울프 단편선 / 토마스 울프
243 철학자들과의 대화 / 김준섭
244 파리시절의 릴케 / 버틀러
245 변증법이란 무엇인가 / 하이스
246 한용운 시전집 / 한용운
247 중론송 / 나아가르쥬나
248 알퐁스도데 단편선 / 알퐁스 도데
249 엘리트와 사회 / 보트모어
250 O. 헨리 단편선 / O. 헨리
251 한국 고전문학사 / 전규태
252 정을병 단편집 / 정을병
253 악의 꽃들 / 보들레르
254 포우 걸작 단편선 / 포우
255 양명학이란 무엇인가 / 이민수
256 이육사 시문집 / 이원록
257 고시 십구수 연구 / 이계주
258 아도라 / 막스프리시
259 병자남한일기 / 나만갑
260 행복을 찾아서 / 파울 하이제
261 한국의 효사상 / 김익수
262 갈매기 조나단 / 리처드 바크
263 세계의 사진사 / 버먼트 뉴홀
264 환영(幻影) / 리처드 바크
265 농업 문화의 기원 / C. 사우어
266 젊은 처녀들 / 몽테를랑
267 국가론 / 스피노자
268 임진록 / 김기동 편
269 근사록 (상) / 주희
270 근사록 (하) / 주희
271 (속)한국근대문학사상 / 김윤식
272 로렌스 단편선 / 로렌스
273 노천명 수필집 / 노천명
274 콜롱바 / 메리메
275 한국의 연정담 / 박용구 편저
276 삼현학 / 황산덕
277 한국 명창 열전 / 박경수
278 메리메 단편집 / 메리메
279 예언자 / 칼릴 지브란
280 충무공 일화 / 성동호
281 한국 사회풍속야사 / 임종국
282 행복한 죽음 / A. 까뮈
283 소학 신강 (내편) / 김종권
284 소학 신강 (외편) / 김종권
285 홍루몽 (1) / 우현민 역
286 홍루몽 (2) / 우현민 역
287 홍루몽 (3) / 우현민 역
288 홍루몽 (4) / 우현민 역
289 홍루몽 (5) / 우현민 역
290 홍루몽 (6) / 우현민 역
291 현대 한국시의 이해 / 김해성
292 이효석 단편집 / 이효석
293 현진건 단편집 / 현진건
294 채만식 단편집 / 채만식
295 삼국사기 (1) / 김종권 역
296 삼국사기 (2) / 김종권 역
297 삼국사기 (3) / 김종권 역
298 삼국사기 (4) / 김종권 역
299 삼국사기 (5) / 김종권 역
300 삼국사기 (6) / 김종권 역
301 민화란 무엇인가 / 임두빈 저
302 무정 / 이광수
303 야스퍼스의 철학 사상
　　　/ C.F. 윌레프
304 마리아 스튜아르트 / 쉴러
311 한국풍속화집 / 이서지
312 미하엘 콜하스 / 클라이스트